Italo Calvino

Wo Spinnen ihre Nester bauen

Roman

Aus dem Italienischen
von Thomas Kolberger

Carl Hanser Verlag

Die Originalausgabe erschien erstmals 1947
bei Giulio Einaudi in Turin.
Das Vorwort wurde von Günter Memmert übersetzt.

ISBN 3-446-16565-7

Satz: Fotosatz Reinhard Amann, Aichstetten
Druck und Bindung: Clausen & Bosse, Leck
Printed in Germany

Vorwort

Dies ist der erste Roman, den ich geschrieben habe; fast kann ich sagen, überhaupt das erste, was ich geschrieben habe, wenn man von ein paar Erzählungen absieht. Wie wirkt er auf mich, wenn ich ihn jetzt zur Hand nehme? Ich lese ihn weniger als eigenes Werk denn als ein Buch, das anonym aus dem allgemeinen Klima einer Epoche hervorgegangen ist, aus einer moralischen Spannung, aus einem literarischen Geschmack, der derjenige war, in dem unsere Generation sich nach dem Ende des Zweiten Weltkriegs wiedererkannte.

Die literarische Explosion im Italien dieser Jahre war, ehe sie zu einem literarischen Faktum wurde, ein physiologisches, existentielles, kollektives Faktum. Wir hatten den Krieg erlebt, und wir Jüngeren – die gerade noch rechtzeitig gekommen waren, um uns als Partisanen an ihm zu beteiligen – hatten nicht das Gefühl, von ihm zermalmt, besiegt, »verbrannt« worden zu sein: wir fühlten uns als vom Schwung der kaum beendeten Schlacht getragene Sieger, als die einzigen Bewahrer seines Erbes. Indes war das weder leichtfertiger Optimismus noch grundlose Euphorie; vielmehr war das, als dessen Bewahrer wir uns empfanden, eine Einstellung, für die das Leben von neuem am Punkt Null anfangen kann, ein allgemeiner problematischer Zorn, auch unsere Fähigkeit, Schmerz und Niederlage zu ertragen; freilich war das Gewicht, das wir darauf legten, das einer überheblichen Fröhlichkeit. Vieles ist aus diesem Klima entstanden, auch der Ton meiner ersten Erzählung und des ersten Romans.

Das ist es, was uns heute am meisten berührt: die anonyme Stimme dieser Zeit, die stärker ist als unsere noch unsicheren individuellen Neigungen. Daß wir eine Erfahrung durchgemacht hatten – Krieg, Bürgerkrieg –, die niemandem erspart geblieben war, schuf eine Unmittelbarkeit der Kommunikation zwischen dem Schriftsteller und seinem Publikum: man stand sich gegenüber, Auge in Auge, gleichberechtigt, beladen mit Geschichten, die man erzählen wollte; jeder hatte die seine erlebt, konnte auf eine Zeit der Regellosigkeit, auf dramatische Abenteuer zurückblicken; niemand ließ den anderen ausreden. Die wiedererlangte Freiheit zu reden wurde anfangs zu einer Art Erzählsucht: in den Zügen, die wieder zu fahren begannen, vollgestopft mit Menschen, Mehlsäcken, Ölbehältern, erzählte jeder Reisende völlig Unbekannten, was er erlebt hatte, und das gleiche tat jeder Gast an den Tischen der »Volksküchen«, jede Hausfrau, die vor den Geschäften Schlange stand. Das Grau des Alltags schien einer anderen Zeit anzugehören; wir bewegten uns in einer bunten Welt von Geschichten.

Wer damals zu schreiben begann, hatte also dasselbe Thema wie jeder namenlose mündliche Erzähler: zu den Geschichten, die wir selber erlebt oder gesehen hatten, kamen jene, die bereits mit einer Stimme, einem Tonfall, einer bestimmten Mimik an uns herangetragen worden waren. Im Partisanenkrieg verwandelten, transformierten die eben erlebten Geschichten sich zu Geschichten, die man am nächtlichen Lagerfeuer erzählte; sie entwickelten bereits einen Stil, eine Sprache, so etwas wie einen prahlerischen Duktus, versuchten beim Zuhörer Angst und Schrecken zu erregen. Einige meiner Erzählungen, manche Seiten dieses Romans kommen von dieser faktisch und sprachlich gerade erst entstandenen mündlichen Tradition her.

Trotzdem, das Geheimnis der damaligen Art zu schreiben lag nicht nur in dieser elementaren Allgemeinheit der Inhalte, nicht das war die Triebfeder (möglicherweise läßt die Tatsache, daß ich begonnen habe, dieses Vorwort zu schreiben, und dabei einen kollektiven Bewußtseinszustand evoziere, mich vergessen, daß ich von einem Buch rede, von Geschriebenem, von aneinandergereihten Wörtern auf weißem Papier); vielmehr war noch nie so klar, daß die Geschichten, die man erzählte, nur Rohmaterial darstellten: der Sprengsatz der Freiheit, der den jungen Schriftsteller antrieb, war weniger der Wunsch, zu dokumentieren oder zu informieren, als der Wille *auszudrücken*. Was auszudrücken? Uns selbst, den herben Geschmack des Lebens, den wir gerade erst kennengelernt hatten, so vieles, das wir zu wissen oder zu sein glaubten und damals vielleicht wirklich wußten oder waren. Menschen, Landschaften, Schüsse, politische Slogans, Slangausdrücke, four-letter words, Lyrismen, Waffen und Umarmungen waren nichts als Farben auf der Palette, Noten in den fünf Linien; wir wußten sehr wohl, daß das, was zählt, die Musik und nicht das Libretto ist; niemals gab es so verbissene Formalisten wie diese Anwälte des Inhalts, die wir waren, niemals so überströmende Lyriker wie jene Objektivisten, als die wir galten.

Das war für uns, die wir von dort ausgingen, der »Neorealismus«; und dieses Buch liefert, da es aus jenem für die »Schule« kennzeichnenden Bestreben, Literatur zu machen, entstanden ist, einen repräsentativen Katalog seiner Vorzüge und Schwächen. Denn wer heute den »Neorealismus« vor allem als Ansteckung oder Nötigung der Literatur durch außerliterarische Bereiche betrachtet, sieht das Problem falsch: in Wahrheit waren die außerliterarischen Elemente so massiv und unanfechtbar präsent, daß sie als naturgegeben erschienen; für uns gab es nur ein poetisches Problem, nämlich wie diese Welt, die für uns *die* Welt war, in ein literarisches Werk zu transformieren sei.

Der »Neorealismus« war keine Schule. (Ich bin um Genauigkeit bemüht.) Er war eine Gesamtheit von – großenteils peripheren – Stimmen, eine vielfältige Entdeckung der unterschiedlichen Italien, auch – oder insbesondere – der von der Literatur bisher vernachlässigten Italien. Ohne die Vielfalt der einander unbekannten – beziehungsweise für unbekannt gehaltenen – Italien, ohne die Vielfalt der als Hefe in die literarische Sprache einzuknetenden Dialekte und Jargons hätte es den »Neorealismus« nicht gegeben. Doch war er nicht regional im Sinn des Naturalismus im neunzehnten Jahrhundert. Die lokale Charakterisierung wollte einer Darstellung, in der die ganze weite Welt sich wiedererkennen sollte, den Geschmack der Wahrheit verleihen: so wie die amerikanische Provinz bei jenen Schriftstellern der dreißiger Jahre, deren direkte oder indirekte Schüler zu sein uns so viele Kritiker vorwarfen. Deshalb hatten Sprache, Stil, Rhythmus für uns so große Bedeutung, daher unser Realismus, der so weit wie möglich vom Naturalismus entfernt sein sollte. Wir hatten uns eine Linie gezogen, oder eine Art Dreieck: *Die Malavoglia, Gespräch in Sizilien, Unter Bauern*, von denen wir unter Berücksichtigung des lokalen Wortschatzes und der jeweiligen Region ausgehen wollten. (Ich rede immer noch im Plural, als ob es eine organisierte und bewußte Bewegung gewesen wäre, auch jetzt, wo ich gerade erkläre, daß das eben nicht der Fall war. Wie leicht es doch ist, selbst bei einer noch so ernsthaften, noch so sehr auf Tatsachen beruhenden Erörterung unversehens ins Geschichtenerzählen zu geraten... Das ist ein Grund, weshalb mir literarische Erörterungen, fremde oder eigene, immer lästiger werden.)

Meine heimische Landschaft war etwas, was ich eifersüchtig als meinen Besitz betrachtete (und hier könnte ich mit dem Vorwort beginnen: indem ich die einleitende »Autobiographie einer literarischen Generation« auf ein Minimum reduzierte und gleich begänne, von dem zu reden, was mich unmittelbar betrifft, womit ich vielleicht dem Allgemeinen, nur Annähernden entgehen könnte...), eine Landschaft, über die noch niemand wirklich geschrieben hatte. (Ausgenommen Montale – aber der stammte von der anderen Riviera –, Montale, von dem ich immer den Eindruck hatte, daß man ihn, seine Bilder und seinen Wortschatz von der lokalen Erinnerung her entschlüsseln müsse.) Meine Gegend war die Riviera di Ponente; aus dem Bild meiner Stadt – San Remo – tilgte ich polemisch den ganzen Touristenstrand – Strandpromenade mit Palmen, Casino, Hotels, Villen –, mit einer Art von Scham; ich begann mit den Gassen der Altstadt, ging die Sturzbäche aufwärts, vermied die geometrischen Nelkenfelder, wählte lieber die »Gürtel« der Weingärten und Olivenhaine mit den unzusammenhängenden alten Mauern aus losen Steinen, beging die Saumpfade auf den kahlen Hügeln, bis dahin, wo die Pinienwälder anfangen, dann die Kastanienbäume; und so war ich vom Meer – das als Streifen zwischen zwei grünen Kulissen von der Höhe aus immer sichtbar blieb – in die gewundenen Täler der ligurischen Voralpen gelangt.

Ich hatte eine Landschaft. Doch damit ich sie darstellen konnte, mußte sie in den Hintergrund treten im Verhältnis zu etwas anderem: nämlich zu Menschen und Geschichten. Die Resistenza stellte den Zusammenhang zwischen Landschaft und Menschen her. Der Roman, den ich sonst nie hätte schreiben können, ist hier. Die Alltagsszenerie meines ganzen Lebens war völlig außergewöhnlich und romanhaft geworden: von den dunklen Gesimsbogen der Altstadt bis hinauf zu den Wäldern entfaltete sich eine einzige Geschichte; sie bestand im Sichverfolgen und Sichverstecken von Bewaffneten; auch die Villen konnte ich jetzt mit einbeziehen, denn ich hatte gesehen, wie sie beschlagnahmt und zu Unterkünften für Wachposten und zu Gefängnissen gemacht worden waren; auch die Nelkenfelder, seit sie zu offenem Gelände geworden waren, das zu durchqueren gefährlich war, weil man dabei beschossen werden konnte. Diese Möglichkeit, Geschichten von Menschen in die Landschaften zu versetzen, war für den »Neorealismus« ...

In diesem Roman (es ist besser, den Faden wiederaufzunehmen; für eine Verteidigung des »Neorealismus« ist es noch zu früh; es paßt auch heute noch besser zu unserer geistigen Verfassung, wenn man versucht zu ergründen, weshalb er aufgegeben wurde) verschmelzen die Zeichen der literarischen Epoche mit denen der Jugend seines Autors. Das Provozieren durch Gewalt und Sexualität wirkt letztlich ziemlich naiv (der heutige Leser ist da ganz andere Kost gewöhnt) und gewollt (daß diese Motive für den Autor nicht wesentlich und nur vorläufig waren, kann man aus seinen späteren Werken ersehen).

Und ebenso naiv und gewollt kann das Bestreben wirken, der Erzählung eine ideologische Diskussion aufzupfropfen. Denn diese Erzählung ist auf einen ganz anderen Ton gestimmt: hier geht es um unmittelbare objektive Darstellung sowohl in Hinsicht auf die Sprache wie auf die Bilder. Um dem Drang zu diesem ideologischen Aufpfropfen Genüge zu tun, half ich mir mit einem Trick: ich konzentrierte die theoretischen Erörterungen in einem Kapitel, dem neunten, das sich im Tonfall von den anderen abhebt. In ihm bilden die Überlegungen des Kommissars Kim so etwas wie ein ins Innere des Romans versetztes Vorwort. Dieses Verfahren haben alle meine frühesten Leser kritisiert und mir geraten, das Kapitel ganz zu streichen. Ich begriff zwar, daß die Homogenität des Buches darunter litt (damals galt die stilistische Einheit als eines der wenigen unbestrittenen ästhetischen Kriterien; die Verwendung unterschiedlicher Stile und Sprachen in einem Buch war noch nicht *en vogue*), blieb aber hart. Das Buch war – teilweise heterogen und mit falschen Tönen – in ebendieser Form entstanden.

Auch das andere große Thema der zukünftigen Diskussion in der Literaturkritik, das Thema literarische Sprache – Dialekt, erscheint hier noch in seiner naiven Phase: zu Farbtupfern geronnener Dialekt (während ich in den zukünftigen Erzählungen versuchen werde, ihn wie ein lebenswichtiges, aber unsichtbares Plasma völlig von der literarischen Sprache aufsaugen zu lassen); ungleichmäßige Schreibweise, die manchmal fast preziös wird, dann wieder spontan fließt und nur unmittelbar wiedergeben möchte; dokumentarische Elemente, volkstümliche Redewendungen, Lieder, die beinahe schon Folklore sind...

Und dann (ich führe die Liste der Zeichen der Zeit – meiner und der allgemeinen – fort; ein Vorwort hat nur dann einen Sinn, wenn es eine Kritik ist) die Menschendarstellung: wütende, groteske, verzerrte Gesichter, obskure viszeral-kollektive Dramen. Die Begegnung mit dem Expressionismus, die Literatur und bildende Kunst Italiens in der Zeit nach dem Ersten Weltkrieg versäumt hatten, erlebte ihren großen Augenblick nach dem Zweiten. Vielleicht sollte man diese Phase der italienischen Kultur nicht als »Neorealismus«, sondern als »Neo-Expressionismus« bezeichnen.

Die Deformationen der expressionistischen Optik werden in diesem Buch auf die Gesichter projiziert, die die meiner Freunde und Genossen gewesen waren. Ich bemühte mich, sie falsch, unerkennbar, »negativ« zu machen, weil ich nur in der »Negativität« einen poetischen Sinn fand. Und gleichzeitig hatte ich ein schlechtes Gewissen gegenüber der soviel bunteren, wärmeren und undefinierbareren Realität, gegenüber den wirklichen Menschen, die ich als menschlich soviel komplexer und besser kannte, ein schlechtes Gewissen, das ich jahrelang mit mir herumtragen sollte...

Dies ist der erste Roman, den ich geschrieben habe. Wie wirkt er auf mich, wenn ich ihn jetzt wiederlese? (Jetzt habe ich es gefunden: dieses schlechte Gewissen. Das muß der Ausgangspunkt für mein Vorwort sein.) Das Unbehagen, das für mich jahrelang mit diesem Buch verbunden war, ist teilweise schwächer geworden und teilweise geblieben: es ist der Zusammenhang mit etwas viel Größerem, als ich es bin, mit Emotionen, die ich mit allen meinen Zeitgenossen teilte, mit Tragödien, mit Heldentum, mit selbstlosen und großen Impulsen, mit dunklen Gewissensdramen. Die Resistenza; welchen Platz hat dieses Buch in der »Literatur der Resistenza«? Als ich es schrieb, war das Erschaffen einer »Literatur der

Resistenza« noch ein offenes Problem, das Schreiben des »Romans der Resistenza« ein Imperativ; kaum zwei Monate nach der Befreiung stand in den Schaufenstern der Buchhandlungen bereits Vittorinis *Dennoch Menschen*, das unsere ursprüngliche Dialektik von Tod und Glück verarbeitete; die »gap« von Mailand hatten plötzlich ihren Roman, rasche Bewegungen auf dem konzentrischen Stadtplan; wir, die wir Partisanen der Berge gewesen waren, hätten gern den unseren gehabt, einen Roman mit unserem anderen Rhythmus, unseren anderen Ortswechseln...

Ich war nicht so unbedarft, um nicht zu wissen, daß die Geschichte die Literatur nur indirekt, langsam und häufig in widersprüchlicher Weise beeinflußt; ich wußte sehr wohl, daß viele große geschichtliche Ereignisse vorübergegangen sind, ohne einen großen Roman zu inspirieren, sogar im »Jahrhundert des Romans« par excellence; ich wußte, daß der große Roman des Risorgimento nie geschrieben worden ist... Das war uns alles klar, so naiv waren wir nicht: ich glaube aber, daß man sich immer, wenn man Zeuge oder Mitspieler einer geschichtlichen Epoche gewesen ist, als Träger einer besonderen Verantwortung fühlt...

Bei mir führte dieses Verantwortungsgefühl dazu, daß ich das Thema als zu anspruchsvoll, zu ernst für meine Fähigkeiten empfand. Um mich nicht einschüchtern zu lassen, beschloß ich, es nicht direkt, sondern perspektivisch verkürzt anzugehen. Alles sollte durch die Augen eines Kindes gesehen werden, in einer Umgebung von Straßenjungen und Vagabunden. Ich dachte mir eine Geschichte aus, die sich nur im Randbereich des Partisanenkrieges mit seinem Heldentum und seinen Opfern abspielte, aber dennoch seine Farbe, seinen herben Geschmack, seinen Rhythmus wiedergeben sollte...

Dies ist der erste Roman, den ich geschrieben habe. Wie soll ich ihn jetzt, beim Wiederlesen nach so vielen Jahren, definieren? (Schon wieder muß ich von vorne anfangen. Ich hatte die falsche Richtung eingeschlagen: ich war dabei zu zeigen, daß dieses Buch das Ergebnis eines Kunstgriffes sei, durch den ich mich vor der Verantwortung drücken wollte; aber in Wirklichkeit war es doch ganz anders...) Denn eigentlich kann ich ihn als Beispiel für eine »engagierte Literatur« im vollsten Sinn des Wortes definieren. Man hat heute, wenn man von »engagierter Literatur« redet, gewöhnlich eine falsche Vorstellung davon, das heißt, man versteht darunter eine Literatur, die nur als Illustration für eine unabhängig vom dichterischen Ausdruck bereits vorformulierte These dient. Doch kann das, was man als »Engagement« bezeichnet, auf allen Ebenen wirksam werden; hier will es sich vor allem als Bild und Wort, rasches Erfassen, Stil, Verachtung, Herausforderung realisieren.

Schon in der Wahl des Themas zeigt sich eine fast provozierend zur Schau gestellte Keckheit. Gegen wen richtet sie sich? Ich wollte, so könnte man sagen, an zwei Fronten zugleich kämpfen, wollte die Verleumder der Resistenza herausfordern und gleichzeitig die Hohepriester einer hagiographischen und süßlichen Resistenza.

Erste Front: Kaum mehr als ein Jahr nach der Befreiung war die »wohlmeinende Respektabilität« bereits in vollem Vormarsch und benutzte alle Nebenerscheinungen dieser Zeit – die Orientierungslosigkeit der Nachkriegsjugend, die Zunahme der Kriminalität, die Schwierigkeiten, eine neue Legalität einzusetzen –, um ausrufen zu können: »Haben wir es nicht schon immer gesagt, diese Partisanen, einer wie der andere, sie sollen nur aufhören von Resistenza zu reden, was für Ideale das sind, wissen wir nur zu gut...« Das war das Klima, in dem ich mein Buch schrieb, mit dem ich diesen Wohlmeinenden paradoxerweise folgendes sagen wollte: »Einverstanden, ich werde so tun, als ob ihr recht hättet, werde also nicht die besten, sondern die schlimmsten Partisanen schildern, werde in den Mittelpunkt meines Romans eine

Abteilung stellen, deren Mitglieder man bestimmt nicht als strahlende Helden betrachten kann. Trotzdem: Was ändert das? Auch jemand, der sich in den Kampf gestürzt hat, ohne einen klaren Grund zu haben, war angetrieben von einem Impuls zur Befreiung der Menschen, einem Impuls, der diese Kämpfer hunderttausendmal besser als euch hat werden lassen, der sie zu historischen Kräften machte, die zu sein ihr nicht einmal träumen könnt!« Heute ist diese Polemik, diese Herausforderung sinnlos geworden; und auch damals, das muß ich einräumen, wurde das Buch nur als Roman gelesen und nicht als Beitrag zur Diskussion über ein historisches Urteil. Doch stammt das, was man auch heute noch an Provokatorischem in ihm wahrnimmt, aus der Polemik von damals.

Aus einer zweifachen Polemik, wie gesagt. Freilich, auch die Schlacht an der zweiten Front, also der im Zusammenhang mit der »Kultur der Linken«, scheint heute weit entfernt. Damals begann gerade der Versuch einer »politischen Ausrichtung« der literarischen Aktivitäten: vom Schriftsteller wurde gefordert, den »positiven Helden« zu erschaffen, pädagogische Vorbilder für gesellschaftliches Verhalten, für revolutionären Kampf hinzustellen. Er begann gerade, habe ich gesagt; und ich muß hinzufügen, daß hier in Italien derartige Pressionen auch späterhin nie stark waren und nie viele Anhänger fanden. Dennoch, die Gefahr, daß der neuen Literatur eine pädagogische Festreden-Rolle zugewiesen werden könnte, lag in der Luft: als ich dieses Buch schrieb, hatte ich sie zwar erst gerade wahrgenommen, stand aber schon mit gesträubtem Haar und angriffsbereiten Krallen bereit, um eine neue Rhetorik zu bekämpfen. (Unser Vorrat an Antikonformismus war damals noch intakt: ein nicht leicht zu konservierendes Gut; trotzdem, es ist – wenngleich teilweise etwas verblaßt – auch heute, in unserer leichteren, aber nicht weniger gefährlichen Zeit genügend davon übriggeblieben...). Meine Reaktion von damals könnte man etwa so formulieren: »Ach so, ihr wollt den ›sozialistischen Helden‹, die

›revolutionäre Romantik‹? Ich werde euch eine Partisanengeschichte schreiben, in der niemand ein Held ist, niemand ein Klassenbewußtsein hat. Die Welt der *lingère* zeige ich euch, das Lumpenproletariat. (Das war für mich damals etwas Neues, eine große Entdeckung. Ich wußte nicht, daß dieses Milieu für den Erzähler schon immer am leichtesten zu behandeln war.) Und es wird das positivste, revolutionärste aller Bücher sein. Was interessiert uns jemand, der schon ein Held ist oder das richtige Klassenbewußtsein hat? Wie einer ein Held *wird* oder dieses Bewußtsein *entwickelt*, das muß man erzählen. Solange noch ein einziger Mensch dieses Bewußtsein nicht erlangt hat, müssen wir uns mit ihm – und nur mit ihm – beschäftigen!«

So argumentierte ich, und mit diesem polemischen Eifer stürzte ich mich ins Schreiben und veränderte Gesichts- und Charakterzüge bei Menschen, die meine engsten Genossen gewesen waren, mit denen ich Monat für Monat den Kastaniennapf und die Todesgefahr geteilt, um deren Leben ich gezittert, deren Gleichmut beim Abbrechen der Brücken hinter sich und deren von Egoismen losgelöste Lebensweise ich bewundert hatte; und ich machte sie zu Masken, verzerrt von ständigen Grimassen, zu grotesken Karikaturen, verdichtete trübe Chiaroscuri – oder was ich mir in meiner jugendlichen Naivität darunter vorstellte – über ihren Geschichten ... Was mir dann für Jahre ein schlechtes Gewissen eintrug ...

Ich muß die Einleitung noch einmal von vorne anfangen. Noch immer habe ich nicht gesagt, was ich eigentlich sagen wollte. Aus dem, was ich bisher gesagt habe, muß man den Eindruck gewinnen, beim Schreiben dieses Buches sei mir schon alles klar gewesen: die Motive für die Polemik, die zu bekämpfenden Gegner, die zu verfechtende Poetik ... Das mag zwar alles schon in meinem Kopf gewesen sein, aber es war noch undeutlich und ohne feste Umrisse. In Wirklichkeit entstand das Buch beinahe zufällig; ich hatte zu schreiben begonnen, ohne einen genauen Plan zu haben; dabei ging ich aus von jener Figur des Straßenjungen, das heißt, von einem unmittelbar der Realität abgesehenen Element, einer Art, sich zu bewegen, zu sprechen, mit den Erwachsenen umzugehen, und ich erfand, um ihr im Roman einen Halt zu geben, die Geschichte von der Schwester, von der dem Deutschen entwendeten Pistole; als schwieriger Übergang erwies sich dann die Ankunft bei den Partisanen; der Sprung von der pikaresken Erzählung zum kollektiven Epos drohte alles zu ruinieren; ich mußte mir etwas einfallen lassen, das es mir erlauben würde, die ganze Geschichte auf derselben Ebene zu halten, und so fügte ich den »Geraden« mit seiner Indifferenz ein.

Es war die Erzählung selbst, die – wie immer – bestimmte Lösungen geradezu aufzwang. Doch in dieses Schema, in diesen Plan, der sich fast von selbst bildete, füllte ich meine noch frische Erfahrung, eine Vielfalt von Stimmen und Gesichtern (ich deformierte die Gesichter, zerriß die Menschen, wie es jeder tut, der schreibt und für den die Realität zur Knetmasse, zum Werkzeug wird und der zwar weiß, daß er nur so schreiben kann, aber dennoch ein schlechtes Gewissen hat…), einen Strom von Diskussionen und Lektüren, die sich mit dieser Erfahrung verflochten.

Die Bücher, die man liest, und die Erfahrungen des Lebens sind nicht zwei Welten, sondern nur eine. Jede Erfahrung des Lebens bedarf zu ihrer Interpretation der Lektüre bestimmter Bücher und verschmilzt mit ihr. Daß Bücher stets aus anderen Büchern entstehen, ist eine Wahrheit, die nur scheinbar einer anderen widerspricht: daß nämlich die Bücher aus dem praktischen Leben und aus den Beziehungen zwischen den Menschen entstehen. Unmittelbar nach dem Ende unseres Partisanenlebens lasen wir (zuerst auszugsweise in Zeitschriften und dann im Ganzen) einen Roman über den spanischen Bürgerkrieg, den Hemingway sechs oder sieben Jahre zuvor geschrieben hatte: *Wem die Stunde schlägt*. Das war das erste

Buch, in dem wir uns wiedererkannten; von hier aus begannen wir, unsere Erlebnisse und Empfindungen zu Erzählungsmotiven und Sätzen zu transformieren; die Indifferenz von Pablo und Pilar war »unsere« Indifferenz. (Heute dürfte es dasjenige von Hemingways Büchern sein, das uns am wenigsten anspricht; aber schon damals entdeckte ich in anderen Büchern des amerikanischen Schriftstellers – insbesondere in seinen ersten Erzählungen – die Dinge, die wir stilistisch wirklich von ihm lernen konnten, und erst sie machten Hemingway zu unserem Autor.)

Die Literatur, die uns interessierte, war jene, die diesen Eindruck einer brodelnden Menschheit, der Unbarmherzigkeit und der Natur vermittelte: auch die Russen in der Zeit des Bürgerkrieges – das heißt, bevor die sowjetische Literatur züchtig und kitschig wurde – empfanden wir als unsere Zeitgenossen. Vor allem Babel, von dem wir das schon vor dem Krieg ins Italienische übersetzte Buch *Budjonnys Reiterarmee* kannten, ein aus dem Kontakt zwischen dem Intellektuellen und der revolutionären Gewalt entstandenes exemplarisches Buch des Realismus in unserem Jahrhundert.

Doch auch Fadejew hatte (ehe er zum Funktionär der offiziellen sowjetischen Literatur wurde) sein erstes Buch, *Die 19* – wenngleich auf niedrigerem Niveau –, mit dieser Ehrlichkeit und Kraft geschrieben (ich weiß nicht mehr, ob ich es gelesen hatte, als ich mein Buch schrieb, und ich werde das auch nicht nachprüfen, weil es darauf nicht ankommt; aus ähnlichen Situationen entstehen Bücher, die sich in ihrem Aufbau und ihrem Geist ähneln); Fadejew, der es verstand, sein Ende so gut wie seinen Anfang zu machen, denn er war der einzige stalinistische Schriftsteller, der 1956 zu erkennen gab, daß er die Tragödie, für die er mitverantwortlich gewesen war (die Tragödie, in der Babel und viele andere echte Revolutionsschriftsteller ihr Leben verloren), wirklich begriffen hatte und der es nicht mit heuchlerischen Vorwürfen versuchte, sondern die rigoroseste Konsequenz daraus zog: einen Pistolenschuß in die Stirn.

Das ist die Literatur, von der *Wo Spinnen ihre Nester bauen* ausgeht. Doch in der Jugend ist jedes Buch, das man liest, so etwas wie ein neues Auge, das sich öffnet und die Sehweise der anderen Augen oder Buch-Augen verändert, die man vorher hatte; und in der neuen Vorstellung von der Literatur, die ich unbedingt machen wollte, erstanden alle die literarischen Welten neu, die mich von Kindheit an fasziniert hatten... Weshalb ich, als ich mich daranmachte, etwas wie Hemingways *Wem die Stunde schlägt* zu schreiben, gleichzeitig etwas in der Art von Stevensons *Schatzinsel* schreiben wollte.

Sofort verstanden hat das Cesare Pavese, der in meinem ersten Roman alle meine literarischen Vorlieben erriet. Er nannte auch Nievo, dem ich eine geheime Huldigung hatte darbringen wollen, indem ich die Begegnung von Pin mit dem Vetter nach dem Vorbild der Begegnung von Carlino mit Spaccafumo in den *Bekenntnissen eines Achtzigjährigen* gestaltete.

Pavese war der erste, der in bezug auf mich von einem Märchenton sprach. Mir war das vorher nicht klar gewesen, doch von da an war ich mir dessen sehr bewußt und bemühte mich, diese Definition zu bestätigen. Meine Geschichte begann jetzt eingeordnet zu werden, und heute scheint sie mir ganz in diesem Anfang enthalten zu sein.

Möglicherweise ist das erste Buch eigentlich das einzige, das zählt, vielleicht sollte man nur dieses erste schreiben und dann aufhören; der große Wurf gelingt dir nur hier, die Gelegenheit, dich auszudrücken, bietet sich nur einmal, den Knoten, den du in dir hast, löst du nur dieses eine Mal oder nie mehr. Vielleicht ist die Dichtung nur in einem Augenblick des Lebens möglich, der für die meisten mit der frühesten Jugend zusammenfällt. Ist dieser Augenblick vorbei, ob du dich nun ausgedrückt hast oder nicht (und du wirst das erst hundert, hundertfünfzig Jahre später wissen; die Zeitgenossen können keine guten Richter sein), so sind die Würfel gefallen, und du kannst nur noch andere oder dich selbst nachahmen, und es wird dir nicht mehr gelingen, ein wahres, unersetzbares Wort zu sagen...

Ich muß unterbrechen. Jede Erörterung, die nur von Literatur ausgeht, endet, wenn sie ehrlich ist, mit dem, was das Schreiben immer war, dem Scheitern, der Niederlage. Zum Glück ist das Schreiben nicht nur ein literarisches Faktum, sondern auch *etwas anderes*. Und schon wieder empfinde ich die Notwendigkeit, die Richtung, die das Vorwort eingeschlagen hat, zu korrigieren.

Bei meinen Überlegungen von damals war dieses *andere* eine Definition des Partisanenkrieges. Ich verbrachte die Abende in Diskussionen mit einem gleichaltrigen Freund, der heute Arzt ist und damals wie ich Student war. Für uns beide war die Resistenza die grundlegende Erfahrung gewesen; für ihn noch viel mehr, denn er hatte als gerade Zwanzigjähriger als Kommissar der Partisanendivision, der ich als einfacher Garibaldiner angehörte, große Verantwortung getragen. Wir hatten damals, wenige Monate nach der Befreiung, den Eindruck, daß alle falsch von der Resistenza redeten, daß sich eine Rhetorik herausbildete, die deren wahres Wesen, deren ursprünglichen Charakter zudeckte. Es fiele mir heute schwer, diese Diskussionen zu rekonstruieren; ich erinnere mich nur noch an unsere Polemik gegen alle mythisierten Bilder, unsere Reduktion des Partisanenbewußtseins auf etwas Elementares, das wir bei unseren einfachsten Genossen wahrgenommen hatten und das zum Schlüssel der gegenwärtigen und zukünftigen Geschichte wurde.

Mein Freund war ein analytischer, kühler Gesprächspartner, der alles, was kein Faktum war, mit Sarkasmus behandelte; die einzige intellektuelle Figur dieses Buches, der Kommissar Kim, soll ihn porträtieren; in seinen Gesprächen mit dem Kommandanten der Brigade und in seinen einsamen Überlegungen ist sicher einiges aus unseren damaligen Diskussionen, die sich darum drehten, weshalb diese Männer ohne Uniform und Fahne überhaupt kämpften, erhalten geblieben.

Das Hinterland des Buches waren diese Diskussionen und, noch weiter im Hintergrund, seit ich Waffen trug, mein Nachdenken über die Gewalt. Ich war, ehe ich zu den Partisanen ging, ein junger Mann aus dem Bürgertum, der immer in der Familie gelebt hatte; mein stiller Antifaschismus war vor allem Opposition gegen den Kult der kriegerischen Gewalt, eine Frage des Stils, des *sense of humour* – und nun hatte die Logik meiner Überzeugungen mich mitten in die Gewalt des Partisanenkampfes getragen, zwang mir ein neues Maß auf, an dem ich mich messen mußte. Ein Trauma, mein erstes...

Und gleichzeitig die Reflexionen über die moralische Beurteilung von Menschen und den geschichtlichen Sinn von dem, was jeder von uns tat. Für die meisten meiner Altersgenossen ging es nur um die Entscheidung, auf welcher Seite sie kämpfen sollten; viele wechselten plötzlich die Seite; sie wurden aus Republikanern zu Partisanen oder umgekehrt; von beiden Seiten schossen sie oder wurden beschossen; nur der Tod machte ihre jeweilige Wahl zu etwas Unwiderruflichem. (Pavese fand diese Formulierung: »Jeder Gefallene ähnelt einem, der überlebt, und fordert von ihm Rechenschaft.« Das steht auf den letzten Seiten seines Romans *Das Haus in den Hügeln*, die bedrängt sind von Gewissensbissen wegen seiner Nichtteilnahme am Kampf und von dem Bemühen, hinsichtlich der Gründe für seine Verweigerung ehrlich zu sein.)

Das ist es: Jetzt weiß ich, wie ich das Vorwort angehen muß. Monatelang hatte ich nach Kriegsende versucht, meine Partisanenerfahrungen in der ersten Person oder mit einem mir ähnlichen Protagonisten zu erzählen. Ich schrieb ein paar Geschichten, die ich veröffentlichte, andere warf ich in den Papierkorb. Mir war nicht wohl dabei; nie gelang es mir, die sentimentalen und moralistischen Schwingungen gänzlich zu unterdrücken; immer kam irgendein Mißklang heraus; meine persönliche Geschichte erschien mir als unbedeutend und dürftig; ich war voller Komplexe und Hemmungen in bezug auf das, worauf es mir am meisten ankam...

Als ich begann, Geschichten zu schreiben, in denen ich keine Rolle spielte, funktionierte auf einmal alles: Sprache, Rhythmus, Dimensionen wurden präzise und funktional; je objektiver und anonymer ich die Geschichte machte, desto befriedigender fand ich sie; und nicht nur ich, auch die Kollegen, denen ich sie zu lesen gab – Vittorini und Ferrata in Mailand, Natalia [Ginzburg] und Pavese in Turin, die ich in der ersten Zeit nach dem Krieg kennenlernte –, hatten jetzt nichts mehr einzuwenden. Ich begann zu begreifen, daß eine Erzählung um so mehr zum Ausdruck meiner selbst wurde, je objektiver und anonymer sie war.

Die Fähigkeit, »objektiv« zu schreiben, erschien mir damals als das Natürlichste auf der Welt; ich hätte mir nie vorstellen können, daß ich sie so bald verlieren würde. Jede Geschichte bewegte sich völlig sicher in einer Welt, die ich so gut kannte: das war *meine* Erfahrung, meine Erfahrung multipliziert mit den Erfahrungen der anderen. Und geschichtlicher Sinn, Moral, Gefühl waren gerade deshalb präsent, weil sie unausgesprochen, verborgen blieben.

Als ich begann, eine Geschichte über einen Partisanenjungen zu entwickeln, den ich bei den Partisanentruppen kennengelernt hatte, ahnte ich nicht, daß sie mehr Raum beanspruchen würde als die übrigen. Weshalb ist daraus ein Roman geworden? Weil – wie mir später klar wurde – die Identifikation zwischen mir und dem Helden zu etwas Komplexerem geworden war. Die Beziehung zwischen dem Jungen Pin und dem Partisanenkrieg entsprach symbolisch der Beziehung zwischen dem Partisanenkrieg und mir. Pins Unterlegenheit gegenüber der unbegreiflichen Welt der Erwachsenen entspricht derjenigen, die ich als Angehöriger des Bürgertums in derselben Lage empfand. Und die von seiner Herkunft aus der Unterwelt – auf die er so stolz ist – herrührende Abgebrühtheit, aufgrund deren er sich als Komplize jedes »Gesetzlosen« fühlt, sich fast als überlegen betrachtet, entspricht der »intellektuellen« Einstellung, sich auf der Höhe der Situation zu fühlen, sich nie zu wundern, sich gegen Emotionen zu wehren... Durch diesen Transpositionsschlüssel – der aber, wohlgemerkt, nur ein Schlüssel a posteriori war, mittels dessen ich mir nachher erklärte, was ich geschrieben hatte – wurde die Geschichte, aus der ich meine persönliche Sehweise verbannt hatte, wieder *meine* Geschichte...

Meine Geschichte war die einer Jugend, die für einen jungen Mann, der den Krieg als Alibi im wörtlichen und übertragenen Sinn benutzt hatte, zu lange dauerte. Im Verlauf weniger Jahre war dieses Alibi unversehens zu einem *Hier und Jetzt* geworden. Zu früh für mich – oder zu spät: ich hatte die Träume zu lang geträumt und war nicht darauf vorbereitet, sie zu leben. Zuerst die Wende im Krieg, die Wandlung der gestern noch Unbekannten zu Helden und Führern. Jetzt, im Frieden, die Glut der neuen Energien, die alle Beziehungen belebte, die in alle Organe des öffentlichen Lebens eindrang; und auf einmal öffnete sich auch das ferne Schloß der Literatur wie ein naher und freundlicher Hafen, der bereit war, den jungen Provinzler mit Bannern und Fanfaren zu empfangen. Und eine Art erotischer Aufladung elektrisierte die Luft, leuchtete in den Augen der Mädchen, die Krieg und Frieden uns wiedergegeben und nähergebracht hatten, die jetzt wirklich zu Gleichaltrigen und Gefährtinnen geworden waren, in einem Einvernehmen, welches das neue Geschenk dieser ersten Friedensmonate war und das die lauen Abende des wiedererstandenen Italiens mit Lachen und Gesprächen erfüllte.

Es gelang mir angesichts jeder sich eröffnenden Möglichkeit nicht, das zu sein, was ich mir vor der Stunde der Prüfung erträumt hatte: ich war der Geringste der Partisanen gewesen; ich war ein unsicherer, unzufriedener und ungeschickter Liebhaber; die Literatur eröffnete sich mir nicht als objektive, distanzierte Kunst, sondern als ein Weg, bei dem ich nicht wußte, von wo aus ich anfangen sollte. Die Last jugendlichen Wollens und jugendlicher Anspannung verschloß mir die spontane Grazie der Jugend. Vor dem stürmischen Reifen der Zeit wurde meine Unreife nur um so deutlicher sichtbar.

Der symbolische Held meines Buches war ein Bild der Regression: ein Kind. Waffen und Frauen schienen dem kindlichen und eifersüchtigen Blick Pins fern und unverständlich; was meine Philosophie pries, verwandelte meine Poetik in feindselige Erscheinungen; mein Übermaß an Liebe färbte mit höllischer Verzweiflung.

Beim Schreiben hatte ich das stilistische Bedürfnis, unterhalb der Fakten zu bleiben; das Italienisch, das mir gefiel, war das eines Menschen, der »zu Hause nicht italienisch spricht«; ich versuchte zu schreiben wie ein hypothetisches autodidaktisches Ich.

Wo Spinnen ihre Nester bauen ist entstanden aus diesem Gefühl der völligen Mittellosigkeit, die ich einerseits als qualvoll empfand, andererseits nur voraussetzte und zur Schau trug. Wenn ich dem Buch auch heute noch einen Wert zumesse, so liegt er hier: es malt das Bild einer noch unerhellten vitalen Kraft, in der das Elend des »zu jung« mit dem Elend des Ausgeschlossenen und Zurückgestoßenen verschmilzt.

Wenn ich heute sage, daß wir damals Literatur aus unserer Armut machten, so meine ich damit weniger ein ideologisches Programm als etwas Tieferes, das in jedem von uns steckte.

Heute ist Schreiben ein normaler Beruf, der Roman ein »Produkt« mit seinem »Markt« aus »Angebot« und »Nachfrage«, mit seinen Werbekampagnen, seinen Erfolgen und seinem Alltagstrott; die italienischen Romane haben jetzt alle »ein gutes Durchschnittsniveau« und gehören zu den überflüssigen Gütern einer zu schnell befriedigten Gesellschaft: heute fällt es schwer, sich die Einstellung zu vergegenwärtigen, aus der heraus wir damals versuchten, eine Form des

Erzählens zu realisieren, die wir uns erst völlig neu erarbeiten mußten.

Ich verwende noch immer den Plural, doch habe ich bereits klargestellt, daß ich von etwas rede, das zersplittert und uneinheitlich war, das aus verschiedenen Provinzgegenden kam und keine expliziten Gründe gemeinsam hatte, die nicht partiell und vorläufig waren. Es war vor allem, so kann man sagen, eine Potentialität, die in der Luft lag. Und die bald verbraucht war.

Schon in den fünfziger Jahren hatte das Bild sich geändert. Da waren die Großen: Pavese tot, Vittorini verschlossen in einem oppositionellen Schweigen, Moravia, der in einer anderen Umgebung eine andere (nicht mehr existentialistische, sondern naturalistische) Bedeutung gewann; und der italienische Roman nahm seinen elegisch-moderat-soziologischen Lauf, wobei wir alle uns schließlich eine mehr oder weniger bequeme Nische einrichteten (oder unsere Hintertürchen fanden).

Aber es gab auch Autoren, die den Weg jenes ersten fragmentarischen Epos weitergingen: gewöhnlich waren es die am stärksten Isolierten, die am wenigsten »Eingeordneten«, die sich diese Kraft bewahrten. Und es war der einsamste von allen, dem es gelang, zu einer Zeit, als niemand mehr damit rechnete, jenen Roman zu schreiben, von dem wir alle geträumt hatten. Ich spreche von Beppe Fenoglio, der *Eine Privatsache* schrieb, aber nicht vollenden konnte. Er starb schon mit vierzig Jahren, ohne die Veröffentlichung des Romans zu erleben. Das Buch, das unsere Generation hatte schreiben wollen, jetzt ist es da, und unsere Arbeit hat jetzt einen krönenden Abschluß und einen Sinn bekommen; erst jetzt können wir, dank Fenoglio, sagen, daß eine Epoche zu Ende ist, erst jetzt sind wir sicher, daß es sie wirklich gegeben hat: die Zeit, die sich von *Wo Spinnen ihre Nester bauen* bis zu *Eine Privatsache* erstreckt.

Eine Privatsache ist aufgebaut mit der geometrischen Spannung eines Romans, der in der Art von Ariosts *Orlando furioso* von Liebeswahn und ritterlichen Abenteuern handelt; und die Geschichte enthält zugleich die Resistenza, wie sie wirklich war, von innen und von außen, so wahr, wie sie noch nie beschrieben wurde, jahrelang mit klaren Umrissen getreulich im Gedächtnis aufbewahrt, und mit allen moralischen Werten, die um so stärker sind, als sie nicht ausgesprochen werden, und den starken Gefühlen und der Wut. Und es ist ein Buch der Landschaften und ein Buch der bewegten Gestalten, die allesamt ganz lebendig sind, und ein Buch des genauen und wahren Wortes. Und es ist ein absurdes, geheimnisvolles Buch, in dem das, was man erstrebt, erstrebt wird, um etwas anderes zu erstreben, und dieses andere, um wieder etwas anderes zu erstreben, und in dem man den wahren Grund nie erreicht.

Für Fenoglios Buch hätte ich das Vorwort schreiben wollen: nicht für meines.

Dies ist der erste Roman, den ich geschrieben habe, fast überhaupt das erste, was ich geschrieben habe. Was kann ich heute darüber sagen? Ich werde das sagen: Man hätte das erste Buch niemals schreiben sollen.

Solange dieses erste Buch nicht geschrieben ist, hat man jene Freiheit des Beginns, die man nur einmal im Leben nutzen kann; das erste Buch legt dich schon fest, obwohl du eigentlich noch gar nicht festgelegt bist. Und mit dieser Festgelegtheit mußt du dich dann das ganze Leben abschleppen, mußt versuchen, sie zu bestätigen oder zu vertiefen oder zu korrigieren oder sie Lügen zu strafen; aber es wird dir nie gelingen, so zu tun, als gäbe es sie nicht.

Und weiter: Für diejenigen, die in der Jugend nach einer Erfahrung, über die sie »vieles zu erzählen« haben (bei mir und vielen anderen der Krieg), zu schreiben begannen, wird das erste Buch sofort zu einer Trennwand zwischen dir und der Erfahrung, es zerschneidet die Fäden, die dich mit den Fakten verbinden, verbrennt den Schatz der Erinnerung – der zu einem Schatz geworden wäre, wenn du die Geduld gehabt hättest, ihn zu hüten, wenn du es nicht so eilig gehabt hättest, ihn auszugeben, ihn zu verprassen, eine willkürliche Hierarchie unter den von dir gespeicherten Bildern einzurichten, die privilegierten, die du als Träger einer poetischen Emotion betrachtetest, von jenen zu trennen, die dich zu sehr oder zu wenig zu betreffen schienen, als daß du sie hättest darstellen können, also mit Gewalt eine andere Erinnerung zu schaffen, eine veränderte Erinnerung anstelle der umfassenden mit ihren unscharfen Konturen und ihren unendlichen Möglichkeiten der Nutzbarmachung... Von dieser Gewalt, die du der Erinnerung beim Schreiben angetan hast, wird sie sich nie mehr erholen: die privilegierten Bilder werden von der vorzeitigen Aufwertung zu literarischen Motiven gebrandmarkt bleiben, während die Bilder, die du dir aufheben wolltest, vielleicht mit der geheimen Absicht, sie ihn zukünftigen Büchern zu verwenden, zugrunde gehen, weil sie aus der natürlichen Ganzheit der in Fluß befindlichen und lebendigen Erinnerung herausgerissen wurden. Jetzt hat die literarische Projektion, bei der alles fest und ein für alle Mal fixiert ist, das Feld besetzt, hat die Vegetation der Erinnerung, bei der das Leben des Baumes und das des Grashalms aufeinander angewiesen sind, ausgebleicht und zerdrückt. Die Erinnerung – oder eigentlich die Erfahrung, die die Erinnerung plus der Wunde ist, die sie dir zugefügt hat, plus der Veränderung, zu der sie bei dir geführt hat und die dich anders werden ließ –, die Erfahrung als erste Nahrung auch des literarischen Werkes (aber nicht nur dessen), als wahrer Reichtum des Schriftstellers (aber nicht nur des Schriftstellers), diese Erfahrung vertrocknet und wird zerstört, sobald sie ein literarisches Werk geformt hat. Der Schriftsteller ist dann der ärmste aller Menschen.

So blicke ich also zurück in jene Zeit, die mir voll von Bildern und Bedeutungen schien: der Partisanenkrieg, die Monate, die wie Jahre zählten und aus denen man sein ganzes Leben lang Gesichter und Belehrungen und Landschaften und Gedanken und Episoden und Erschütterungen sollte ziehen können. Das ist alles weit entfernt und nebelhaft, und die geschriebenen Seiten sind da mit ihrer frechen und – wie ich nur zu gut weiß – täuschenden Sicherheit, die Seiten, die bereits gegen eine Erinnerung polemisierten, die noch ein gegenwärtiges massives, scheinbar stabiles, ein für alle Mal gegebenes Faktum, die *Erfahrung*, war. Und sie nützen mir nichts, ich brauchte den ganzen Rest, eben das, was nicht mehr da ist. Ein geschriebenes Buch wird mich nie über das hinwegtrösten, was ich zerstörte, indem ich es schrieb: jene Erfahrung nämlich, die, hätte ich sie über die Jahre des Lebens hinweg aufbewahrt, es mir ermöglicht hätte, das letzte Buch zu schreiben, und die so nur ausreichte zum Schreiben des ersten.

Juni 1964 — I. C.

1

Um bis auf den Grund der Gasse zu dringen, müssen die Sonnenstrahlen schnurgerade die kalten Mauern hinunter, Mauern, von Bögen auseinandergestemmt, die das sattblaue Himmelsblau durchqueren.

Senkrecht fallen sie, die Sonnenstrahlen, an den Fenstern entlang, die hier und dort regellos eingebaut sind, an Basilikum- und Majoranbüscheln, die in Kochtöpfen auf den Fenstersimsen stehen, und an Unterröcken, die auf Leinen hängen, vorbei bis hinab auf das Kopfsteinpflaster mit seinen Stufen und mit der Rinne mittendurch für den Harn der Maulesel.

Es genügt ein Schrei von Pin, der, die Nase in die Luft gereckt, auf der Schwelle der Werkstatt hockt, ein Schrei als Auftakt zu einem Lied, oder auch ein erschreckter Schrei, ehe die Hand Pietromagros, des Flickschusters, ihn unverhofft am Kragen packt, um ihn zu schlagen, und schon erhebt sich von den Fenstersimsen ein Widerhall von Geschrei und Gezeter.

»Pin! Schon so früh mußt du uns einen Schreck einjagen! Sing uns lieber was vor, Pin! Pin, armer Kerl, was tut man dir an? Pin, du Trottel! Wenn dir dein Grölen doch ein für allemal im Halse steckenbliebe! Du und dein Meister, dieser Hühnerdieb! Du und deine Schwester, diese Matratze!«

Doch schon steht Pin mitten in der Gasse, die Hände in den Taschen der Jacke, die viel zu groß für ihn ist, und sieht einem nach dem andern ins Gesicht, ohne eine Miene zu verziehen: »Weißt du was, Celestino, ich an deiner Stelle würde lieber den Rand halten, mit deinem schönen neuen Anzug da. Übrigens, der Einbruch im Stoffgeschäft bei der Neuen Mole, weiß man eigentlich noch nicht, wer das war? Na, ist ja auch egal. Ciao, Carolina, noch mal Glück gehabt damals. Ja, Glück hast du gehabt, daß dein Mann nicht unters Bett geguckt hat. Und was dich betrifft, Pascà, mir hat einer erzählt, was in deinem Dorf passiert ist. Daß Garibaldi nämlich zum erstenmal Seife dorthin gebracht hat, und deine Dorfleute haben sie aufgefressen. Seifenfresser, Pascà, gottverdammt, wißt ihr überhaupt, was Seife kostet?«

Pin hat die heisere Stimme eines frühzeitig gealterten Kindes: er beginnt jeden Satz leise und ernst, dann bricht er unvermittelt in ein Lachen voller I-Laute aus, daß es wie Pfeifen klingt, und die roten und schwarzen Sommersprossen sammeln sich um seine Augen wie ein Wespenschwarm.

Wer Pin verspotten will, zieht allemal den kürzeren: er weiß alles, was in der Gasse geschieht, und nie ist man sicher, womit er diesmal auspacken wird. Von früh bis spät schreit und grölt er unter den Fenstern, während in Pietromagros Werkstatt der Berg abgelaufener Schuhe bald den Schustertisch unter sich begraben und bis auf die Gasse hinausquellen wird.

»Pin! Trottel! Galgenvogel!« ruft eine Frau. »Wenn du mir doch meine Latschen besohlen würdest, statt uns den ganzen Tag lang in Schrecken zu halten! Einen Monat habt ihr sie jetzt schon auf eurem Haufen liegen. Aber ich werde schon noch ein Wörtchen mit deinem Meister reden, wenn sie ihn wieder rausgelassen haben!«

Pietromagro verbringt die Hälfte des Jahres im Gefängnis, weil er als Pechvogel geboren ist und weil man zu guter Letzt doch immer wieder ihn einsperrt, wenn im Umkreis etwas gestohlen worden ist. Er kehrt zurück und sieht den Berg abgelaufener Schuhe und die offene Werkstatt ohne eine Menschenseele. Er setzt sich an den Schustertisch, greift einen Schuh heraus, dreht und wendet ihn und wirft ihn wieder auf den Haufen; dann stützt er sein bärtiges Gesicht in die knochigen Hände und flucht. Pin kommt pfeifend hereinspaziert und ahnt nichts Böses: da steht plötzlich Pietromagro vor ihm, die Hände schon erhoben, die Pupillen gelb umrahmt und sein Gesicht schwarz vom Stoppelbart, der so kurz ist wie ein Hundefell. Pin schreit auf, doch Pietromagro hat ihn schon gepackt und läßt ihn nicht los; und wenn er genug davon hat, ihn zu prügeln, läßt er ihn in der Werkstatt zurück und geht in die Osteria. An so einem Tag bekommt ihn niemand mehr zu Gesicht.

Jeden zweiten Abend kommt der deutsche Matrose zu Pins Schwester. Pin pflegt in der Gasse auf ihn zu warten, wenn er den steilen Weg heraufkommt, und bittet ihn um eine Zigarette; anfangs war er freigebig und schenkte ihm auch drei, vier auf einmal. Es ist kein Kunststück, sich über den deutschen Matrosen lustig zu machen, denn er versteht nichts und sieht einen nur an mit seinem aufgedunsenen, konturenlosen Gesicht, glattrasiert bis an die Schläfen. Ist er dann weitergegangen, kann man hinter seinem Rücken getrost Fratzen schneiden in der Gewißheit, daß er sich nicht umdreht; er sieht lächerlich aus von hinten, mit den beiden schwarzen Bändern, die von der Matrosenmütze bis zu seinem Hintern herunterhängen, der von der kurzen Jacke nicht bedeckt wird und fleischig ist wie der einer Frau, und einer mächtigen deutschen Pistole darauf.

»Zuhälter... Zuhälter...« sagen die Leute von den Fenstern aus zu Pin, verstohlen, denn mit solchen Leuten ist nicht zu spaßen.

»Und ihr seid die Gehörnten«, gibt Pin spöttisch zurück und pumpt sich Hals und Nase mit Rauch voll, einem Rauch, der noch zu herb und zu scharf ist für seine kindliche Kehle, den man aber in sich hineinsaugen muß, bis einem die Augen tränen und man heftig hustet, man weiß selbst nicht, warum; dann, mit der Zigarette im Mund, zur Osteria und sagen: »Gottverdammt, wer mir ein Glas spendiert, dem erzähl' ich was, wofür er mir dankbar sein wird.«

In der Osteria hocken immer dieselben, den ganzen Tag, seit Jahren, die Ellenbogen auf dem Tisch und das Kinn auf die Faust gestützt, und stieren die Fliegen auf dem Wachstuch an und den violetten Schatten auf dem Grund der Gläser.

»Was gibt's denn«, fragt Mischäl, der Franzose, »hat deine Schwester die Preise gesenkt?«

Die andern lachen und hauen mit den Fäusten auf die Theke: »Pin, diesmal hast du dir aber wirklich eine Abfuhr geholt!«

Pin steht da und sieht ihn von unten nach oben an, durch seinen struppigen Pony, der die Stirn verdeckt.

»Gottverdammt, genau das habe ich mir gedacht. Seht euch so was an, er hat nichts als meine Schwester im Kopf. Ich sag's euch, er kann an nichts andres mehr denken: er hat sich verknallt. In meine Schwester hat er sich verknallt, da gehört schon allerhand dazu...«

Die andern brüllen vor Lachen und schlagen ihm auf die

Schulter und gießen ihm ein Glas ein. Pin mag keinen Wein: er schmeckt sauer und zieht einem den Hals zusammen und treibt einen dazu, laut zu lachen, zu schreien und böse zu sein. Trotzdem trinkt er ihn, schüttet ihn gläserweise in einem einzigen Zug hinunter, so wie er den Zigarettenrauch in sich hineinsaugt, so wie er nachts voller Ekel seine Schwester mit nackten Männern im Bett belauert; und sie zu sehen ist wie eine rauhe Liebkosung unter der Haut, ein herber Geschmack, wie alle Männersachen; Zigaretten, Wein, Frauen.

»Sing uns was vor, Pin«, fordern sie ihn auf. Pin steht ernst, kerzengerade da, er singt gut, mit dieser Stimme eines heiseren Kindes. Er singt *Die vier Jahreszeiten.*

O süße Freiheit, schönster Preis,
Wann endet meine Not?
Ein Kuß auf Liebchens Lippen heiß,
Und danach in den Tod.

Die Männer hören schweigend zu, den Blick gesenkt, als hörten sie einen Choral. Alle sind sie schon mal im Gefängnis gewesen: wer noch nie im Gefängnis war, ist kein Mann. Und das alte Lied der Strafgefangenen ist voll von jener Hoffnungslosigkeit, die einem abends in die Knochen kriecht, im Gefängnis, wenn die Wärter ihren Rundgang machen und mit einer Eisenstange gegen die Gitter klopfen, wenn allmählich die Streitereien und Flüche verstummen und nur eine einzige Stimme bleibt, die dieses Lied singt, wie jetzt Pin, und keiner sie schweigen heißt.

O Labsal, wenn in stiller Nacht
Der Ruf des Postens klingt,
Und milder Mondschein kühl und sacht
In meine Zelle dringt.

Pin ist noch nie in einem richtigen Gefängnis gewesen: als man ihn seinerzeit ins Erziehungsheim bringen wollte, ist er abgehauen. Hin und wieder schnappt ihn die Ortspolizei bei einem seiner Streifzüge über die Dächer des Gemüsemarktes, er aber macht das ganze Polizeirevier mit seinem Zetern und Heulen so lange verrückt, bis man ihn wieder laufenläßt. Aber in der Arrestzelle der Polizei war er für kurze Zeit eingesperrt, er weiß, wie das ist, deshalb singt er gut, mit Gefühl.

Pin kann sie alle, die alten Lieder, die ihm die Männer von der Osteria beigebracht haben, Lieder, die von Bluttaten handeln, wie dasjenige, das beginnt: *Kehr zurück, Caserio ...* und das über Peppino, der den Leutnant ermordet. Dann, unvermittelt, während alle schwermütig sind und in den violetten Grund ihrer Gläser starren und husten und sich räuspern, dreht Pin sich mitten im Rauch der Osteria im Kreis herum und fängt lauthals an:

> Und ihr Haar wollt' ich berühren,
> Doch da sprach sie: So ist's schlecht,
> Weiter unten mußt du suchen,
> Da ist's schöner, da ist's recht.

Dann hämmern die Männer mit den Fäusten auf die Zinkplatte, die Kellnerin bringt die Gläser in Sicherheit, und sie rufen »Juhuu!« und klatschen mit den Händen den Takt. Und die Frauen in der Osteria, alte Säuferinnen mit rotem Gesicht, wie die Bersagliera, hopsen herum und versuchen einen Tanzschritt. Und Pin, mit hochrotem Kopf und mit einer Verbissenheit, die ihm die Zähne zusammenpreßt, brüllt sich mit dem unanständigen Lied schier die Seele aus dem Leib.

Wollt' ihr Näschen ich berühren,
Da sprach sie: Du dummer Wicht!
Weiter unten ist ein Garten,
Tummle dich und zier dich nicht.

Und alle andern klatschen den Takt für die alte Bersagliera und grölen den Refrain:

Weiter unten ist ein Garten,
Tummle dich und zier dich nicht.

An diesem Tag kam der deutsche Matrose übelgelaunt die Gasse herauf. Hamburg, seine Heimatstadt, wurde tagtäglich bombardiert, und tagtäglich wartete er auf Nachricht von seiner Frau und seinen Kindern. Er hatte ein leidenschaftliches Temperament, der Deutsche, das Temperament eines Südländers, verpflanzt in einen Menschen von der Nordsee. Er hatte sich einen ganzen Stall voller Kinder zugelegt, und jetzt, durch den Krieg in die Fremde verschlagen, suchte er seinen Überschuß an menschlicher Wärme dadurch lozuwerden, daß er sein Herz an die Prostituierten der besetzten Länder hängte.

»Nix Zigaretten«, sagt er zu Pin, der ihm entgegengelaufen ist, um ihm guten Tag zu sagen. Pin sieht ihn schief von der Seite an.

»Na, Kamerad, heute schon wieder hier? Hast wohl Heimweh, was?«

Jetzt sieht der Deutsche Pin schief an; er versteht ihn nicht.

»Du willst nicht zufällig zu meiner Schwester?« fragt Pin unschuldig.

Und der Deutsche: »Schwester nicht zu Haus?«

»Was, das weißt du nicht?« Pin macht ein so scheinheiliges Gesicht, als sei er bei den Priestern aufgezogen worden. »Weißt du nicht, daß man sie ins Krankenhaus gebracht hat, die Ärmste? Scheußliche Krankheit, aber heute kann man so was ja kurieren, wenn man es rechtzeitig erkennt. Eine ganze Weile hatte sie's allerdings schon ... Im Krankenhaus, stell dir vor! Die Ärmste!«

Das Gesicht des Deutschen ist weiß wie Käse: er stottert und schwitzt. »Kran-ken-haus? Krank-heit?« An einem Fenster im Hochparterre erscheint der Oberkörper eines Mädchens mit Pferdegesicht und schwarzem, krausem Haar.

»Hör nicht auf ihn, Frick, hör nicht auf dieses schamlose Balg!« schreit sie. »Das wirst du mir büßen, du Trottel, willst mich wohl ruinieren? Komm nur rauf, Frick, hör nicht auf ihn, er hat nur Spaß gemacht, der Teufel soll ihn holen!«

Pin schneidet ihr eine Grimasse. »Jetzt ist dir aber der kalte Schweiß ausgebrochen, Kamerad«, sagt er zu dem Deutschen und flitzt um die Ecke in eine Nebengasse.

Manchmal hinterläßt ein böser Scherz einen bitteren Nachgeschmack, und Pin streift einsam durch die Gassen, wo alle ihm Schimpfworte nachrufen und ihn fortjagen. Er hätte wohl Lust, sich mit einer Bande von Altersgenossen herumzutreiben, ihnen die Stelle zu zeigen, wo die Spinnen ihre Nester bauen, oder mit Rohrstöcken wilde Kämpfe auszufechten, im Graben. Doch die andern Jungen mögen Pin nicht: er, Pin, ist der Freund der Erwachsenen, er kann den Erwachsenen Dinge sagen, über die sie lachen oder wütend werden, er ist anders als sie, die nicht verstehen, wovon die Erwachsenen sprechen. Manchmal würde Pin gerne mit Gleichaltrigen zusammensein, sie fragen, ob sie ihn mitspielen lassen, wenn sie Kopf oder

Zahl spielen, und ob sie ihm den unterirdischen Gang zeigen, der zum Marktplatz führt. Aber die Jungen lassen ihn abseits stehen, und schließlich verprügeln sie ihn; denn Pin hat dünne Ärmchen und ist der Schwächste von allen. Manchmal gehen sie zu Pin, um sich erklären zu lassen, was Männer und Frauen miteinander treiben; doch Pin verhöhnt sie nur und schreit die ganze Gasse entlang, und die Mütter rufen ihre Jungen zurück: »Costanzo! Giacomino! Wie oft hab' ich dir schon verboten, mit diesem ungezogenen Bengel zu spielen!«

Die Mütter haben recht: Pin erzählt nur Geschichten von Männern und Frauen im Bett und von ermordeten und eingesperrten Männern, Geschichten, die er von den Erwachsenen gehört hat, die Art von Märchen, wie sie die Erwachsenen einander erzählen und die sogar schön anzuhören wären, wenn Pin sie nicht mit Spötteleien und Andeutungen spicken würde, die keiner versteht.

So bleibt Pin nichts anderes übrig, als sich in die Welt der Erwachsenen zu flüchten, der Erwachsenen, die ihm zwar immer wieder den Rücken kehren, der Erwachsenen, die für ihn ebenso wie für die andern Jungen zwar unverständlich und weit entfernt sind, die aber leichter zu verspotten sind, mit ihrer Gier nach Frauen und ihrer Angst vor den Carabinieri, bis es ihnen zuviel wird und sie ihn mit einem Klaps auf den Hinterkopf davonjagen.

Jetzt wird Pin in die blauverräucherte Osteria gehen und Schweinereien sagen, unerhörte Schimpfworte zu den Männern dort drinnen, bis sie völlig außer Rand und Band geraten und sich schlagen, rührselige Lieder wird er singen, schmachtend, bis er selber weinen muß und auch die Männer zum Weinen bringt, und Witze und Grimassen wird er erfinden, die so neu sind, daß man vor Lachen betrunken wird, und das alles nur, um den Nebel der Einsamkeit zu zerstreuen, der sich ihm an solchen Abenden schwer auf die Brust legt.

Doch in der Osteria bilden die Männer eine einzige Wand aus lauter Rücken, die sich ihm nicht öffnet; und ein neuer Mann steht in ihrer Mitte, hager und ernst. Die Männer schielen zu dem eintretenden Pin herüber, dann blinzeln sie dem Unbekannten zu und sagen ein paar Worte. Pin spürt, daß ein anderer Wind weht; Grund genug, heranzutreten, die Hände in den Hosentaschen, und zu sagen: »Verdammt noch mal, ihr hättet sehn sollen, was für ein Gesicht der Deutsche gemacht hat!«

Die Männer antworten nicht mit den üblichen Sprüchen. Sie wenden sich langsam um, einer nach dem andern. Mischäl, der Franzose, mustert ihn, als habe er ihn noch nie gesehen, und sagt dann langsam: »Du bist ein dreckiges Zuhälterschwein!«

Der Wespenschwarm auf Pins Gesicht zuckt kurz auf, dann erwidert Pin gelassen, doch mit zusammengekniffenen Augen: »Nachher erklärst du mir, was das heißen soll.«

Giraffe reckt den Hals zu ihm hinüber und sagt: »Hau ab! Mit einem, der zu den Deutschen hält, wollen wir nichts zu tun haben!«

Gian, der Fahrer, sagt: »Am Ende werdet ihr noch alle beide zu Faschistenbonzen, du und deine Schwester, bei euren Beziehungen!«

Pin versucht ein Gesicht zu machen, als wolle er sie aufziehen.

»Nachher werdet ihr mir erklären, was das alles heißen soll«, sagt er. »Mit der Partei hab' ich nie was zu tun gehabt, nicht mal mit der Balilla-Jugend*, und meine Schwester geht, mit wem sie will, schließlich belästigt sie niemand.«

Mischäl kratzt sich im Gesicht. »An dem Tag, an dem alles anders wird – kapierst du? –, werden wir deine Schwester zwingen, kahlgeschoren und splitternackt herumzulaufen, wie ein gerupftes Huhn... Und für dich... für dich werden wir uns was einfallen lassen, woran du nicht im Traum denkst...«

Pin verzieht keine Miene, aber man sieht, daß er getroffen ist, er beißt sich auf die Lippen. »An dem Tag, an dem ihr ein bißchen mehr Grips habt als heute, erklär' ich euch, was los ist. Erstens haben meine Schwester und ich überhaupt nichts miteinander zu tun, und den Zuhälter könnt ihr spielen, wenn ihr Lust dazu habt. Zweitens geht meine Schwester nicht mit Deutschen, weil sie zu den Deutschen hält, sondern weil sie international ist, wie das Rote Kreuz, und genauso, wie sie jetzt mit denen geht, wird sie nachher mit den Engländern gehen, mit den Negern und allen anderen Sakramentern, die danach kommen.« (Das alles sind Redensarten, die Pin von den Erwachsenen gehört hat, vielleicht sogar von denselben, die gerade mit ihm sprechen. Warum muß jetzt er ihnen das erklären?) »Drittens hab' ich dem Deutschen nur seine großartigen Zigaretten abgeknöpft und ihm zum Dank solche Streiche gespielt wie den von heute, aber weil ihr mir jetzt die Laune verdorben habt, erzähl' ich's euch nicht mehr.«

Der Versuch, das Thema zu wechseln, ist jedoch vergeblich. Gian, der Fahrer, sagt: »Jetzt ist nicht die Zeit für

* Nach einem jungen Helden des Risorgimento bezeichnete Vereinigung der faschistischen Jugend. (Diese wie alle folgenden Anmerkungen stammen vom Übersetzer.)

Witze! Ich war in Kroatien, und wenn da ein dämlicher Deutscher in einem Dorf Frauen hinterherstieg, fand man hinterher nicht mal seine Leiche wieder.«

Mischäl sagt: »Früher oder später lassen wir ihn in einem Gully verschwinden, deinen Deutschen!«

Der Unbekannte, der die ganze Zeit über geschwiegen und weder Zustimmung geäußert noch gelächelt hat, zupft ihn am Ärmel. »Jetzt ist nicht der Moment, davon zu sprechen. Denkt an das, was ich euch gesagt habe.«

Die andern nicken und sehen wieder Pin an. Was in aller Welt wollen sie nur von ihm?

»Sag mal«, fragt Mischäl, »hast du gesehen, was für eine Pistole der Matrose hat?«

»Ein Mordstrumm von Pistole hat der«, erwidert Pin.

»Ausgezeichnet«, fährt Mischäl fort, »diese Pistole wirst du uns besorgen.«

»Wie soll ich das denn machen?« fragt Pin.

»Deine Sache.«

»Aber wie soll ich das denn machen, wo er sie immer am Hintern kleben hat? Holt sie euch doch selbst.«

»Also: schließlich läßt er auch mal die Hosen runter, oder? Dann schnallt er auch die Pistole ab, worauf du dich verlassen kannst. Du gehst hin und nimmst sie. Deinc Sache, wie du das fertigbringst.«

»Wenn ich will.«

»Hör zu«, mischt sich Giraffe ein, »wir sind nicht hier, um Witze zu reißen. Wenn du zu uns gehören willst, weißt du jetzt, was du zu tun hast, sonst...«

»Sonst?«

»Sonst... Weißt du, was ein *Gap** ist?«

* Gruppi di Azione Partigiana, kommunistische Partisanenverbände, die nur in Städten operierten.

Der Unbekannte stößt Giraffe mit dem Ellenbogen an und schüttelt den Kopf: anscheinend ist er nicht einverstanden mit der Vorgehensweise der andern.

Für Pin haben neue Wort stets den Nimbus eines Geheimnisses, als deuteten sie auf etwas Dunkles, Verbotenes. Ein *Gap*? Was mag wohl ein *Gap* sein?

»Klar. Natürlich weiß ich, was das ist«, anwortet er.

»Was denn?« fragt Giraffe.

»Was dich und deine ganze Familie am A...«

Aber die Männer gehen nicht darauf ein. Auf ein Zeichen des Unbekannten hin stecken sie die Köpfe zusammen, er spricht leise auf sie ein, anscheinend macht er ihnen Vorhaltungen, und die Männer nicken zustimmend.

Pin ist von allem ausgeschlossen. Jetzt wird er gehen, ohne ein Wort zu sagen, und von der Geschichte mit der Pistole redet man am besten gar nicht mehr, das hatte überhaupt nichts zu bedeuten, vielleicht haben die Männer sie schon wieder vergessen.

Doch Pin ist gerade bis zur Tür gekommen, da hebt der Franzose den Kopf und sagt: »Also Pin, über diese Geschichte sind wir uns einig.«

Pin möchte am liebsten mit irgendeinem Blödsinn antworten, aber plötzlich fühlt er sich als Kind unter lauter Erwachsenen und bleibt stehen, die Hand am Türpfosten.

»Wenn nicht, brauchst du dich hier nicht mehr blicken zu lassen«, sagt der Franzose.

Jetzt steht Pin draußen auf der Gasse. Es ist Abend, und hinter den Fenstern gehen die Lichter an. Weit weg, im Wildbach, beginnen die Frösche zu quaken; in dieser Jahreszeit liegen die Jungen abends an den Tümpeln auf der Lauer, um sie zu fangen. Wenn man sie fest in der Hand hält, fühlen sich die Frösche schleimig und glitschig an, erinnern an Frauen, glatt und nackt, wie sie sind.

Ein Junge mit Brille und langen Strümpfen kommt daher: Battistino.

»Battistino, weißt du, was ein *Gap* ist?«

Battistino zwinkert neugierig mit den Augen: »Nein, sag's mir. Was ist das?«

Pin grinst: »Frag mal deine Mutter, was ein *Gap* ist! Frag sie: Mama, schenkst du mir einen *Gap*? Versuch's doch mal: sie wird's dir bestimmt erklären!«

Battistino geht gedemütigt weg.

Pin geht die Gasse hinauf, die schon fast im Dunkel liegt; er fühlt sich einsam und verloren in dieser Geschichte von Blut und nackten Leibern, die das Leben der Männer ausmacht.

2

Wenn man die Kammer seiner Schwester von hier aus betrachtet, sieht sie aus, als sei sie voller Nebel: ein schmaler, vertikaler Streifen voller Dinge, um die sich der Schatten verdichtet; und alles scheint seine Ausmaße zu verändern, je nachdem, ob man das Auge näher an den Spalt führt oder es weiter weg hält. Es ist, als blicke man durch einen Frauenstrumpf, und auch der Geruch ist der gleiche: der Geruch seiner Schwester, der jenseits der Holztür beginnt und vielleicht von den zerdrückten Kleidern ausgeht und von dem stets ungemachten Bett, dessen Laken immer wieder ungelüftet eingeschlagen werden.

Pins Schwester ist bei der Hausarbeit immer schon schlampig gewesen, von klein auf: Pin hatte in ihren Armen viel geweint, als Kind, den Kopf voller Schorf, und dann hatte sie ihn auf dem Mäuerchen beim Waschtrog sitzen lassen und war zu den Jungen gegangen, um in den Vierecken zu hüpfen, die mit Kreide auf den Bürgersteig gezeichnet waren. Ab und zu kam das Schiff ihres Vaters zurück; Pin erinnert sich nur noch an die großen, nackten Arme, die ihn in die Höhe hoben, starke Arme, gezeichnet von schwarzen Adern. Doch nachdem ihre Mutter gestorben war, wurden seine Besuche immer seltener, bis man ihn schließlich gar nicht mehr zu Gesicht bekam; es hieß, er habe eine andere Familie in einer Stadt jenseits des Meeres.

Pin wohnt eher in einem Verschlag als in einem Zimmer, es ist ein Lager hinter einer Bretterwand, mit einem Fenster, das einer Schießscharte gleicht, so schmal und hoch ist es, und tief, in der Mauerschräge des alten Hauses versenkt. Drüben ist die Kammer seiner Schwester, gefiltert durch die Ritzen in der Bretterwand, Ritzen, die einem zum Schielen zwingen, so sehr muß man die Augen verdrehen, um alles zu erspähen. Die Erklärung für alles auf der Welt ist da drüben, jenseits dieser Bretterwand; Stunden um Stunden hat Pin von klein auf hier zugebracht und hat Augen bekommen, so scharf wie Nadelspitzen; er weiß alles, was dort drinnen geschieht, doch noch entzieht sich ihm das Warum, und am Ende kuschelt er sich dann jede Nacht auf seinem Lager zusammen, die Arme um die Brust geschlungen. Und dann verwandeln sich die Schatten des Verschlages in sonderbare Träume von nackten Leibern, die einander verfolgen und schlagen und umarmen, bis etwas Großes, Warmes, Unbekanntes kommt, das sich über ihn, Pin, beugt und ihn streichelt und in seiner Wärme aufnimmt, und das ist die Erklärung für alles, aus weitester Ferne ein Echo vergessenen Glücks.

Jetzt läuft der Deutsche im Unterhemd in der Kammer umher, mit seinen Armen, die fleischig und rosig sind wie Oberschenkel, und ab und zu kommt er ins Gesichtsfeld der Ritze; schließlich sieht man auch die Knie der Schwester, die durch die Luft kreisen und unter die Laken schlüpfen. Pin muß jetzt alle möglichen Verrenkungen machen, um sehen zu können, wo das Koppel mit der Pistole hingetan wird; da hängt es über der Stuhllehne, wie eine seltsame Frucht, und Pin wünscht sich einen Arm, schmal wie sein Blick, der sich durch die Ritze zwängen ließe, damit er die Waffe an sich nehmen könnte. Der Deutsche ist nackt, hat nur noch sein Unterhemd an, und lacht: er lacht immer, wenn er nackt ist, denn im tiefsten Innern ist er schamhaft wie ein junges Mädchen. Er springt ins Bett und macht das Licht aus; Pin weiß, daß nun einige Zeit so vergehen wird, in Dunkelheit und Stille, bis das Bett zu ächzen beginnt.

Jetzt ist der Augenblick gekommen: Pin müßte sich in die Kammer schleichen, barfuß und auf allen vieren, und lautlos das Koppel vom Stuhl ziehen. Und all das nicht aus Spaß, um nachher darüber lachen und spotten zu können, sondern um einer ernsten und geheimnisvollen Sache willen, aufgetragen von den Männern aus der Osteria, mit einem dunklen Glänzen im Weiß ihrer Augen. Schließlich möchte Pin für immer ein Freund der Erwachsenen sein, er möchte, daß die Erwachsenen immer mit ihm scherzen und ihn ins Vertrauen ziehen. Pin mag die Erwachsenen gern, er ärgert sie gern, diese starken und dummen Erwachsenen, von denen er alle Geheimnisse kennt, er mag auch den Deutschen, und dies wird eine Tat sein, die nicht wiedergutzumachen ist; vielleicht wird er danach nie mehr seine Späße mit dem Deutschen machen können, und auch mit den Kameraden von der Osteria wird es anders sein, es wird etwas geben, das sie miteinander verbindet, etwas, worüber man nicht lachen und was man nicht mit Schweinereien abtun kann, und sie werden ihn immer mit dieser steilen Falte zwischen den Augenbrauen ansehen und mit leiser Stimme immer merkwürdigere Dinge von ihm verlangen. Pin möchte sich auf seinem Lager ausstrecken und mit offenen Augen träumen, während nebenan der Deutsche schnauft und seine Schwester sich anstellt, als würde sie unter den Achseln gekitzelt; träumen von Jungenbanden, die ihn als Anführer anerkennen, weil er viel mehr weiß als sie, und daß sie alle zusammen gegen die Erwachsenen losziehen, sie verprügeln und großartige Taten vollbringen, Taten, für die auch die Erwachsenen ihn würden bewundern und als ihren Anführer respektieren müssen, wobei sie ihn aber gleichzeitig auch lieben und ihm zärtlich über den Kopf streichen würden. Statt dessen muß er allein durch die Nacht schleichen, inmitten des Hasses der Erwachsenen, und dem Deutschen die Pistole wegnehmen, etwas, was die andern Jungen, die mit Blechpistolen und Holzschwertern spielen, niemals tun würden. Wer weiß, was sie sagen würden, wenn Pin morgen zu ihnen gehen, ganz langsam die Waffe auspacken und ihnen eine richtige Pistole zeigen würde, glänzend und bedrohlich, die aussieht, als würde sie jeden Augenblick von allein losgehen. Vielleicht würden sie Angst bekommen, und vielleicht würde auch Pin Angst bekommen, so ein Ding heimlich unter seiner Jacke mit sich herumzutragen: er würde sich auch mit einer dieser Kinderpistolen begnügen, die mit roten Zündblättchen knallen, und den Erwachsenen damit einen solchen Schrecken einjagen, daß sie in Ohnmacht fallen und ihn um Gnade bitten.

Aber da ist Pin schon auf allen vieren in der Tür, barfuß, den Kopf durch den Vorhang gesteckt, in dem Geruch von Mann und Frau, der einem sofort in die Nase dringt. Er sieht die Schatten der Möbel im Zimmer, das Bett, den Stuhl, das ovale Bidet auf seinem Gestell. Da: vom Bett her vernimmt man den wohlbekannten Dialog von Seufzern, jetzt kann man auf allen vieren vorwärtskriechen, so leise, wie es nur geht. Doch vielleicht wäre Pin froh, wenn der Fußboden knacken, der Deutsche es hören und plötzlich Licht machen würde und er auf nackten Füßen fliehen müßte, während die Schwester hinter ihm herschreien würde: »Du Schwein!« Und wenn die ganze Nachbarschaft es hören und man auch in der Osteria davon sprechen würde und er die Geschichte dem Fahrer und dem Franzosen erzählen könnte, mit so vielen Einzelheiten ausgeschmückt, daß sie ihm seinen guten Willen glauben und zu ihm sagen würden: »Schluß damit. Es ist schiefgegangen. Reden wir nicht mehr darüber.«

Der Boden knackt tatsächlich, aber vieles knackt in diesem Augenblick, und der Deutsche hört nichts: Pin berührt das Koppel schon, und unter der Berührung wird es zu einem ganz gewöhnlichen Gegenstand, nicht im mindesten verzaubert, es gleitet verblüffend leicht von der Stuhllehne und schlägt nicht einmal auf den Fußboden. Nun ist »es« geschehen: die künstliche Angst von vorhin wird zur echten Angst. Das Koppel muß hastig um die Pistolentasche geschlungen und das Ganze unter dem Pullover versteckt werden, ohne daß sich Arme und Beine darin verknoten; dann muß er auf allen vieren zurückkriechen, vorsichtig und ohne auch nur kurz die Zunge zwischen den Zähnen herauszuziehen: vielleicht würde, wenn er die Zunge zwischen den Zähnen herauszöge, etwas Furchtbares geschehen.

Als er wieder draußen ist, ist nicht daran zu denken, daß er auf sein Lager zurückkehrt und die Pistole unter der Matratze versteckt wie die vom Obstmarkt gestohlenen Äpfel. Bald wird der Deutsche aufstehen, die Pistole suchen und alles auf den Kopf stellen.

Pin tritt auf die Gasse hinaus: nicht, weil ihm die Pistole unter den Nägeln brennte; so unter seiner Kleidung verborgen ist sie ein Gegenstand wie jeder andere, und man könnte fast vergessen, daß man sie bei sich hat; diese Gleichgültigkeit ist direkt bedauerlich, und Pin wäre es lieber, daß es ihm beim Gedanken daran kalt über den Rükken liefe. Eine richtige Pistole. Eine richtige Pistole. Pin gibt sich Mühe, bei diesem Gedanken in Erregung zu geraten. Wer eine richtige Pistole hat, der kann alles, der ist wie ein erwachsener Mann. Er kann mit Frauen und Männern machen, was er will, indem er ihnen droht, sie umzubringen.

Pin wird jetzt die Pistole am Griff packen und weitergehen, die Waffe vor sich ausgestreckt: keiner wird sie ihm abnehmen können, und alle werden Angst davor haben. Statt dessen trägt er die Waffe immer noch im Knäuel des Koppels umwickelt unter dem Pullover und kann sich nicht entschließen, sie anzufassen, beinahe hofft er, daß sie nicht mehr da sein wird, wenn er danach greift, sich aufgelöst haben wird in der Wärme seines Körpers.

Der Platz, um die Pistole in Ruhe zu betrachten, ist unter einer Treppe verborgen, ein Winkel, in den man sich beim Versteckspiel verkriecht und in den der Widerschein einer halb blinden Laterne hineinfällt. Pin entwirrt das Koppel, öffnet die Tasche und zieht die Pistole mit einer Bewegung heraus, als packe er eine Katze am Nacken: sie ist wirklich mächtig und bedrohlich, wenn Pin den Mut hätte, mit ihr zu spielen, würde er so tun, als sei sie eine Kanone. Doch Pin geht mit ihr um, als sei sie eine Bombe; die Sicherung, wo ist wohl die Sicherung?

Endlich rafft er sich dazu auf, sie in die Faust zu nehmen, achtet aber darauf, nicht mit den Fingern an den Abzug zu kommen, umklammert sie fest am Griff; auch so kann man sie gut halten und nach Belieben zielen. Pin richtet sie zuerst auf die Dachrinne, direkt aufs Blech, dann auf einen Finger, seinen Finger; dabei macht er ein grimmiges Gesicht, legt den Kopf nach hinten und stößt zwischen den Zähnen hervor: »Geld oder Leben!«; dann entdeckt er einen alten Schuh und zielt auf den alten Schuh, auf den Absatz, dann auf das Innere, schließlich fährt er mit der Mündung über die Nähte im Oberleder. Das ist sehr vergnüglich: ein Schuh, ein so vertrauter Gegenstand, besonders für ihn, den Flickschustersgehilfen, und eine Pistole, ein so geheimnisvoller Gegenstand, fast unwirklich; wenn man die beiden zusammenbringt, kann man ungeahnte Dinge tun, kann sie wunderbare Geschichten erzählen lassen.

Schließlich widersteht Pin der Versuchung nicht länger und setzt sich die Pistole an die Schläfe: ein schwindelerregendes Gefühl. Immer dichter, bis sie die Haut berührt, bis man die Kälte des Eisens spürt. Jetzt könnte er den Finger an den Abzug legen: nein, besser noch, man drückt die Mündung ans Jochbein, bis es schmerzt, bis man den metallenen Ring spürt mit dem Hohlraum darin, in dem die

Schüsse entstehen. Wenn er die Waffe plötzlich von der Schläfe reißt, wird die Saugkraft der Luft vielleicht einen Schuß auslösen: nein, es geschieht nichts. Nun kann er den Lauf in den Mund stecken und den Geschmack unter der Zunge spüren. Dann, was unheimlicher ist als alles andere, die Pistole auf die Augen richten und hineinstarren in das dunkle Rohr, das so tief zu sein scheint wie ein Brunnen. Pin hat einmal gesehen, wie man einen Jungen ins Krankenhaus brachte, der sich mit einem Jagdgewehr ins Auge geschossen hatte: ein großer Blutklumpen hing ihm an der einen Gesichtshälfte, und die andere war schwarz gesprenkelt vom Pulver.

Nun hat Pin mit einer richtigen Pistole gespielt, er hat genug gespielt: er kann sie den Männern übergeben, die sie von ihm verlangt haben, er kann es kaum erwarten, sie zu übergeben. Wenn er sie nicht mehr bei sich hat, wird es sein, als habe er sie nie gestohlen, und dann kann der Deutsche auf ihn schimpfen, soviel er will, er, Pin, wird sich wieder über ihn lustig machen können.

Der erste, spontane Gedanke wäre, in die Osteria zu rennen und den Männern zu verkünden: »Ich hab' sie, ich hab' sie wirklich!«, und alle würden begeistert ausrufen: »Unglaublich!« Dann überlegt er, es wäre witziger, sie zu fragen: »Ratet mal, was ich mitgebracht habe?« und sie ein bißchen auf die Folter zu spannen, ehe er es verrät. Aber natürlich werden sie sofort auf die Pistole tippen, da kann man auch gleich zur Sache kommen und ihnen die Geschichte in zehn verschiedenen Fassungen erzählen und ihnen zu verstehen geben, daß es schiefgegangen sei, und wenn sie dann am gespanntesten sind und gar nichts mehr verstehen, die Pistole auf den Tisch legen und sagen: »Guckt mal, was ich in meiner Tasche gefunden habe!« und sehen, was für Gesichter sie machen.

Pin betritt die Osteria, auf Zehenspitzen, stumm; die Männer sitzen immer noch um einen Tisch und reden, die Ellenbogen aufgestützt, daß es aussieht, als hätten sie Wurzeln geschlagen. Nur der Unbekannte ist nicht mehr da, und sein Stuhl ist leer. Pin steht hinter ihnen, und sie haben es noch nicht bemerkt: er wartet darauf, daß sie ihn plötzlich sehen, zusammenfahren und einen ganzen Schauer fragender Blicke auf ihn regnen lassen. Doch keiner dreht sich um. Pin verrückt einen Stuhl. Giraffe dreht den Kopf, sieht ihn aus den Augenwinkeln an; dann spricht er leise weiter.

»Na, Männer«, sagt Pin.

Sie werfen ihm einen kurzen Blick zu.

»Na, du Galgenvogel«, erwidert Giraffe freundschaftlich.

Keiner sagt mehr etwas.

»Also«, beginnt Pin.

»Also«, sagt Gian, der Fahrer, »was gibt's Neues?«

Pin hat ein wenig von seinem Mut verloren.

»Na«, sagt der Franzose, »hast du schlechte Laune? Sing uns was vor, Pin!«

›Die stellen sich auch dumm, dabei platzen sie fast vor Neugier‹, denkt Pin.

»Also los«, sagt er. Aber es geht nicht: seine Kehle ist zugeschnürt und trocken, wie wenn man befürchtet, weinen zu müssen.

»Also los«, versucht er es noch einmal. »Was wollt ihr denn hören?«

»Ach, irgendwas«, sagt Mischäl.

Und Giraffe: »Ist das öde, heute abend! Am liebsten wär' ich schon im Bett!«

Jetzt hat Pin keine Lust mehr zu solchen Spielchen. »Und der Mann?« fragt er.

»Was für ein Mann?«

»Der Mann, der vorhin hier gesessen hat?«

»Ach so«, sagen die andern und schütteln den Kopf. Dann fangen sie wieder an, miteinander zu tuscheln.

»Ich würde mich mit denen vom Komitee* nicht zu sehr einlassen«, sagt der Franzose zu den andern, »ich hab' keine Lust, für die den Kopf hinzuhalten.«

»Also, ich bitte dich«, antwortet Gian, der Fahrer, »was haben wir denn schon groß getan? Wir haben gesagt: mal sehen. Schließlich kann es nichts schaden, Verbindung mit ihnen zu halten, ohne sich zu irgend etwas zu verpflichten, und Zeit zu gewinnen. Ich habe mit den Deutschen außerdem noch eine Rechnung zu begleichen aus der Zeit, in der wir zusammen an der Front waren, und wenn gekämpft werden muß, ich bin dabei.«

»Na ja«, gibt Mischäl zurück, »aber denk dran, daß mit den Deutschen nicht zu spaßen ist, und kein Mensch weiß, wie alles ausgeht. Das Komitee will, daß wir einen *Gap* auf die Beine stellen: na schön, dann machen wir unseren *Gap* eben auf eigene Faust.«

»Wir müssen ihnen erst mal zeigen, daß wir auf ihrer Seite sind«, wirft Giraffe ein, »und uns bewaffnen. Und wenn wir erst bewaffnet sind...«

Pin ist bewaffnet: er spürt die Pistole unter seiner Jacke und legt die Hand darauf, als hätte er Angst, jemand könne sie ihm wegnehmen.

»Habt ihr denn keine Waffen?« fragt er.

* CLN, Comitato di Liberazione Nazionale, von den antifaschistischen Parteien gebildeter geheimer Verband, vertrat in den besetzten Gebieten die legale Regierung des befreiten Italiens.

»Darüber laß du dir mal keine grauen Haare wachsen«, erwidert Giraffe. »Kümmere du dich lieber um die Pistole des Deutschen, du weißt schon.«

Pin spitzt die Ohren; jetzt wird er es sagen: »Ratet mal«, wird er sagen.

»Paß auf, daß du sie nicht aus den Augen verlierst, wenn sie dir in die Hände gerät...«

So hat Pin sich das nicht vorgestellt; warum ist es ihnen auf einmal so egal? Er wünschte, er hätte die Pistole noch nicht weggenommen, am liebsten würde er zu dem Deutschen zurückgehen und sie wieder an ihren Platz hängen.

»Wegen einer Pistole lohnt sich das Risiko nicht«, sagt Mischäl. »Außerdem ist es ein veraltetes Modell: viel zu schwer, bestimmt klemmt sie.«

Giraffe sagt: »Wir müssen dem Komitee immerhin beweisen, daß wir nicht untätig sind. Das ist wichtig.« Und wieder flüstern sie miteinander.

Pin hört nichts mehr: jetzt weiß er, daß er ihnen die Pistole nicht geben wird; dicke Tränen stehen ihm in den Augen, und Wut preßt ihm die Kiefer zusammen. Die Erwachsenen sind ein falsches, verräterisches Pack, in ihren Spielen ist nichts von jenem furchtbaren Ernst, mit dem die Jungen spielen, und doch haben auch sie ihre Spiele, eines ernster als das andere, eines ins andere verwickelt, so daß man nie genau weiß, welches eigentlich das richtige Spiel ist. Zuerst sah es aus, als spielten sie mit dem Unbekannten gegen den Deutschen, und jetzt auf einmal, als spielten sie alle gegen den Unbekannten, nie kann man sich auf das verlassen, was sie sagen.

»Na los, sing uns doch was vor, Pin«, sagen sie jetzt, als wäre nichts geschehen, als sei zwischen ihnen und ihm niemals ein bitterernster Pakt geschlossen worden, ein Pakt, geheiligt durch ein geheimnisvolles Wort: *Gap*.

»Also los!« sagt Pin mit zitternden Lippen, bleich. Er weiß, daß er nicht singen kann. Er möchte weinen, aber statt dessen bricht ein Schrei aus ihm heraus, schrill, ein langer I-Laut, von dem einem das Trommelfell platzen könnte, und dann eine Flut von Beschimpfungen: »Ihr Bastarde, ihr Mißgeburten eurer Mutter, dieser Drecksau, dieser Hure, dieser räudigen Hündin!«

Die andern starren hinter ihm her, wundern sich, was in ihn gefahren ist, aber Pin ist schon aus der Osteria gerannt.

Draußen ist Pins erster Gedanke, den Mann zu suchen, jenen Mann, den sie »Komitee« nennen, und ihm die Pistole zu geben: er ist jetzt der einzige Mensch, für den Pin ein Gefühl der Achtung hegt, auch wenn er ihm vorhin, still und ernst, wie er war, Mißtrauen eingeflößt hatte. Doch jetzt ist er der einzige, der ihn verstehen, ihn bewundern könnte für seine Tat, und vielleicht nähme er ihn mit sich, um gegen die Deutschen Krieg zu führen, nur sie beide, mit der Pistole bewaffnet, an Straßenecken lauernd. Aber wer weiß, wo Komitee jetzt wohl steckt; man kann nirgends nach ihm fragen; niemand hat ihn je zuvor gesehen.

Die Pistole gehört Pin, und Pin wird sie niemandem geben und keiner Menschenseele verraten, daß er sie hat. Nur andeuten wird er, daß er über eine fürchterliche Macht verfügt, und alle werden ihm gehorchen. Wer eine echte Pistole besitzt, müßte wundervolle Spiele spielen, Spiele, die kein anderer Junge je gespielt hat, aber Pin ist ein Kind, das nicht spielen kann, das weder bei den Spielen der Erwachsenen noch bei denen der Jungen mitmachen kann. Aber jetzt wird Pin weit weg gehen und ganz allein mit seiner

Pistole spielen, Spiele, die kein anderer kennt und kein anderer je kennen wird.

Es ist Nacht: Pin hat das Gedränge der alten Häuser hinter sich gelassen, ist durch Sträßchen gegangen, die an Gemüsegärten vorbei- und über Hänge voller Müll führen. In der Dunkelheit werfen die Drahtgitter, mit denen die Baumschulen eingezäunt sind, ein Netz von Schatten auf die mondgraue Erde; die Hühner schlafen aufgereiht auf den Stangen in den Hühnerställen, und die Frösche sind alle aus dem Wasser gekommen und bilden Chöre, den ganzen Wildbach entlang, von der Quelle bis zur Mündung. Was würde wohl passieren, wenn man auf einen Frosch schießt? Vielleicht bliebe nur eine grüne, schleimige Masse übrig, hingespritzt auf einen Stein.

Pin geht die Pfade entlang, die sich am Bach schlängeln, Hänge, die niemand bebaut. Da gibt es Wege, die nur er kennt, und die anderen Jungen würden alles dafür geben, sie kennenzulernen: einen Platz gibt es, wo Spinnen ihre Nester bauen, und den kennt nur Pin, und er ist der einzige im ganzen Tal, vielleicht der einzige weit und breit. Noch nie hat ein Junge gewußt, daß es Spinnen gibt, die Nester bauen, außer Pin.

Eines Tages wird Pin vielleicht einen Freund finden, einen richtigen Freund, der einen versteht und den man verstehen kann, und dann wird er ihm, nur ihm allein, die Stelle mit den Spinnenhöhlen zeigen. Es ist eine steinige Abkürzung, die zwischen zwei Wänden aus Erde und Gras zum Wildbach hinunterführt. Dort, im Gras, bauen die Spinnen Höhlen, Tunnels, die mit einer Mörtelschicht aus trocknem Gras ausgemauert sind; aber das Wunderbare daran ist, daß die Höhlen ein Türchen haben, ebenfalls aus dem getrockneten Grasbrei, ein rundes Türchen, das man öffnen und schließen kann.

Wenn Pin irgend jemandem einen wirklich gemeinen Streich gespielt und sich seine Brust vor lauter unbändigem Lachen mit dumpfer Traurigkeit gefüllt hat, dann streift er ganz allein über die Pfade dieses Grabens mit den grasbewachsenen Erdwänden und sucht die Stelle, wo die Spinnen ihre Höhlen bauen. Mit einem langen Stock kann man bis ans Ende einer Höhle vordringen und die Spinne aufspießen, eine kleine, schwarze Spinne mit winzigen grauen Mustern, wie auf den Sommerkleidern bigotter alter Jungfern.

Pin hat seinen Spaß daran, die Türchen der Höhlen zu zerstören und die Spinnen auf Stöcke zu spießen, oder Grashüpfer zu fangen und ihr komisches grünes Pferdegesicht aus nächster Nähe zu betrachten, um sie dann in Stücke zu schneiden und mit ihren Beinen seltsame Muster auf einem glatten Stein auszulegen.

Pin behandelt die Tiere schlecht: sie sind ungeheuerliche und unbegreifliche Wesen, wie die Menschen; es muß schlimm sein, so ein kleines Tier zu sein, das heißt grün zu sein und Tröpfchen zu scheißen und immerfort Angst zu haben, daß ein menschliches Wesen kommen könnte wie er, mit einem riesigen Gesicht voll roter und schwarzer Sommersprossen und mit Fingern, die imstande sind, Grashüpfer in Stücke zu reißen.

Jetzt ist Pin allein mit den Spinnenhöhlen, und die Nacht ringsum ist unermeßlich wie der Chor der Frösche. Er ist allein, aber er hat die Pistole bei sich, und jetzt schnallt er sich das Koppel mit der Pistolentasche über den Hintern, wie der Deutsche; nur ist der Deutsche viel dikker, und Pin muß das Koppel quer über Brust und Schulter tragen, wie das Wehrgehänge der Krieger, die man im Kino sieht. Jetzt kann man die Pistole mit einer schwungvollen Bewegung herausziehen, als zücke man ein Schwert, und rufen: »Zum Angriff, Männer!«, wie die Jungen es machen, wenn sie Seeräuber spielen. Aber was diese Rotznasen nur daran finden, so etwas zu rufen und zu spielen: nachdem Pin mit vorgehaltener Pistole ein paarmal über die Wiese gesprungen ist und auf die Schatten der Olivenbaumstämme gezielt hat, ist es ihm schon langweilig geworden, und er weiß nicht mehr, was er mit der Waffe anfangen soll.

Die unterirdischen Spinnen fressen währenddessen Würmer, oder die Männchen begatten die Weibchen und scheiden dabei schleimige Fäden aus: sie sind ekelhafte Wesen, wie die Menschen, und Pin steckt den Lauf der Pistole in die Höhlenöffnung und hat Lust, sie zu töten. Was wohl geschehen würde, wenn der Schuß losginge? Die Häuser sind weit entfernt, und kein Mensch würde wissen, woher er kommt. Außerdem schießen die Deutschen und die faschistische Miliz nachts oft auf Leute, die trotz Ausgangssperre herumlaufen.

Pin hat den Finger am Abzug, der Lauf steckt in der Höhle einer Spinne: es ist schwer, sich zu beherrschen und nicht auf den Abzug zu drücken, aber bestimmt ist die Pistole gesichert, und Pin hat keine Ahnung, wie sie entsichert wird.

Plötzlich geht der Schuß ganz überraschend los, Pin war sich nicht einmal bewußt, abgedrückt zu haben: die Pistole prallt in seiner Hand zurück, rauchend und ganz verdreckt von Erde. Der Höhlengang ist eingestürzt, eine kleine Erdlawine rutscht darüber, und das Gras ringsum ist versengt.

Pin ist zuerst von Schreck erfüllt, dann von Freude: das alles war so herrlich aufregend, und das Pulver riecht so gut. Was ihn aber wirklich erschreckt, ist, daß die Frösche plötzlich verstummt sind und man keinen Laut mehr hört, als habe der Schuß die ganze Welt getötet. Auf einmal, weit weg, fängt ein Frosch wieder zu quaken an, dann ein anderer, schon näher, und dann noch andere, ganz nahe, bis der volle Chor wieder einsetzt, und Pin ist es, als quakten sie lauter, viel lauter als zuvor. Und von den Häusern her bellt ein Hund, und eine Frauenstimme ruft aus einem Fenster. Pin wird nicht mehr schießen, weil ihm diese Stille und diese Geräusche Angst einjagen. Aber in einer anderen Nacht wird er wiederkommen, und dann wird ihn nichts mehr ängstigen, alle Schüsse wird er abfeuern aus der Pistole, auch auf Fledermäuse und auf die Katzen, die zu dieser Stunde um die Hühnerställe streichen.

Jetzt gilt es, ein Versteck für die Pistole zu finden: der hohle Stamm eines Olivenbaumes; oder besser: sie vergraben, oder noch besser, eine Vertiefung in die Graswand mit den Spinnennestern graben und alles mit Erde und Gras zudecken. Pin gräbt mit den Fingernägeln an einer Stelle, die schon ganz durchlöchert ist von den vielen Tunnels der Spinnen, steckt die Pistole wieder ins Futteral, das er vom Koppel abgestreift hat, legt sie in das Loch und bedeckt alles mit Erde und Gras und Brocken von den Höhlenwänden, die vom Mund der Spinnen zurechtgekaut waren. Dann legt er einige Steine darüber, so, daß nur er die Stelle wiedererkennen kann, und geht weg, wobei er mit dem Koppelriemen die Sträucher peitscht. Der Rückweg führt an den Bewässerungsgräben entlang, den kleinen Kanälen oberhalb des Grabens, über das schmale Band aus Steinen, auf dem man gehen kann.

Im Gehen schleift Pin das Koppelende durch das Wasser des kleinen Grabens und pfeift, um das Froschgequake nicht zu hören, das von Sekunde zu Sekunde anzuschwellen scheint.

Dann ist er an den Gemüsegärten, den Müllplätzen und den Häusern: und als er ankommt, hört er Stimmen, aber sie reden nicht italienisch. Nachts herrscht Ausgangssperre, doch Pin hält sich nicht daran, weil er ein Kind ist und die Patrouillen ihn nicht anhalten. Dieses Mal jedoch fürchtet sich Pin, weil die Deutschen möglicherweise nach dem suchen, der geschossen hat. Sie kommen auf ihn zu, und Pin möchte wegrennen, aber da rufen sie ihm etwas zu, und schon sind sie bei ihm. Pin ist in einer abwehrenden Bewegung erstarrt, das Koppel wie eine Peitsche erhoben. Und die Deutschen starren das Koppel an, das wollen sie haben; und plötzlich packen sie ihn am Kragen und führen ihn ab. Pin versucht es mit allen Mitteln: er bettelt, jammert, schimpft, aber die Deutschen verstehen kein Wort; sie sind schlimmer, viel schlimmer als die Ortspolizei.

In der Gasse sind sogar bewaffnete deutsche und faschistische Patrouillen und Leute, die man festgenommen hat, auch Mischäl, der Franzose, ist dabei. Man führt Pin mitten hindurch, die Gasse hinauf. Es ist dunkel; nur oben, am Ende der Stufen, ist ein heller Fleck von einer halb blinden Laterne, wegen der Verdunkelung.

Im Widerschein dieser halb blinden Laterne, oben in der Gasse, sieht Pin den Matrosen, der, das feiste Gesicht wutverzerrt, mit dem Finger auf ihn deutet.

3

Die Deutschen sind schlimmer als die Ortspolizei. Mit der konnte man wenigstens seine Witze machen und sagen: »Wenn ihr mich laufenlaßt, könnt ihr umsonst mit meiner Schwester schlafen.«

Die Deutschen aber verstehen kein Wort, und die Faschisten sind fremd hier, die wissen nicht einmal, wer Pins Schwester ist. Sie sind je ein besonderer Menschenschlag: rosig und feist und glattrasiert die Deutschen, schwarz und knochig, mit blauschattigen Gesichtern und dünnen Mäuseschnurrbärtchen die Faschisten.

Am andern Morgen, im deutschen Kommando, wird Pin als erster vernommen. Ihm gegenüber ein deutscher Offizier mit einem Kindergesicht und ein faschistischer Dolmetscher mit einem Bärtchen. Dann, in einer Ecke, der Matrose und, sitzend, Pins Schwester. Sie alle machen ein verärgertes Gesicht: anscheinend hat der Matrose, bloß wegen einer gestohlenen Pistole, eine lange Geschichte aufgetischt, wahrscheinlich, damit sie ihm nicht zur Last legen, daß er sie sich hat wegnehmen lassen, und er muß sehr viel Falsches erzählt haben.

Vor dem Offizier auf dem Tisch liegt das Koppel, und die erste Frage an Pin ist: »Wie ist das hier in deine Hände gekommen?« Pin ist noch ganz verschlafen: die Nacht haben sie auf dem Fußboden in einem Flur verbracht, und Mischäl, der Franzose, hatte sich neben ihn gelegt, und immer, wenn Pin kurz vor dem Einschlafen war, hatte Mischäl ihn in die Rippen gestoßen, daß es schmerzte, und ihm zugezischt: »Wenn du redest, legen wir dich um.«

Und Pin darauf: »Verrecken sollst du!«

»Auch wenn sie dich schlagen – hast du kapiert? –, darfst du kein Wort über uns verlieren.«

Und Pin: »Laß dich doch einsargen!«

»Wenn meine Kumpels mich nicht nach Hause kommen sehen, ziehen sie dir das Fell über die Ohren, daß das klar ist!«

Und Pin: »Der Teufel soll dich holen!«

Mischäl hat vor dem Krieg in Frankreich in verschiedenen Hotels gearbeitet, und es ging ihm gut, wenn man ihn auch manchmal *Makkaroní* oder *Koschon fassist* nannte; aber 1940 steckte man ihn ins Konzentrationslager, und von da an ging alles schief: Arbeitslosigkeit, Repatriierung, Unterwelt.

Schließlich bemerkten die Wachposten, daß Pin und der Franzose miteinander tuschelten, und sie schafften den Jungen fort, denn er war der Hauptverdächtige und durfte mit niemandem reden. Pin konnte nicht schlafen; an Schläge war er gewöhnt, davor hatte er eigentlich keine Angst, aber es quälte ihn, daß er nicht wußte, wie er sich beim Verhör verhalten sollte: einerseits hätte er nichts dagegen gehabt, sich an Mischäl und allen andern zu rächen und den deutschen Offizieren gleich zu sagen, daß er die Pistole denen aus der Osteria gegeben hätte und daß da auch ein *Gap* sei; aber Verpfeifen war genausowenig wiedergutzumachen wie der Diebstahl der Pistole, danach würde ihm in der Osteria niemand mehr etwas zu trinken spendieren, er würde nicht mehr singen und keine dreckigen Witze mehr hören können. Und am Ende würde auch Komitee mit hereingezogen werden, der immer so traurig und unzufrieden aussieht, und das würde Pin leid tun, denn Komitee war der einzig gute Mensch unter ihnen allen. Pin wünschte sich, daß Komitee jetzt erschiene, in seinen Regenmantel gemummt, daß er während des Verhörs ins Zimmer träte und sagte: »Ich habe ihm gesagt, er soll die Pistole wegnehmen.« Das wäre eine schöne Geste, seiner würdig, und es würde ihm auch kein Haar gekrümmt werden, denn in dem Augenblick, in dem ihn die SS abführen wollte, würde man wie im Kino den Ruf vernehmen: »Unsere Leute kommen!«, und Komitees Männer kämen hereingestürzt und würden alle befreien.

»Hab' ich gefunden«, antwortet Pin dem deutschen Offizier, der ihn nach dem Koppel gefragt hat. Da packt der Offizier das Koppel und versetzt ihm mit aller Kraft einen Hieb auf die Backe. Pin fällt fast zu Boden, ihm ist, als käme ein ganzer Schwarm von spitzen Nadeln angeflogen und bohrte sich in seine Sommersprossen, er spürt, wie ihm das Blut über die bereits geschwollene Backe rinnt.

Seine Schwester stößt einen Schrei aus. Pin muß daran denken, wie oft sie ihn geschlagen hat, fast so heftig, wie der Offizier eben, und daß sie eine Heuchlerin ist, wenn sie jetzt plötzlich die Empfindsame spielt. Der Faschist bringt die Schwester hinaus, der Matrose setzt zu einem umständlichen deutschen Wortschwall an und zeigt dabei auf Pin, aber der Offizier heißt ihn schweigen. Man fragt Pin, ob er nicht lieber die Wahrheit sagen wolle: Wer hat ihn beauftragt, die Pistole zu stehlen?

»Die Pistole hab' ich mir geholt, um eine Katze abzuschießen, dann wollte ich sie wieder zurückbringen«, sagt Pin, aber es gelingt ihm nicht, ein unschuldiges Gesicht zu machen, es ist ganz verschwollen, und er verspürt ein fernes Verlangen nach Zärtlichkeit.

Ein weiterer Hieb, auf die andere Seite, allerdings nicht ganz so schmerzhaft. Doch Pin, der sich an seine Methode gegenüber der Ortspolizei erinnert, stößt einen markerschütternden Schrei aus, noch ehe ihn das Koppel überhaupt berührt hat, und hört nicht mehr auf. Es folgt eine Szene, in der Pin schreiend und heulend durchs Zimmer rennt, die Deutschen hinterher, die ihn fangen oder schlagen wollen, und er schreit, heult, schimpft und findet auf die Fragen, die sie ihm stellen, immer unwahrscheinlichere Antworten.

»Wo hast du die Pistole versteckt?«

Diesmal kann Pin sogar die Wahrheit sagen: »In den Spinnenhöhlen.«

»Wo sind die?«

Im Grunde genommen wäre Pin lieber mit diesen Männern befreundet; auch die Ortspolizisten verprügeln ihn immer, und hinterher machen sie Witze über seine Schwester. Wenn sie sich verstehen würden, wäre es sogar schön, denen hier zu erklären, wo die Spinnen ihre Nester bauen, und wenn sie sich dafür interessierten und mit ihm kämen, könnte er ihnen diese Stellen zeigen. Dann würden sie gemeinsam in die Osteria gehen, um Wein zu kaufen, und anschließend alle miteinander in die Kammer seiner Schwester, um zu trinken, zu rauchen und sie tanzen zu sehen. Doch die Deutschen und die Faschisten sind entweder bartlos, oder sie haben blauschattige Gesichter, und man kann mit ihnen nicht auskommen, und sie schlagen weiter auf ihn ein, und Pin wird ihnen niemals sagen, wo die Spinnennester sind; er hat es seinen Freunden nicht verraten, also wird er es erst recht nicht denen hier verraten.

Statt dessen heult er, es ist ein ungeheures, übertriebenes, totales Weinen, wie das Weinen Neugeborener, vermischt mit Schreien, Flüchen und Fußtritten, so daß man ihn im ganzen deutschen Kommando hört. Er wird Mischäl, Giraffe, den Fahrer und die andern nicht verraten:

sie sind seine wahren Kameraden. Pin ist jetzt voller Bewunderung für sie, weil sie Feinde dieser miesen Bastarde sind. Mischäl kann sich darauf verlassen, daß Pin ihn nicht verraten wird, gewiß wird er drüben sein Geschrei hören und sich sagen: »Ein Junge aus Stahl und Eisen, dieser Pin, er bleibt hart und sagt nichts.«

In der Tat hört man Pins Toben überall, die Offiziere in den andern Büros werden langsam ärgerlich, im deutschen Kommando herrscht ein ständiges Kommen und Gehen von Leuten, die irgendwelche Genehmigungen brauchen oder Lieferungen bringen, und niemand soll hören, daß hier sogar Kinder geprügelt werden.

Der Offizier mit dem Kindergesicht erhält Befehl, das Verhör abzubrechen; es wird an einem andern Tag und an anderer Stelle fortgesetzt. Aber es ist gar nicht so einfach, Pin zum Schweigen zu bringen. Sie wollen ihm erklären, daß alles vorüber ist, er aber übertönt sie mit seinem Geschrei. Zu mehreren umringen sie ihn, um ihn zu beruhigen, aber er entwischt, läuft davon und plärrt doppelt so laut. Man holt seine Schwester herein, damit sie ihn beruhigt, doch es fehlt nicht viel, und er stürzt sich auf sie und beißt sie. Nach einer Weile hat sich eine kleine Gruppe von Milizsoldaten und Deutschen um ihn geschart, alle versuchen sie, ihn zu beruhigen, ein paar streicheln ihn, einer versucht, ihm die Tränen zu trocknen.

Schließlich sind Pins Kräfte erschöpft, er beruhigt sich, keucht, hat keine Stimme mehr. Jetzt wird ihn ein Milizsoldat ins Gefängnis bringen, und morgen wird er ihn wieder zum Verhör führen.

Pin verläßt den Dienstraum mit dem bewaffneten Soldaten, der hinter ihm hergeht; sein Gesicht ist winzig unter dem struppigen Haar, die Augen sind zusammengekniffen und die Sommersprossen von Tränen gewaschen.

Am Ausgang begegnen sie Mischäl, dem Franzosen, der fortgeht, als freier Mann.

»Ciao, Pin«, sagt er. »Ich geh' nach Hause. Morgen trete ich meinen Dienst an.«

Pin sieht ihn mit roten Äuglein und offenem Mund schief an.

»Ja. Ich hab' mich zur Schwarzen Brigade gemeldet. Sie haben mir erklärt, was das für Vorteile hat, und auch gesagt, wieviel man kriegt. Und außerdem, weißt du, kann man bei den Razzien in die Wohnungen gehen und durchsuchen, was man will. Morgen gibt's Uniform und Waffen. Mach's gut, Pin!«

Der Milizsoldat, der Pin ins Gefängnis führt, trägt die schwarze Kappe mit dem daraufgestickten roten Liktorenbündel: er ist ein kleiner untersetzter Kerl mit einem Gewehr, das größer ist als er selber. Er gehört nicht zur blauschattigen Sorte der Faschisten.

Schon seit fünf Minuten gehen sie, und immer noch hat keiner von beiden ein Wort gesprochen.

»Wenn du Lust hast, kannst du auch zur Schwarzen Brigade«, sagt der Milizsoldat zu Pin.

»Wenn ich Lust hab', kann ich's auch mit der Drecksau von deiner Urgroßmutter...« erwidert Pin gelassen. Der Milizsoldat versucht, den Beleidigten zu spielen.

»He, was glaubst du denn, wer ich bin? He, wer hat dir denn das beigebracht?« Und er bleibt stehen.

»Na los, bring mich ins Zuchthaus, beeil dich!« provoziert ihn Pin.

»Bildest du dir etwa ein, du hättest im Gefängnis deine

Ruhe? Ständig holen sie dich zum Verhör und verprügeln dich, bis du ganz geschwollen bist. Macht es dir Spaß, Prügel zu beziehen?«

»Aber dir macht's Spaß, wenn du einen am A...«

»Dir vielleicht«, gibt der Milizsoldat zurück.

»Dir und deinem Vater und deinem Großvater«, sagt Pin.

Der Milizsoldat ist ein bißchen einfältig und jedesmal von neuem eingeschnappt.

»Wenn du nicht verprügelt werden willst, brauchst du nur in die Schwarze Brigade einzutreten.«

»Und dann?« fragt Pin.

»Dann machst du bei Säuberungsaktionen mit.«

»Machst du denn bei Säuberungsaktionen mit?«

»Nein. Ich bin bloß Wachposten beim Kommando.«

»Ach, komm! Wer weiß, wie viele Rebellen du schon umgelegt hast. Du willst es nur nicht zugeben!«

»Ich schwör's dir. Ich habe noch nie bei einer Säuberungsaktion mitgemacht.«

»Abgesehen von den Malen, wo du dabei warst.«

»Abgesehen von dem einen Mal, wo sie mich geschnappt haben.«

»Was, dich haben sie bei einer Säuberungsaktion geschnappt?«

»Ja, das war eine tolle Säuberungsaktion, wirklich gut gemacht. Totalsäuberung. Mich haben sie auch geschnappt. Ich war in einem Hühnerstall versteckt. Wirklich, eine tolle Säuberungsaktion.«

Von Mischäl ist Pin enttäuscht, aber nicht weil er meint, daß der etwas Schlechtes getan habe und ein Verräter sei. Es ärgert ihn bloß, daß er sich immer wieder täuscht und nie voraussehen kann, wie die Erwachsenen sich verhalten werden. Er geht davon aus, daß einer so und so denkt, der aber denkt genau das Gegenteil, und das wechselt, so daß man nichts voraussehen kann.

Im Grunde würde es auch Pin gefallen, in die Schwarze Brigade einzutreten und mit Totenköpfen und Ladegurten für Maschinengewehre behängt herumzulaufen, den Leuten Angst einzujagen und mitten unter den Großen zu sein als ihresgleichen, mit ihnen verbunden durch jene Schranke aus Haß, die sie von den übrigen Menschen trennt. Vielleicht läßt er es sich noch mal durch den Kopf gehen und beschließt, doch der Schwarzen Brigade beizutreten, wenigstens wird er dann die Pistole aus ihrem Versteck holen, sie vielleicht behalten und offen auf seiner Uniform tragen können; und außerdem wird er es dem deutschen Offizier und dem faschistischen Unteroffizier mit Beleidigungen heimzahlen und sich mit Gelächter für die Tränen und Schreie rächen können.

In einem Lied der Schwarzen Brigade heißt es: *Uns Mussolini-Leute nennt man Schurken ...*, und dann kommen lauter schweinische Wörter. Die von der Schwarzen Brigade dürfen auf der Straße schweinische Lieder singen, weil sie Mussolinis Schurken sind, das ist eine tolle Sache. Aber dieser Wachposten ist ein Trottel und geht ihm auf die Nerven, darum gibt Pin auf alles, was er sagt, eine unverschämte Antwort.

Als Gefängnis dient eine große Villa, die Engländern gehörte und beschlagnahmt wurde, denn in der alten Hafenfestung haben die Deutschen ihre Flak stationiert. Eine sonderbare Villa inmitten eines Parks von Araukarien, sie sah wohl schon früher wie ein Gefängnis aus mit ihren vielen Türmen, Terrassen und Schornsteinkappen, die sich im Wind drehen, und den vielen Gittern, die, abgesehen von den neu hinzugefügten, auch vorher schon vor den Fenstern waren.

Jetzt sind die Zimmer in Gefängniszellen verwandelt, eigenartige Zellen mit Fußböden aus Holz und Linoleum, mit großen, gemauerten Kaminen aus Marmor, mit Waschbecken und Bidets, die mit Lumpen zugestopft sind. Auf den Türmen stehen bewaffnete Wachposten, und auf den Terrassen stehen die Häftlinge bei der Essensausgabe Schlange, oder sie verteilen sich beim täglichen Spaziergang.

Als Pin ankommt, ist gerade Essenszeit, und plötzlich merkt er, daß er sehr hungrig ist. Auch er bekommt einen Napf und muß sich anstellen.

Unter den Häftlingen sind viele, die dem Gestellungsbefehl nicht nachgekommen sind, viele sind auch wegen Schwarzmarktgeschäften hier, Schwarzschlächter, Benzin- und Devisenschieber. Gewöhnliche Verbrecher sind kaum darunter, jetzt, wo keiner mehr Jagd auf Diebe macht; es sind Leute, die noch alte Strafen abzusitzen haben und zu alt sind, um sich als Freiwillige zu melden und begnadigt zu werden. Die Politischen erkennt man an den blauen Flecken im Gesicht und an der Art, wie sie sich bewegen mit ihren beim Verhör zerschlagenen Knochen.

Auch Pin ist ein »Politischer«, das sieht man gleich. Während er seine Suppe ißt, tritt ein großer, kräftig gebauter Junge auf ihn zu, dessen Gesicht noch geschwollener ist und noch mehr blaue Flecken aufweist als das seine und dessen geschorenes Haar von einer Schirmmütze bedeckt ist.

»Dich haben sie ja ganz schön zugerichtet, Genosse«, sagt er. Pin sieht ihn an, er weiß noch nicht, wie er sich ihm gegenüber verhalten soll: »Dich etwa nicht?« gibt er zurück.

Der Kahlkopf erwidert: »Mich holen sie täglich zum Verhör und bearbeiten mich mit einem Ochsenziemer.«

Er sagt das voller Stolz, als würden sie ihm damit eine besondere Ehre erweisen.

»Wenn du meine Suppe willst, nimm!« sagt er zu Pin. »Ich kann nicht essen, ich hab' den Hals voll Blut.«

Und er spuckt einen roten Schaumfleck auf die Erde. Pin mustert ihn interessiert: er hat schon immer eine seltsame Bewunderung für Leute gehegt, die Blut spucken können; es macht ihm großen Spaß, Schwindsüchtige zu beobachten.

»Dann bist du also schwindsüchtig«, sagt er zu dem Kahlkopf.

»Wahrscheinlich bin ich's hier geworden«, stimmt der Kahlkopf prahlerisch zu. Pin ist voller Bewunderung für ihn; vielleicht werden sie richtige Freunde werden. Außerdem hat er ihm seine Suppe überlassen, und Pin ist sehr froh darüber, weil er Hunger hat.

»Wenn das so weitergeht«, sagt der Kahlkopf, »machen sie mich hier fürs ganze Leben fertig.«

Pin fragt: »Und warum gehst du nicht zur Schwarzen Brigade?«

Da steht der Kahlkopf auf und starrt ihm mit seinen geschwollenen Augen fest ins Gesicht: »Sag mal, weißt du überhaupt, wer ich bin?«

»Nein. Wer bist du denn?«

»Hast du schon mal was vom Roten Wolf gehört?«

Der Rote Wolf! Wer hätte noch nichts von ihm gehört! Bei jeder Schlappe, die die Faschisten einstecken müssen, bei jeder Bombe, die in irgendeinem kleinen Kommandogebäude explodiert, bei jedem Spitzel, der plötzlich wie vom Erdboden verschluckt ist, flüstern sich die Leute einen Namen zu: der Rote Wolf. Pin weiß auch, daß der Rote Wolf sechzehn Jahre alt ist und vorher bei der »Todt«* als Mechaniker gearbeitet hat: andere Jungen, die auch zur »Todt« gegangen waren, um vom Wehrdienst zurückgestellt zu werden, hatten es ihm erzählt, denn der Rote Wolf trug eine Russenmütze und redete ständig von Lenin, weswegen sie ihm den Spitznamen Ge-pe-u** gegeben hatten. Er hatte eine Leidenschaft für Dynamit und Zeitbomben, und wahrscheinlich war er überhaupt nur zur »Todt« gegangen, um zu lernen, wie man Minen baut. Bis eines Tages die Eisenbahnbrücke in die Luft flog und Ge-pe-u sich nicht mehr bei der »Todt« blicken ließ: er hauste in den Bergen und stieg nur nachts zur Stadt herunter, mit einem grünweißroten Stern auf der Russenmütze und einer großen Pistole. Er hatte sich die Haare wachsen lassen und nannte sich Roter Wolf.

Jetzt steht der Rote Wolf vor ihm, mit der Russenmütze, die nun keinen Stern mehr hat, mit dem großen kahlgeschorenen Kopf, die Augen blau geschlagen, und spuckt Blut.

»Natürlich. Bist du das?« fragt Pin.

»Ja, ich«, erwidert der Rote Wolf.

»Und wann haben sie dich geschnappt?«

»Letzten Donnerstag, auf der Borgo-Brücke: bewaffnet und mit dem Stern auf der Mütze.«

»Und was werden sie mit dir machen?«

»Vielleicht erschießen sie mich«, erwidert er gewichtig.

* Die »Organisation Todt« errichtete während des Zweiten Weltkriegs, auch unter Beteiligung ausländischer Arbeiter und Unternehmer, kriegswichtige Bauten in Deutschland und den von den Deutschen besetzten Gebieten.

** GPU: Politische Polizei der Sowjetunion, wurde 1954 in KGB umbenannt.

»Wann?«

»Morgen vielleicht.«

»Und du?«

Der Rote Wolf spuckt Blut auf die Erde. »Wer bist du denn?« fragt er Pin. Pin nennt seinen Namen. Er, Pin, hat sich schon immer gewünscht, dem Roten Wolf zu begegnen, ihn nachts in den Gassen der Altstadt auftauchen zu sehen, aber zugleich hatte er auch immer ein bißchen Angst davor, wegen seiner Schwester, die mit den Deutschen geht.

»Warum bist du hier?« fragt der Rote Wolf. Er hat fast den gleichen herrischen Ton wie die Faschisten beim Verhör.

Jetzt kann Pin sich ein bißchen aufspielen: »Ich hab' einem Deutschen die Pistole geklaut.«

Der Rote Wolf verzieht anerkennend das Gesicht, dann fragt er ernst: »Gehörst du zu einer Bande?« Pin antwortet: »Ich nicht.«

»Du bist nicht organisiert? In keinem *Gap*?«

Pin ist glücklich, dieses Wort wieder zu hören. »Ja, ja«, sagt er, »*Gap*!«

»Bei wem denn?«

Pin überlegt einen Augenblick, dann platzt er heraus: »Bei Komitee.«

»Bei wem?«

»Bei Komitee, kennst du den nicht?« Pin will überlegen tun, aber es gelingt ihm nicht so recht. »Ein Hagerer, mit einem hellen Regenmantel.«

»Quatsch keinen Blödsinn, im Komitee sind viele, und niemand weiß, wer sie sind, sie bereiten den Aufstand vor. Du hast ja von nichts eine Ahnung.«

»Wenn niemand weiß, wer sie sind, kannst du es auch nicht wissen.«

Pin spricht nicht gern mit Jungen in dem Alter, weil sie immer tun, als seien sie etwas Besseres, und kein Vertrauen zu ihm haben und ihn wie ein Kind behandeln.

»Ich weiß es«, antwortet der Rote Wolf, »ich gehöre schließlich zur *Sim**.«

Noch so ein geheimnisvolles Wort: *Sim! Gap!* Wer weiß, wie viele solcher Wörter es gibt. Pin möchte sie alle kennenlernen.

»Ich weiß aber auch alles«, sagt er. »Ich weiß, daß du auch Ge-pe-u genannt wirst.«

»Das stimmt nicht«, widerspricht der Rote Wolf, »so darfst du mich nicht nennen.«

»Warum nicht?«

»Weil wir keine soziale Revolution wollen, sondern die nationale Befreiung. Sobald das Volk Italien befreit hat, können wir das Bürgertum auf seine Verantwortung festnageln.«

»Wie?«

»Einfach so. Wir nageln das Bürgertum auf seine Verantwortung fest. Das hat mir der Brigade-Kommissar erklärt.«

»Weißt du, wer meine Schwester ist?« Das ist eine Frage, die überhaupt nicht hierhergehört, aber Pin ist es leid, Gespräche zu führen, aus denen man nicht schlau wird, er will sich lieber auf vertrautes Terrain begeben.

»Nein«, erwidert der Rote Wolf.

»Sie ist die Schwarze aus der Langen Gasse.«

»Und wer soll das sein?«

»Wie, wer soll das sein? Meine Schwester kennen doch alle. Die Schwarze aus der Langen Gasse.«

* Servizio Informazioni Militari, hier: Nachrichtendienst der Partisanen.

Unglaublich, daß ein Junge wie der Rote Wolf noch nie von seiner Schwester gehört haben sollte. In der Altstadt reden schon die sechsjährigen Jungen über sie und erklären den kleinen Mädchen, was sie macht, wenn sie mit den Männern ins Bett geht.

»Nicht zu fassen, der weiß nicht, wer meine Schwester ist! Das ist wirklich allerhand...!«

Pin möchte am liebsten alle Häftlinge zusammentrommeln und den Clown spielen.

»Weiber sehe ich vorläufig überhaupt nicht an«, sagt der Rote Wolf. »Das hat Zeit, bis der Aufstand vorbei ist...«

»Wenn sie dich aber morgen erschießen?« fragt Pin.

»Erst mal abwarten, wer schneller ist und wer dann wen erschießt.«

»Wie meinst du das?«

Der Rote Wolf denkt einen Augenblick nach, dann beugt er sich zu Pins Ohr herab: »Ich hab' da einen Plan, wenn alles klappt, bin ich bis morgen hier weg, und dann werden diese Faschistenschweine, die mich gequält haben, einer nach dem andern dafür bezahlen.«

»Du haust ab, und wohin?«

»Zu meiner Einheit. Zum Blonden. Und dann bereiten wir eine Aktion vor, an die sie sich erinnern werden.«

»Nimmst du mich mit?«

»Nein.«

»Sei nicht gemein, Wolf, nimm mich mit.«

»Roter Wolf heiße ich«, korrigiert der andere. »Als der Kommissar mir sagte, daß Ge-pe-u nicht geht, hab' ich ihn gefragt, wie ich mich dann nennen könnte, und er hat gesagt: Nenn dich Wolf. Da hab' ich ihm gesagt, daß ich einen Namen will mit was Rotem drin, weil der Wolf doch ein faschistisches Tier ist. Und er hat gesagt: Dann nenn dich Roter Wolf.«

»Roter Wolf«, sagt Pin, »bitte, Roter Wolf, warum willst du mich nicht mitnehmen?«

»Weil du ein Kind bist, darum.«

Zuerst, als es um die gestohlene Pistole ging, hatte es so ausgesehen, als könnte man sich mit dem Roten Wolf wirklich anfreunden. Aber er hat ihn weiterhin behandelt wie ein kleines Kind, und das geht Pin auf die Nerven. Bei den andern Jungen in diesem Alter kann Pin sich wenigstens dadurch überlegen zeigen, daß er ihnen etwas über die Weiber erzählt, beim Roten Wolf dagegen zieht dieses Thema nicht. Und doch wäre es schön, zur Bande des Roten Wolfs zu gehören und mit großen Explosionen Brükken in die Luft zu jagen oder in die Stadt hinunterzugehen und mit Maschinenpistolen auf die Patrouillen zu schießen. Vielleicht sogar noch schöner als bei der Schwarzen Brigade. Nur, die Schwarze Brigade hat die Totenköpfe, und die sind noch viel eindrucksvoller als der Trikolore-Stern.

Es hat etwas Unwirkliches, hier mit einem zu reden, der vielleicht morgen schon erschossen sein wird, auf dieser Terrasse voller Männer, die auf dem Boden kauernd essen, zwischen Schornsteinkappen, die sich im Wind drehen, und den Gefängniswärtern auf den Türmen mit schußbereiten Maschinenpistolen. Wie eine verzauberte Szenerie ist das: ringsum der Park mit den schwarzen Schatten der Araukarien. Pin hat die Schläge fast vergessen, die man ihm verabreicht hat, und ist sich nicht ganz sicher, ob dies alles nicht ein Traum ist.

Jetzt aber lassen die Wärter sie antreten, um sie in ihre Zellen zurückzuführen.

»In welcher Zelle bist du?« fragt der Rote Wolf.

»Keine Ahnung, wo sie mich hinstecken«, erwidert Pin, »ich war noch nicht drin.«

»Es interessiert mich, wo du untergebracht sein wirst«, sagt der Rote Wolf.

»Warum?« fragt Pin.

»Das wirst du schon noch merken.«

Pin kann es nicht ausstehen, wenn jemand zu ihm sagt: »Das wirst du schon noch merken.«

Plötzlich glaubt er, in der Reihe der Gefangenen, die sich gerade in Bewegung setzt, ein bekanntes, ein sehr bekanntes Gesicht zu entdecken.

»Sag mal, Roter Wolf, kennst du den dort vorn, den ganz Dünnen, der so komisch läuft...?«

»Das ist ein gewöhnlicher Gefangener. Kümmere dich nicht um ihn. Den gewöhnlichen Gefangenen kann man nicht über den Weg trauen.«

»Warum? Ich kenne ihn doch!«

»Das sind Proletarier ohne Klassenbewußtsein«, sagt der Rote Wolf.

4

»Pietromagro!«

»Pin!«

Ein Wärter hat ihn zu seiner Zelle geführt, und als die Tür geöffnet wurde, konnte Pin einen Ausruf des Erstaunens nicht unterdrücken: er hatte richtig gesehen auf der Terrasse, der Häftling, der so mühselig lief, war wirklich Pietromagro.

»Kennst du den?« fragt der Wärter.

»Verdammt, und ob ich den kenne! Das ist mein Meister!« erwidert Pin.

»Na, großartig, dann sitzt ja die ganze Firma hier«, meint der Wärter und schließt ab. Pietromagro ist erst seit ein paar Monaten eingesperrt, doch als Pin ihn wiedersieht, scheint es ihm, als seien Jahre vergangen. Er ist nur noch Haut und Knochen, gelbe Haut, die ihm in schlaffen und vom Bart stacheligen Falten am Hals hängt. Er hockt auf einem Strohbündel in einer Ecke der Zelle, die Arme baumeln steif an ihm herab. Als er Pin sieht, hebt er sie hoch: Pin hat von seinem Meister nie etwas anderes kennengelernt als Schimpfen und Prügel; aber jetzt, da er ihn in diesem Zustand hier wiederfindet, überkommt Pin Freude und Rührung.

Pietromagro redet auch ganz anders: »Pin! Bist du auch hier gelandet, Pin?« sagt er mit rauher, klagender Stimme, ohne die üblichen Flüche; und man merkt ihm an, daß auch er sich freut, Pin zu sehen. Er nimmt ihn bei den Handgelenken, aber nicht wie früher, um sie zu verdrehen; er sieht ihn mit seinen gelbumrandeten Pupillen an: »Ich bin krank«, sagt er, »ich bin sehr krank, Pin. Diese Schufte hier lassen mich nicht ins Krankenrevier. Hier versteht man überhaupt nichts mehr: jetzt gibt's nur noch politische Häftlinge, und eines schönen Tages werden sie mich auch noch für einen Politischen halten und an die Wand stellen.«

»Mich haben sie geschlagen«, sagt Pin und zeigt die Spuren vor.

»Dann bist du ein Politischer«, stellt Pietromagro fest.

»Ja, ja«, antwortet Pin, »ein Politischer.«

Pietromagro überlegt eine Weile. »Natürlich, natürlich,

ein Politischer. Ich hab' mir's gedacht, als ich dich hier sah, daß du jetzt auch angefangen hast, durch die Gefängnisse zu wandern. Denn wer erst einmal im Gefängnis landet, der kommt gar nicht mehr raus, man kann ihn noch so oft wieder laufenlassen, er wird immer wieder dort enden. Wenn du ein Politischer bist, ist es natürlich was anderes. Siehst du, hätte ich das gewußt, wäre ich als junger Kerl auch unter die Politischen gegangen. Denn gewöhnliche Verbrechen bringen nichts ein, und wer wenig stiehlt, kommt in den Knast, und wer viel stiehlt, hat Villen und Paläste. Bei politischen Verbrechen wird man eingelocht, genauso wie bei gewöhnlichen Verbrechen, jeder, der was ausgefressen hat, wird eingelocht, aber immerhin bleibt einem da noch die Hoffnung, daß die Welt einmal besser aussehen wird, ohne Gefängnisse. Das hat mir ein Politischer beteuert, der vor Jahren einmal mit mir gesessen hat, einer mit einem schwarzen Bart, der dann im Knast gestorben ist. Ich habe ganz gewöhnliche Gauner kennengelernt, habe Schwarzmarkthändler und Steuerverbrecher kennengelernt, ich habe alle Arten von Menschen kennengelernt: aber so anständig wie die Politischen war keiner.«

Pin begreift den Sinn dieser Rede nicht recht, aber Pietromagro tut ihm leid, und so bleibt er ganz ruhig und beobachtet die Schlagader, die an dessen Hals an- und abschwillt.

»Siehst du, jetzt hab' ich eine Krankheit, daß ich nicht mehr pissen kann. Ich müßte in Behandlung, aber statt dessen hocke ich hier auf dem Boden. In meinen Adern fließt kein Blut mehr, sondern gelbe Pisse. Und Wein bekomme ich auch nicht, dabei hätte ich solche Lust, mich eine ganze Woche lang zu besaufen. Pin, das Strafgesetzbuch ist verkehrt gemacht. Da steht alles drin, was man im Leben nicht tun darf: Diebstahl, Mord, Hehlerei, Unterschlagung; aber es steht nicht drin, was man in bestimmten Situationen statt all dieser Dinge tun soll. Pin, hörst du mir überhaupt zu?«

Pin starrt in sein gelbes Gesicht, das behaart ist wie das eines Hundes, er spürt seinen keuchenden Atem im Gesicht.

»Pin, ich werde sterben. Du mußt mir eines schwören. Du mußt sagen: ›Ich schwöre‹, zu dem, was ich jetzt sage: ›Ich schwöre, daß ich mein Leben lang dafür kämpfen werde, daß es keine Gefängnisse mehr gibt und daß das Strafgesetzbuch neu geschrieben wird.‹ Sag: ›Ich schwöre es.‹«

»Ich schwöre es«, sagt Pin.

»Wirst du auch immer daran denken, Pin?«

»Ja, Pietromagro«, antwortet Pin.

»Jetzt hilf mir beim Entlausen«, sagt Pietromagro. »Ich bin total verlaust. Weißt du, wie man sie zerdrückt?«

»Ja«, antwortet Pin. Pietromagro mustert sein Hemd, reicht Pin einen Zipfel.

»Achte auf die Nähte«, sagt er. Ein Vergnügen ist es nicht gerade, Pietromagro von Läusen zu befreien, aber er kann einem leid tun mit seinen Adern voll gelber Pisse, und vielleicht hat er nur noch wenig Zeit zum Leben.

»Und die Werkstatt, wie läuft's in der Werkstatt?« fragt Pietromagro. Meister und Geselle haben nie besonders gerne gearbeitet, jetzt aber reden sie von der Arbeit, die liegengeblieben ist, von Preisen für Leder und Zwirn, und fragen sich, wer wohl die Schuhe für die Nachbarn reparieren wird, da sie doch alle beide eingesperrt sind. Sie sitzen auf dem Stroh in einer Ecke der Zelle, zerquetschen

Läuse und reden vom Besohlen, von Nähten, von Schusterstiften, ohne über ihre Arbeit zu fluchen, und das ist in ihrem ganzen Leben noch nie der Fall gewesen.

»Sag mal, Pietromagro«, fragt Pin, »warum machen wir eigentlich nicht eine Werkstatt im Gefängnis auf und reparieren die Schuhe für die Gefangenen?«

So etwas war Pietromagro noch nie in den Sinn gekommen; früher war er ganz gern ins Gefängnis gegangen, weil er da zu essen bekam, ohne arbeiten zu müssen. Jetzt aber hätte er Lust dazu, und über der Arbeit würde er vielleicht sogar ein wenig seine Krankheit vergessen.

»Man könnte einen Antrag stellen. Würdest du mitmachen?«

Ja, Pin würde mitmachen, auf diese Weise zu arbeiten wäre etwas Neues, etwas von ihnen Erfundenes, vergnüglich wie ein Spiel. Auch das Eingesperrtsein wäre dann gar nicht mehr so schlimm, mit Pietromagro zusammen, der ihn nicht mehr schlagen würde, und er könnte den Gefangenen und Wärtern etwas vorsingen.

Auf einmal öffnet ein Wärter die Tür, und draußen steht der Rote Wolf und zeigt auf ihn, Pin, und sagt: »Ja, den meine ich.«

Da ruft ihn der Wärter heraus und schließt die Zelle wieder ab, in der Pietromagro allein zurückbleibt. Pin hat keine Ahnung, was sie von ihm wollen.

»Komm«, sagt der Rote Wolf, »du sollst mir helfen, eine Mülltonne runterzuschaffen.«

Tatsächlich steht nicht weit von ihnen entfernt im Korridor eine eiserne Tonne voller Abfälle. Pin findet es gemein, den von Schlägen übel zugerichteten Roten Wolf zu so schwerer Arbeit zu zwingen, gemein auch, daß ausgerechnet er selbst, der doch noch ein Kind ist, ihm dabei helfen soll. Die Tonne ist groß, sie reicht dem Roten Wolf bis zur Brust, und so schwer, daß man sie kaum von der Stelle bewegen kann. Während sie ihr Gewicht prüfen, streift der Rote Wolf Pins Ohr mit den Lippen und flüstert: »Reiß dich zusammen, jetzt ist es soweit«, dann sagt er laut: »Überall hab' ich dich suchen lassen, in allen Zellen, ich brauch' deine Hilfe.«

Das ist eine wunderbare Sache, auf die Pin nie zu hoffen gewagt hätte. Doch Pin findet sich rasch in jede neue Umgebung ein, und auch das Gefängnis hat seine Reize; vielleicht wäre er ganz gern eine Zeitlang dringeblieben und dann erst mit dem Roten Wolf abgehauen, aber doch nicht so, gleich nachdem er hineingekommen ist.

»Ich schaff's schon allein«, sagt der Rote Wolf zu den Wärtern, die ihm dabei helfen, sich die Tonne auf den Rükken zu laden. »Es reicht, wenn der Junge hinten festhält, damit sie nicht umkippt.«

Und so setzen sie sich in Bewegung: der Rote Wolf, gebeugt unter der Last, und Pin, der mit erhobenen Armen die Tonne von unten hält.

»Weißt du denn, wo's runtergeht?« rufen die Wärter ihm nach. »Paß auf, daß du nicht über die Stufen stolperst!«

Gleich nach dem ersten Treppenabsatz sagt der Rote Wolf zu Pin, er solle ihm helfen, das Ding auf dem Fensterbrett abzustellen: ist er schon müde? Nein. Der Rote Wolf hat ihm etwas zu sagen: »Paß auf: gleich, wenn wir auf der unteren Terrasse ankommen, gehst du voraus und sprichst den Wachposten an. Du mußt seine Aufmerksamkeit so auf dich lenken, daß er den Blick nicht von dir wendet; du bist klein, und er muß den Kopf herunterbeugen, um mit dir zu reden, aber geh nicht zu nah heran. In Ordnung?«

»Und was machst du?«

»Ich stülpe ihm den Helm übern Kopf. Den Mussolini-Helm stülpe ich ihm über. Hast du begriffen, was du zu tun hast?«

»Ja«, antwortet Pin, der allerdings noch gar nichts begreift. »Und dann?«

»Das sag' ich dir später. Moment mal: mach die Hände auf!«

Der Rote Wolf zieht ein Stückchen feuchter Seife heraus und bestreicht damit Pins Handflächen; dann die Beine an der Innenseite, besonders die Knie.

»Was soll das?« fragt Pin.

»Du wirst schon sehen«, sagt der Rote Wolf, »ich hab' den Plan bis ins kleinste Detail durchdacht.«

Der Rote Wolf gehört jener Generation an, deren Bildung aus bunten Abenteuer-Heften stammt: nur daß er alles für bare Münze genommen und das Leben ihm bisher nicht unrecht gegeben hat. Pin hilft ihm dabei, sich die Tonne wieder auf den Rücken zu hieven, und als sie zur Terrassentür kommen, läuft er vor, um den Wachposten anzusprechen.

Der Wachposten steht am Geländer und starrt melancholisch auf die Bäume. Pin geht, die Hände in den Hosentaschen, auf ihn zu und fühlt sich ganz in seinem Element: er hat seine alte Gassenjungenfrechheit zurückgewonnen.

»Na!« fängt er an.

»Na?« gibt der Wachposten zurück.

Ein unbekanntes Gesicht: ein trauriger Süditaliener voller Rasierschnitte auf den Wangen.

»Gottverdammt, wen haben wir denn da!« ruft Pin aus. »Die ganze Zeit hab' ich mich schon gefragt: wo mag das alte Aas bloß gelandet sein, und hier, gottverdammt, treffe ich dich also wieder!«

Der traurige Süditaliener mustert ihn, bemüht, die halbgeschlossenen Augenlider aufzureißen. »Wer? Wer bist du?«

»Verdammt, du wirst mir doch nicht weismachen wollen, daß du meine Schwester nicht kennst?«

Der Wachposten beginnt, etwas zu ahnen: »Ich kenne hier überhaupt niemand. Bist du ein Gefangener? Mit den Gefangenen darf ich nicht sprechen.«

Und der Rote Wolf kommt immer noch nicht!

»Erzähl mir doch nichts«, sagt Pin. »Willst du etwa behaupten, daß du seit deiner Abkommandierung hierher noch nie bei einer Dunkelhaarigen warst, mit Locken...«

Der Wachposten ist verdattert. »Doch, war ich. Na und?«

»Eine, die in einer Gasse wohnt, in die man von einer Biegung kommt, die rechts von einem Platz hinter einer Kirche abgeht, die man über eine Treppe erreicht?«

Der Wachposten zuckt mit den Augen: »Wie?«

Pin denkt: ›Am Ende ist er wirklich bei ihr gewesen!‹

Jetzt müßte der Rote Wolf kommen: ob er es nicht schafft, die Tonne allein zu tragen?

»Ich werd's dir erklären«, fängt Pin an, »weißt du, wo der Marktplatz ist?«

»Hm«, brummt der Wachposten und sieht woanders hin; es funktioniert nicht, Pin muß sich was Interessanteres einfallen lassen, aber wenn der Rote Wolf nicht bald kommt, ist die ganze Mühe umsonst.

»Warte«, sagt Pin. Der Posten schaut kurz zu ihm hin. »Ich hab' ein Foto von ihr in der Tasche. Ich zeig' es dir. Ich zeig' dir nur ein Stück. Den Kopf. Wenn ich dir nämlich alles zeige, tust du heute nacht kein Auge zu.«

Der Posten hat sich über ihn gebeugt, endlich hat er die Augen ganz aufbekommen, die Augen eines Höhlenbewohners. Da erscheint der Rote Wolf in der Türöffnung; gebückt unter der Mülltonne, trotzdem geht er auf Zehenspitzen. Pin zieht seine zusammengehaltenen Hände aus einer Tasche und läßt sie in der Luft kreisen, als hielte er etwas darin versteckt: »Hihi! Das hättest du wohl gern, was?«

Der Rote Wolf nähert sich, mit großen, lautlosen Schritten. Pin reibt seine Hände ganz langsam. Der Rote Wolf steht jetzt hinter dem Wachposten. Der Posten starrt auf Pins Hände: sie sind eingeseift, warum bloß? Und das Foto, wird er das jetzt endlich zu sehen bekommen? Plötzlich stürzt ihm eine Lawine von Müll über den Kopf; nicht nur eine Lawine, sondern ein Etwas, das ihn von oben und von allen Seiten in den Müll preßt; er bekommt keine Luft mehr, aber er kann sich nicht befreien; er ist gefangen mitsamt seinem Gewehr. Er fällt und merkt, daß er die Form eines Zylinders angenommen hat und über die Terrasse rollt.

Der Rote Wolf und Pin sind inzwischen schon über das Geländer geklettert.

»Da«, sagt der Rote Wolf zu Pin, »häng dich da ran und laß nicht los« und deutet auf das Abflußrohr einer Dachrinne. Pin hat Angst, aber der Rote Wolf stößt ihn fast ins Leere, und so muß er sich an das Rohr klammern. Doch die eingeseiften Hände und Knie rutschen, es ist beinahe, wie wenn man ein Treppengeländer hinuntersaust, nur jagt es einem viel mehr Angst ein, und man darf nicht nach unten sehen und vor allem das Rohr nicht loslassen.

Der Rote Wolf aber hat einen Sprung ins Leere gemacht. Will er sich umbringen? Nein, er will die Äste einer nahe stehenden Araukarie erreichen und sich dort anklammern. Doch die Äste zerbrechen ihm in den Händen, und er stürzt durch das krachende Holz in einem Nadelregen hinunter; Pin merkt, wie der Boden auf ihn zukommt, und weiß nicht, ob er mehr Angst um sich selbst oder um den Roten Wolf hat, der womöglich tot ist. Er erreicht den Boden, bricht sich fast die Beine und sieht auch gleich den Roten Wolf am Fuß der Araukarie auf einem Schlachtfeld aus kleinen Ästen liegen.

»Wolf! Hast du dir weh getan?« fragt er.

Der Rote Wolf hebt das Gesicht, und es ist nicht zu erkennen, welche Hautabschürfungen vom Verhör stammen und welche vom Sturz. Er sieht um sich. Man hört Schüsse.

»Schnell weg!« sagt der Rote Wolf.

Er steht leicht humpelnd auf, rennt aber trotzdem.

»Schnell weg!« wiederholt er. »Hier entlang!«

Der Rote Wolf kennt hier jeden Winkel und führt Pin durch den verwahrlosten Park voll wilder Schlingpflanzen und stachliger Gewächse. Vom Turm aus werden Schüsse auf sie abgefeuert, doch der Park ist ein einziges Dickicht aus Hecken und Nadelbäumen, und man kann geschützt vorwärtskommen, trotzdem ist Pin nie sicher, ob er nicht doch getroffen worden ist, er weiß, daß man die Verletzung nicht sofort spürt, dann aber plötzlich umfällt. Der Rote Wolf hat ihn durch ein kleines Türchen geführt, durch ein altes Gewächshaus, hat ihn über eine Mauer klettern lassen.

Auf einmal lichtet sich der Halbschatten des Parks, vor ihren Augen eröffnet sich ein leuchtender Anblick, in grellen Farben, als hätte man ein Abziehbild abgezogen. Sie schrecken zurück und werfen sich im gleichen Moment zu

Boden: vor ihnen erstreckt sich der kahle Hügel und ringsum, riesengroß und still, das Meer.

Sie sind jetzt in einem Nelkenfeld und kriechen vorwärts, um nicht von den Frauen mit den großen Strohhüten gesehen zu werden, die auf geometrisch angelegten Flächen von grauen Stielen stehen und gießen. Hinter einem großen Wasserbehälter aus Beton ist eine Mulde, daneben liegen zusammengelegte Matten, mit denen die Nelken im Winter abgedeckt werden, damit sie nicht erfrieren.

»Hier«, sagt der Rote Wolf. Sie verstecken sich hinter dem Behälter und ziehen die Matten so zurecht, daß sie nicht gesehen werden können.

»Hier müssen wir warten, bis es Nacht wird«, sagt der Rote Wolf.

Pin muß plötzlich daran denken, wie er an der Regenrinne hing, und an die Schüsse der Wachposten, und der kalte Schweiß bricht ihm aus. Das sind Dinge, die einen in der Erinnerung fast mehr erschrecken als in dem Augenblick, in dem man sie erlebt; doch an der Seite des Roten Wolfs braucht man keine Angst zu haben. Es ist herrlich, mit dem Roten Wolf zusammen hinter dem Wasserbehälter zu hocken: es ist wie Versteck spielen. Nur daß es keinen Unterschied zwischen Spiel und Wirklichkeit gibt und man dieses Spiel ernst nehmen muß, so wie es Pin gefällt.

»Hast du dir weh getan, Roter Wolf?«

»Nicht besonders«, erwidert der Rote Wolf und tastet mit seinem von Spucke angefeuchteten Finger über die Abschürfungen, »die abbrechenden Äste haben den Fall gebremst. Ich hatte alles vorausberechnet. Und wie hat's bei dir geklappt, mit der Seife?«

»Gottverdammt, Roter Wolf, du bist wirklich nicht zu schlagen! Woher weißt du das bloß alles?«

»Ein Kommunist muß alles wissen«, gibt dieser zurück. »Ein Kommunist muß sich in jeder schwierigen Situation zu helfen wissen.«

›Er ist wirklich nicht zu schlagen‹, denkt Pin. ›Nur schade, daß er so angibt.‹

»Nur eines tut mir leid«, sagt der Rote Wolf, »daß ich unbewaffnet bin. Ich würde alles darum geben, eine *Sten** zu besitzen.«

Sten: noch so ein geheimnisvolles Wort, *Sten, Gap, Sim*, wie soll man die alle im Kopf behalten? Aber diese Bemerkung hat Pin froh gemacht: jetzt kann *er* sich aufspielen.

»Darüber mach' ich mir keine Gedanken«, sagt er. »Ich hab' meine Pistole, und die rührt keiner an.«

Der Rote Wolf sieht ihn aus den Augenwinkeln an und spielt den Gleichgültigen. »Du hast eine Pistole?«

»Hm, hm«, macht Pin.

»Was für ein Kaliber? Was für eine Marke?«

»Eine richtige Pistole. Von einem deutschen Matrosen. Ich hab' sie ihm geklaut. Deswegen war ich eingesperrt.«

»Sag mir, wie sie aussieht.«

Pin erklärt es ihm, so gut er kann, und der Rote Wolf beschreibt ihm alle Pistolenmodelle, die es gibt, und kommt zu dem Schluß, daß Pins Pistole eine P 38 sein muß. Pin ist begeistert: Pe-achtunddreißig, was für ein schöner Name, Pe-achtunddreißig!

»Wo hast du sie denn?«

»Irgendwo«, erwidert Pin.

Jetzt muß Pin sich entscheiden, ob er dem Roten Wolf

* Englische Maschinenpistole.

von den Spinnennestern erzählen soll oder nicht. Gewiß, der Rote Wolf ist nicht zu schlagen, für ihn ist einfach nichts unmöglich, aber der Platz, wo die Spinnen ihre Nester bauen, ist streng geheim, da muß einer schon ein wahrer Freund sein, durch und durch. Vielleicht mag Pin den Roten Wolf trotz allem nicht: er ist zu anders als die anderen, ob Erwachsene oder Jungen: immer redet er bloß von ernsten Dingen und interessiert sich nicht für Pins Schwester. Wenn er sich für die Spinnennester interessieren würde, hätte Pin ihn sicher gern, auch wenn er sich nichts aus seiner Schwester macht: im Grunde kann Pin nicht begreifen, weshalb sich alle Männer so für seine Schwester interessieren, sie hat Pferdezähne, und ihre Achselhöhlen sind schwarz von Haaren, aber wenn die Erwachsenen sich mit ihm unterhalten, kommen sie irgendwann immer auf seine Schwester zu sprechen, und Pin ist zu der Überzeugung gelangt, daß sie das Wichtigste auf der Welt ist und daß er eine wichtige Person ist, weil er der Bruder der Schwarzen aus der Langen Gasse ist. Trotzdem ist er sicher, daß die Spinnennester interessanter sind als seine Schwester und alles, was mit Männern und Frauen zu tun hat, nur findet er eben keinen, der so etwas versteht; fände er ihn, würde er ihm auch dieses Desinteresse an der Schwarzen verzeihen.

Er sagt zum Roten Wolf: »Ich weiß 'ne Stelle, wo die Spinnen Nester bauen.«

Der Rote Wolf erwidert: »Ich will wissen, wo du die P 38 versteckt hast.«

Pin sagt: »Na, da.«

»Erklär mir das.«

»Willst du wissen, wie die Spinnennester aussehen?«

»Ich will, daß du mir diese Pistole gibst.«

»Warum? Sie gehört mir.«

»Du bist ein Kind, das sich für Spinnennester interessiert, was willst du denn mit der Pistole?«

»Sie gehört mir, gottverdammt, und wenn ich will, schmeiß' ich sie in den Graben!«

»Du bist ein Kapitalist«, sagt der Rote Wolf. »So reden nur Kapitalisten.«

»Krepieren sollst du«, antwortet Pin. »Daß dich der...«

»Bist du verrückt, so laut zu sprechen? Wenn sie uns hören, sind wir erledigt!«

Pin rückt vom Roten Wolf ab, und sie schweigen eine ganze Weile. Er wird doch nicht sein Freund werden, der Rote Wolf, er hat ihn zwar aus dem Gefängnis herausgebracht, aber es hat keinen Sinn, sie werden keine Freundschaft schließen können. Doch Pin hat Angst, allein gelassen zu werden, und diese Sache mit der Pistole kettet ihn doppelt an den Roten Wolf, darum ist es gescheiter, die Brücken nicht abzubrechen.

Er sieht, daß der Rote Wolf ein Stück Kohle gefunden hat und damit etwas auf die Betonwand des Wasserbehälters schreibt. Auch er nimmt ein Stück Kohle und fängt an, schweinische Zeichnungen an die Wand zu malen: einmal hat er sämtliche Mauern der Gasse mit Bildern bedeckt, die so schweinisch waren, daß der Pfarrer von San Giuseppe sich beim Bürgermeisteramt beschwert hatte und alles überstrichen werden mußte. Aber der Rote Wolf ist in seine Schreiberei vertieft und achtet nicht auf ihn.

»Was schreibst du da?« fragt Pin.

»Tod den Nazifaschisten!« sagt der Rote Wolf. »Wir dürfen nicht soviel Zeit verschwenden. Hier kann man ein bißchen Propaganda machen. Nimm dir ein Stück Kohle und schreib auch was!«

»Ich hab' schon geschrieben«, sagt Pin und zeigt auf die schweinischen Figuren.

Der Rote Wolf kocht vor Wut und wischt sie wieder weg.

»Bist du verrückt? Eine schöne Propaganda wäre das!«

»Was für Propaganda willst du denn hier machen, wer soll schon in dieses Eidechsenloch kommen und das lesen?«

»Halt den Mund! Ich wollte Pfeile auf den Wasserbehälter malen und dann auf die Mauer, bis zur Straße. Wer den Pfeilen nachgeht, kommt hierher und liest.«

Wieder eines dieser Spiele, die sich nur der Rote Wolf ausdenken kann: komplizierte Spiele, die Spaß machen, aber nicht zum Lachen bringen.

»Und was sollen wir schreiben? Es lebe Lenin?«

Vor ein paar Jahren hatten in der Gasse immer wieder die Worte »Es lebe Lenin!« an der Mauer gestanden. Die Faschisten waren gekommen und hatten sie weggewischt, doch am nächsten Tag standen sie wieder da. Eines Tages wurde dann Fransè, der Schreiner, verhaftet, und seither war die Parole nicht mehr erschienen. Es heißt, Fransè sei auf einer Insel gestorben.

»Schreib: Es lebe Italien. Hoch die Vereinten Nationen!« sagt der Rote Wolf.

Pin schreibt nicht gern. In der Schule schlug man ihn auf die Finger, und wenn man unter der Schulbank hervorsah, sah man, daß die Lehrerin krumme Beine hatte. Außerdem sind diese Wörter zu kompliziert für ihn. Lieber nur ein einziges Wort, und zwar ein leichtes. Pin überlegt und setzt dann an: ein A, ein R, ein S...

Die Tage werden schon länger, und die Abenddämmerung will nicht kommen. Ab und zu wirft der Rote Wolf einen Blick auf seine Hand, diese Hand ist seine Uhr: jedesmal, wenn er sie anschaut, ist sie ein wenig dunkler, wenn er nur noch einen schwarzen Schatten sieht, ist dies das Zeichen, daß es dunkel ist und daß man sich hinauswagen kann. Er hat wieder Frieden mit Pin geschlossen, und Pin wird ihn dorthin bringen, wo die Spinnen ihre Nester bauen, um die Pistole auszugraben. Der Rote Wolf steht auf: es ist dunkel genug.

»Gehen wir?« fragt Pin.

»Warte!« sagt der Rote Wolf. »Ich gehe auf Erkundung, dann komm' ich zurück und hol' dich. Alleine ist das weniger riskant als zu zweit.«

Pin hat nicht die geringste Lust, allein zu bleiben, aber andererseits hätte er auch Angst, einfach so hinauszugehen, ohne zu wissen, was draußen los ist.

»Sag mal, Roter Wolf«, fragt Pin, »du wirst mich doch hier nicht sitzenlassen, alleine?«

»Keine Angst«, erwidert der Rote Wolf, »ich gebe dir mein Ehrenwort, daß ich wiederkomme. Und nachher gehen wir und holen die P 38.«

Pin ist nun allein und wartet. Jetzt, wo der Rote Wolf nicht mehr da ist, nehmen alle Schatten ganz sonderbare Formen an, alle Geräusche hören sich an wie näher kommende Schritte. Es ist der Matrose, der oben in der Gasse auf deutsch herumbrüllt und jetzt bis hierher kommt, um ihn zu suchen, er ist nackt, nur mit dem Unterhemd bekleidet, und behauptet, Pin habe ihm auch die Hose gestohlen. Dann kommt der Offizier mit dem Kindergesicht, einen Polizeihund an der Leine, den er mit dem Koppel schlägt. Und die Schnauze des Polizeihundes sieht aus wie das Gesicht des Dolmetschers mit dem Mäuseschnurrbart. Sie gehen zu einem Hühnerstall, und Pin hat Angst, es könnte er selbst sein, versteckt in dem Hühnerstall. Aber sie gehen hinein und entdecken den Burschen, der Pin ins Gefängnis abgeführt hat, zusammengekauert wie ein Huhn, Gott weiß, warum.

Da, in Pins Versteck erscheint ein bekanntes Gesicht, das ihn anlächelt: es ist Mischäl, der Franzose! Doch Mischäl setzt sich seine Kopfbedeckung auf, und sein Lächeln wird zum Grinsen: Es ist die Kappe der Schwarzen Brigade mit dem Totenkopf drauf! Und da kommt der Rote Wolf, endlich! Doch ein Mann kommt ihm nach, ein Mann im hellen Regenmantel, er nimmt ihn am Arm und schüttelt den Kopf, wobei er unzufrieden zu Pin hinüberzeigt: es ist Komitee. Warum will er nicht, daß der Rote Wolf zu ihm kommt? Er deutet auf die Zeichnungen am Wasserbehälter, riesige Zeichnungen, die Pins Schwester darstellen, im Bett mit einem Deutschen! Hinter dem Wasserbehälter ist alles voller Müll. Vorhin hat Pin das gar nicht bemerkt. Jetzt will er sich ein Versteck in den Müll graben, aber er berührt ein menschliches Gesicht: unter dem Müll ist ein lebendiger Mensch begraben, der Wachposten mit dem traurigen Gesicht voller Rasierschnitte!

Pin schreckt auf: wie lange mag er geschlafen haben? Tiefschwarze Nacht umgibt ihn. Und der Rote Wolf, warum ist er noch nicht zurück? Ob er einer Streife in die Arme gelaufen und geschnappt worden ist? Oder vielleicht ist er zurückgekommen und hat ihn gerufen, während er schlief, und ist wieder fortgegangen in der Annahme, daß er, Pin, nicht mehr da sei. Oder vielleicht kämmen sie die ganze Gegend nach ihnen durch, und man darf sich nicht rühren.

Pin kriecht hinter dem Wasserbehälter hervor: das Quaken der Frösche dringt aus dem ganzen weiten Rachen des Himmels, das Meer ist ein großes, glitzerndes Schwert in der Tiefe der Nacht. So im Freien zu sein erweckt in ihm ein eigenartiges Gefühl von Winzigkeit, das keine Angst ist. Nun ist Pin allein, ganz allein auf der Welt. Und er läuft über die mit Nelken und Ringelblumen bepflanzten Felder. Er bemüht sich, im höher liegenden Bereich der Berghänge zu bleiben, um sich oberhalb der Kommandostellen vorbeizuschleichen. Dann wird er zum Graben hinuntersteigen: dort beginnt seine Welt.

Er hat Hunger. Zu dieser Jahreszeit sind die Kirschen reif. Da ist ein Baum, weit weg von jeder menschlichen Behausung: ob er durch Zauberkraft hier gewachsen ist? Pin klettert auf die Äste und erntet sie sorgsam ab. Ein großer Vogel fliegt ihm fast zwischen den Händen hindurch: er hat hier geschlafen. Pin fühlt sich in diesem Augenblick als Freund von allen, und es tut ihm leid, daß er ihn aufgeschreckt hat.

Als er den ärgsten Hunger gestillt hat, stopft er sich die Taschen mit Kirschen voll, steigt hinunter und setzt seinen Weg fort, Kirschkerne vor sich hinspuckend. Dann fällt ihm ein, daß die Faschisten der Spur der Kirschkerne folgen und ihn finden könnten. Aber keiner ist so schlau, daß er darauf käme, kein Mensch auf der Welt, mit einer einzigen Ausnahme: der Rote Wolf! Also: wenn Pin eine Spur von Kirschkernen hinterläßt, wird der Rote Wolf ihn finden können, wo immer er auch sein mag! Es reicht, alle zwanzig Schritt einen Kern fallen zu lassen. Also: wenn er um das Mäuerchen dort herum ist, wird Pin eine Kirsche essen, dann eine weitere, dort an der alten Olivenpresse, und noch eine hinter dem Mispelbaum: und so weiter bis zum Weg der Spinnenhöhlen. Aber noch hat er den Graben nicht erreicht, da hat er schon keine Kirschkerne mehr: Pin wird klar, daß der Rote Wolf ihn nie wiederfinden wird.

Pin geht auf dem Grund des fast trockenen Grabens zwischen großen, weißen Steinen und dem papiernen Rascheln des Schilfes. Auf dem Boden der Lachen schlafen die Aale, lang wie ein Menschenarm, und wenn man das Wasser ableitet, kann man sie mit der Hand fangen. An der Mündung des Wildbachs, in der mit einem Pinienzapfen vergleichbaren Altstadt, schlafen die betrunkenen Männer und die liebessatten Frauen. Pins Schwester schläft allein oder in Gesellschaft und hat ihn schon vergessen, sie denkt nicht darüber nach, ob er noch lebt oder schon tot ist. Auf dem Stroh in der Zelle wacht einsam sein Meister Pietromagro, dem Tode nah, mit dem Blut, das in den Adern pißgelb wird.

Pin hat sein Gebiet erreicht: da ist der kleine Bewässerungsgraben, da ist der Abkürzungspfad mit den Nestern. Er erkennt die Steine wieder, er untersucht, ob die Erde weggescharrt worden ist: nein, alles ist unberührt. Er gräbt mit den Fingernägeln, mit etwas gewollter Angst: als er die Pistolentasche spürt, überkommt ihn ein Gefühl der Rührung, wie früher als Kind, wenn er unter dem Kopfkissen nach einem Spielzeug tastete. Er nimmt die Pistole heraus und wischt mit dem Finger über die Vertiefungen, um die Erde zu entfernen. Aus dem Lauf kriecht hastig eine kleine Spinne: sie war hineingekrochen, um sich dort ihr Nest zu bauen!

Schön ist sie, seine Pistole: das einzige, was Pin auf der Welt geblieben ist. Er nimmt die Pistole in die Faust und stellt sich vor, er sei der Rote Wolf, er versucht, sich auszumalen, was der Rote Wolf tun würde, wenn er diese Pistole in der Hand hätte. Aber das erinnert ihn nur wieder daran, daß er allein ist, daß er von niemandem Hilfe erwarten kann, weder von denen aus der Osteria, die so widersprüchlich und unbegreiflich sind, noch von seiner Schwester, dieser Verräterin, noch von Pietromagro, der im Gefängnis sitzt. Auch mit der Pistole weiß er nichts anzufangen: er hat keine Ahnung, wie sie geladen wird, und wenn man ihn mit der Pistole in der Hand erwischt, wird er bestimmt erschossen. Er steckt sie wieder in das Futteral und bedeckt es mit Steinen und Erde und Gras wie vorher. Jetzt bleibt ihm nichts anderes übrig, als ziellos umherzustreifen, und er hat nicht die leiseste Vorstellung, was er machen soll.

Nun folgt er dem kleinen Bewässerungsgraben: wenn man im Dunkeln den kleinen Graben entlangläuft, kann man leicht das Gleichgewicht verlieren und mit dem Fuß ins Wasser rutschen oder auf die darunterliegende Erdterrasse fallen. Pin konzentriert jeden seiner Gedanken darauf, das Gleichgewicht nicht zu verlieren: damit hofft er, die Tränen zurückhalten zu können, die sich schon in seinen Augenhöhlen sammeln. Aber das Weinen hat ihn bereits überwältigt, trübt die Pupillen, durchnäßt die Segel seiner Lider; erst ist es wie ein leiser Sprühregen, dann stürzt es wie ein Wolkenbruch mit hämmerndem Schluchzen die Kehle herauf. Während der Junge weinend weiterläuft, erhebt sich ein großer männlicher Schatten vor ihm im Bewässerungsgraben. Pin bleibt stehen; auch der Mann bleibt stehen.

»Wer da?« ruft der Mann.

Pin weiß nicht, was er antworten soll, die Tränen lassen sich nicht zurückhalten, und er bricht wieder in hemmungsloses, verzweifeltes Schluchzen aus.

Der Mann kommt näher: er ist groß und kräftig, trägt Zivil und ist mit einer Maschinenpistole bewaffnet, ein zusammengerollter kurzer Umhang liegt ihm auf der Schulter.

»Na, warum weinst du denn?« fragt er.

Pin sieht ihn an: ein Riesenkerl mit einem plattnasigen Gesicht, wie die Fratze eines Wasserspeiers an einem Brunnen. Er hat einen herabhängenden Schnurrbart und nur noch ein paar Zähne im Mund.

»Was machst du denn hier, um diese Uhrzeit?« fragt der Mann. »Hast du dich verlaufen?«

Das Eigenartigste an dem Mann ist die Mütze, eine kleine Wollmütze mit besticktem Rand und einem Pompon darauf, in einer undefinierbaren Farbe.

»Bestimmt hast du dich verlaufen. Ich kann dich nicht nach Hause zurückbringen, mit denen da unten hab' ich nichts zu schaffen, ich kann doch nicht die verirrten Kinder heimbringen, ausgerechnet ich!«

Er sagt dies alles, wie um sich zu rechtfertigen, mehr vor sich selbst als vor Pin.

»Ich hab' mich nicht verlaufen«, erwidert Pin.

»Sondern? Was machst du dann hier oben?« fragt der große Mann mit dem Wollmützchen.

»Sag mir erst, was du machst.«

»Bravo!« sagt der Mann. »Du bist ja wirklich gewieft! Siehst du, du bist doch ein gewiefter Kerl, warum weinst du denn? Ich bin nachts unterwegs, um Leute umzubringen. Hast du Angst vor mir?«

»Ich doch nicht. Bist du ein Mörder?«

»Da haben wir's: nicht mal Kinder haben mehr Angst vor einem, der Leute umbringt. Ich bin kein Mörder, aber trotzdem bringe ich Leute um.«

»Bist du jetzt auf dem Weg, jemand umzubringen?«

»Nein. Ich komme zurück.«

Pin fürchtet sich nicht, weil er weiß, daß es Menschen gibt, die andere umbringen und trotzdem anständig sind: der Rote Wolf spricht ständig vom Umbringen, und trotzdem ist er anständig; der Maler, der ihm gegenüber wohnte, hat seine Frau umgebracht, und trotzdem war er anständig; Mischäl, der Franzose, wird jetzt wahrscheinlich auch Leute umbringen und trotzdem immer Mischäl, der Franzose, bleiben. Außerdem spricht der große Mann mit dem Wollmützchen so traurig vom Umbringen, als wolle er sich damit strafen.

»Kennst du den Roten Wolf?« fragt Pin.

»Na, und ob ich den kenne! Der Rote Wolf gehört zum Blonden. Ich gehöre zum Geraden. Und woher kennst du ihn?«

»Ich war mit ihm zusammen, mit dem Roten Wolf, und jetzt hab' ich ihn verloren. Wir sind aus dem Gefängnis abgehauen. Wir haben dem Wachposten den Helm übergestülpt. Mich haben sie vorher mit dem Pistolengürtel geschlagen. Weil ich die Pistole dem Matrosen meiner Schwester geklaut habe. Meine Schwester ist die Schwarze aus der Langen Gasse.«

Der große Mann unter dem Wollmützchen fährt sich mit dem Finger über den Schnurrbart. »Tjaja, hm, hm, hm, hm...« sagt er im Bemühen, die ganze Geschichte auf einmal zu verstehen. »Und wohin willst du jetzt?«

»Ich weiß nicht«, antwortet Pin. »Wohin gehst du denn?«

»Ich gehe zum Lager.«

»Nimmst du mich mit?« fragt Pin.

»Komm. Hast du schon was gegessen?«

»Kirschen«, antwortet Pin.

»Da, nimm das Brot.« Und er holt das Brot aus der Tasche und gibt es ihm.

Jetzt gehen sie durch einen Olivenhain. Pin beißt in das Brot: ein paar Tränen laufen ihm noch über die Wangen, und er schluckt sie hinunter, zusammen mit dem zerkauten Brot. Der Mann hat ihn an die Hand genommen: eine riesige Hand, warm und weich, wie aus Brot.

»Na, dann wollen wir mal hören, wie das alles passiert ist... Ganz am Anfang, hast du gesagt, gibt es da eine Frau...«

»Meine Schwester. Die Schwarze aus der Langen Gasse«, erklärt Pin.

»Natürlich. Am Anfang einer jeden Geschichte, die ein schlechtes Ende nimmt, steht eine Frau, das ist eine Tatsache. Du bist noch jung, aber merk dir, was ich sage: am Krieg sind einzig und allein die Frauen schuld...«

5

Als Pin aufwacht, sieht er über sich zwischen den Zweigen des Waldes Ausschnitte vom Himmel, so hell, daß es beinahe schmerzt, wenn man hineinsieht. Es ist Tag, ein klarer und unbeschwerter Tag voller Vogelstimmen.

Der große Mann steht schon neben ihm und rollt den Umhang zusammen, den er ihm abgenommen hat.

»Gehn wir! Schnell, es ist schon hell«, sagt er. Sie sind fast die ganze Nacht hindurch gelaufen. Sie sind durch Olivenhaine aufgestiegen, dann über kahle Flächen, dann durch dunkle Pinienwälder. Auch Eulen haben sie gesehen; aber Pin hat keine Angst gehabt, denn der große Mann mit dem Wollmützchen hat ihn die ganze Zeit an der Hand gehalten.

»Du fällst ja um vor Müdigkeit, mein Junge«, sagte der Mann zu ihm und zog ihn hinter sich her, »du willst doch wohl nicht, daß ich dich trage?«

Pin hatte wirklich größte Mühe, die Augen offenzuhalten, und er hätte sich gerne in das Meer von Farnen im Unterholz sinken lassen, bis er ganz darin eingetaucht wäre. Es war schon fast Morgen, als sie auf die Lichtung eines Kohlenmeilers kamen und der Mann sagte: »Hier können wir Rast machen.«

Pin hatte sich auf dem verrußten Boden ausgestreckt und wie in einem Traum wahrgenommen, wie der große Mann ihn mit seinem Umhang zudeckte, dann fortging und mit Holzscheiten zurückkam, sie spaltete und ein Feuer machte.

Jetzt ist es Tag, und der große Mann pißt auf die erkaltete Asche; auch Pin steht auf, stellt sich neben ihn und pißt. Dabei sieht er dem Mann ins Gesicht: bei Licht hat er ihn noch gar nicht richtig gesehen. Allmählich, während die Dämmerung sich aus dem Wald und aus seinen vom Schlaf noch verklebten Augen zurückzieht, entdeckt Pin wieder neue Einzelheiten an dem Mann: jünger ist er, als es zuerst den Anschein hatte, und auch normaler gebaut; er hat einen rötlichen Schnurrbart und blaue Augen, und ein fratzenartiges Aussehen durch den großen Mund mit den vielen Zahnlücken und die breitgedrückte Nase.

»Wir sind gleich da«, sagt er in hin und wieder zu Pin, während sie so durch den Wald gehen. Er redet nicht viel, und Pin gefällt es, schweigend neben ihm herzulaufen: im

Grunde ist er ein bißchen schüchtern diesem Mann gegenüber, der nachts alleine herumläuft und Leute umbringt und der so gut zu ihm ist und ihn beschützt. Gute Menschen haben Pin stets in Verlegenheit gebracht: man weiß nie, wie man mit ihnen umgehen soll, man möchte ihnen irgendeinen Streich spielen, um zu sehen, wie sie darauf reagieren. Aber bei dem großen Mann mit dem Wollmützchen ist es anders: weil er schon wer weiß wie viele Leute umgebracht hat und sich daher leisten kann, ohne Gewissensbisse gut zu sein.

Er kann von nichts anderem sprechen als vom Krieg, der nie endet, und von sich selbst, der nach siebenjährigem Dienst als Gebirgsjäger immer noch mit der Waffe in der Hand herumlaufen muß, und zum Schluß sagt er jedes Mal, daß die einzigen, denen es in dieser Zeit gutgehe, die Weiber seien, daß er überall herumgekommen sei und begriffen habe, daß sie das größte Übel seien, das man sich vorstellen könne. Diese Art von Gerede interessiert Pin nicht, es ist das gleiche, was alle über diese Zeiten sagen; aber über Frauen hat Pin noch nie so schlecht reden hören. Er ist nicht so wie der Rote Wolf, der sich nichts aus Frauen macht: es scheint, als kenne er sie ganz genau, als stecke aber irgendeine persönliche Angelegenheit dahinter.

Sie haben den Pinienwald hinter sich gelassen und gehen jetzt unter Kastanien weiter.

»Jetzt sind wir aber wirklich gleich da«, sagt der Mann.

Tatsächlich begegnen sie nur wenig später einem Maulesel, mit Zaumzeug, aber ohne Packsattel; er treibt sich ganz allein herum und rupft Blätter ab.

»Möchte wissen, was das soll, den Maulesel so unangepflockt vor die Hunde gehn zu lassen«, sagt der Mann. »Komm her, Corsaro, komm, mein Guter!«

Er nimmt ihn am Halfter und zieht ihn hinter sich her. Corsaro ist ein alter, klappriger Maulesel, sanft und gehorsam.

Inzwischen haben sie eine Waldlichtung erreicht, auf der eine Hütte steht, eins von den kleinen Häusern, in denen man Kastanien röstet. Kein Mensch ist weit und breit zu sehen, und der Mann bleibt stehen, und Pin bleibt auch stehen.

»Was ist denn hier los?« fragt der Mann. »Sind denn alle ausgeflogen?«

Pin merkt, daß er wahrscheinlich Angst haben müßte, doch er weiß nicht, was vor sich geht, und er kann sich nicht richtig fürchten.

»He! Wer da?« ruft der Mann verhalten und nimmt sich das Maschinengewehr von der Schulter.

Da tritt ein Männchen mit einem Sack aus der Hütte. Er sieht sie kommen, läßt den Sack zu Boden fallen und klatscht in die Hände: »Ha! Ciao, Vetter! Heute wird getanzt!«

»Linkshand!« ruft Pins Weggefährte aus. »Wo zum Teufel sind die andern alle?«

Das Männchen tritt händereibend auf sie zu.

»Drei Lastwagen, drei volle Lastwagen kommen die Fahrstraße herauf. Sie haben sie heute morgen entdeckt, und das ganze Bataillon ist ihnen entgegengerückt. Der Tanz wird bald losgehen.«

Er ist ein Männchen mit einer Matrosenjacke und einer Mütze aus Kaninchenfell auf dem kahlen Schädel; Pin denkt, er sei ein Zwerg, der in diesem Häuschen mitten im Wald wohnt.

Der kräftige Mann streicht sich mit dem Finger über den Schnurrbart. »Gut«, sagt er, »da werde ich mich auch auf den Weg machen müssen, um denen was zu verpassen.«

»Wenn du es noch schaffst«, sagt das Männchen. »Ich bin hiergeblieben, um zu kochen. Ich bin sicher, daß sie sie schon mittags außer Gefecht gesetzt haben und zurückkommen.«

»Wenn du schon hiergeblieben bist, hättest du wenigstens auf den Maulesel aufpassen können. Wenn ich ihn nicht zufällig gefunden hätte, wäre er bis zum Meer hinuntergelaufen.«

Das Männchen bindet den Maulesel an, dann bemerkt er Pin.

»Und wer ist das? Hast du ein Kind gezeugt, Vetter?«

»Lieber lass' ich mir die Seele aus dem Leib reißen«, gibt der große Mann zurück. »Das ist ein Junge, der Anschläge mit dem Roten Wolf verübt und sich verirrt hat.«

Das stimmt zwar nicht ganz, aber Pin ist froh, auf diese Weise vorgestellt zu werden, und vielleicht hat es der große Mann auch absichtlich gesagt, um ihn in einem besseren Licht erscheinen zu lassen.

»Siehst du, Pin«, sagt der große Mann, »das ist Linkshand, der Koch unserer Einheit. Du mußt ihm respektvoll begegnen, weil er alt ist und weil er dir sonst keinen Nachschlag zur Suppe gibt.«

»Sag mal, du Revolutionsrekrut«, fragt Linkshand, »kannst du wenigstens Kartoffeln schälen?«

Pin möchte ihm am liebsten mit einer frechen Bemerkung antworten, bloß so, um Freundschaft zu schließen, aber es fällt ihm gerade nichts ein, und er erwidert: »Klar.«

»Gut, ein Hilfskoch ist genau das, was mir gerade gefehlt hat«, sagt Linkshand. »Warte, ich hole nur die Messer.« Und er verschwindet in der Hütte.

»Sag mal, ist das dein Vetter?« fragt Pin den großen Mann.

»Nein, Vetter heiße ich, alle nennen mich so.«

»Ich auch?«

»Was, du auch?«

»Darf ich dich auch Vetter nennen?«

»Natürlich. Das ist ein Name wie jeder andere.«

Das gefällt Pin. Er probiert es sofort aus. »Vetter!« sagt er.

»Was gibt's?«

»Vetter, was wollen denn die Lastwagen hier?«

»Uns kaltmachen, das wollen sie hier. Aber wir gehen ihnen entgegen und machen sie kalt. So ist das Leben.«

»Gehst du auch hin, Vetter?«

»Natürlich, ich muß hingehen.«

»Hast du denn nicht genug vom vielen Laufen?«

»Seit sieben Jahren laufe und schlafe ich mit den Schuhen an den Füßen. Auch wenn ich mal sterbe, sterbe ich mit den Schuhen an den Füßen.«

»Sieben Jahre, ohne die Schuhe auszuziehen, gottverdammt, Vetter, stinken denn da deine Füße nicht?«

Inzwischen ist Linkshand wiedergekommen: aber er bringt nicht nur die Kartoffelmesser. Auf einer seiner Schultern sitzt ein gräßlicher Vogel, der mit seinen gestutzten Flügeln flattert und an einer kleinen Kette gehalten wird, die er um den einen Fang trägt, wie ein Papagei.

»Was ist das? Was ist das?« fragt Pin und hat ihm schon den Finger unter den Schnabel gesteckt. Der Vogel verdreht die gelben Augen und erwischt ihn beinahe mit seinem Schnabel.

»Ha, ha!« lacht Linkshand hämisch. »Um ein Haar hättest du deinen Finger eingebüßt, Genosse! Paß auf, Babeuf ist ein rachsüchtiger Falke!«

»Wo hast du den denn aufgegabelt, Linkshand?« fragt Pin, dem immer klarer wird, daß man weder den Erwachsenen noch ihren Tieren trauen darf.

»Babeuf ist ein Veteran der Banden. Ich hab' ihn aus dem Nest geholt, als er noch klein war, und er ist das Maskottchen unserer Einheit.«

»Du hättest ihn lieber in Freiheit einen Raubvogel sein lassen sollen«, meint der Vetter, »als Maskottchen bringt er mehr Unglück als ein Pfaffe.«

Doch Linkshand legt die Hand ans Ohr und bedeutet ihnen zu schweigen.

»Tak-taktak ... Habt ihr gehört?«

Sie lauschen. Unten aus dem Tal hört man Schüsse. MG-Feuer, ein dumpfes Dröhnen und ein paar Einschläge von Handgranaten.

Linkshand schlägt sich mit der Faust in die offene Hand und meint mit säuerlichem Lachen: »Jetzt sind wir soweit, jawohl, jetzt sind wir soweit, und ich sage euch, daß wir sie alle erledigen werden.«

»Wenn wir hier herumhocken, werden wir wenig erreichen. Ich geh' mal nachsehen«, sagt der Vetter.

»Warte!« hält Linkshand ihn zurück. »Willst du nicht ein paar Kastanien essen? Es sind noch welche übrig von heute früh. Giglia!«

Der Vetter hebt mit einem Ruck den Kopf. »Wen rufst du da?«

»Meine Frau«, erwidert Linkshand. »Sie ist seit gestern abend hier. In der Stadt war die Schwarze Brigade hinter ihr her.«

Tatsächlich erscheint in der Tür der Hütte eine Frau,

wasserstoffblond und noch jung, wenn auch ein bißchen verblüht.

Der Vetter hat die Augenbrauen zusammengezogen und streicht mit dem Finger über seinen Schnurrbart.

»Ciao, Vetter«, sagt die Frau. »Ich hab' mich hierhin zurückgezogen.« Und sie tritt vor, mit den Händen in den Taschen: sie trägt eine lange Hose und ein Männerhemd.

Der Vetter wirft Pin einen Blick zu. Pin versteht: Wenn man erst einmal anfängt, Weiber hier heraufzubringen, kann es nur ein böses Ende nehmen. Und er ist stolz, daß es zwischen ihm und dem Vetter Geheimnisse gibt, die man sich durch Blicke mitteilen kann, Geheimnisse über Weiber.

»Schönes Wetter hast du mitgebracht«, sagt der Vetter ein bißchen sauer, ihrem Blick ausweichend, und deutet ins Tal, von wo man immer noch Schüsse hört.

»Kannst du dir etwa schöneres Wetter vorstellen?« meint Linkshand. »Hörst du, wie das schwere MG singt? Hörst du, was die Flammenwerfer für einen Höllenlärm machen? Giglia, gib ihm eine Schale Kastanien, er will runter.«

Giglia sieht den Vetter mit sonderbarem Lächeln an: Pin fällt auf, daß sie grüne Augen hat und den Hals wie einen Katzenrücken bewegt.

»Dazu ist jetzt keine Zeit«, wehrt der Vetter ab. »Ich muß wirklich gehen. Macht ihr inzwischen das Essen. Mach's gut, Pin.«

Und er geht, mit dem zusammengerollten Umhang über der Schulter und der Maschinenpistole im Arm.

Pin möchte dem Vetter am liebsten nachlaufen und immer bei ihm bleiben, aber er ist todmüde nach allem, was er erlebt hat, und die Schüsse da unten im Tal flößen ihm ein unbestimmtes Angstgefühl ein.

»Wer bist du denn, Kind?« fragt Giglia und fährt ihm mit der Hand über den struppigen Haarschopf, obwohl Pin sich schüttelt, weil er es nie hat ausstehen können, von Frauen gestreichelt zu werden. Außerdem mag er's nicht, wenn man ihn Kind nennt.

»Dein Kind bin ich: hast du denn nicht gemerkt, daß du mich heute nacht gekriegt hast?«

»Gut gegeben! Sehr gut!« krächzt Linkshand, während er die Messer aneinander schärft und damit den Falken verrückt macht, der sich wie wild gebärdet. »Einen Partisanen darf man nie fragen: wer bist du? Ein Kind des Proletariats bin ich, mußt du antworten, mein Vaterland ist die Internationale, meine Schwester die Revolution.«

Pin sieht ihn aus den Augenwinkeln an, zwinkert ihm zu. »Was? Du kennst meine Schwester auch?«

»Hör nicht auf ihn«, wehrt Giglia ab. »Mit seiner ewigen Revolution hat er schon alle Partisanen rasend gemacht, und sogar die Kommissare widersprechen ihm: Trotzkist, das haben sie zu ihm gesagt, Trotzkist!«

Trotzkist: noch ein neues Wort.

»Was heißt denn das?« fragt Pin.

»Ich weiß nicht genau, was das heißt«, sagt Giglia. »Jedenfalls paßt es gut zu ihm: Trotzkist!«

»Dumme Gans!« schreit Linkshand sie an. »Ich bin kein Trotzkist! Wenn du hier raufgekommen bist, um mich zu ärgern, kannst du sofort wieder umkehren in die Stadt, zur Schwarzen Brigade, sollen sie dich doch schnappen!«

»Dreckiger Egoist!« gibt Giglia zurück. »Du bist schuld daran...«

»Still!« sagt Linkshand. »Laß mal hören: warum singt das *Schwere* nicht mehr?«

Tatsächlich ist das schwere MG, das bis dahin unaufhörlich gerattert hatte, schlagartig verstummt.

Linkshand sieht seine Frau besorgt an: »Was mag da passiert sein? Ob die Munition ausgegangen ist?«

»... Oder der Schütze ist gefallen...« meint Giglia unruhig. Eine Weile lauschen alle beide, dann sehen sie sich an, und der Ärger kehrt auf ihre Gesichter zurück.

»Na?« sagt Linkshand.

»Ich will dir mal was sagen«, platzt Giglia los, »durch deine Schuld habe ich monatelang in Angst und Schrecken gelebt, und du willst immer noch nicht, daß ich mich hier oben verstecke!«

»Du läufige Hündin!« gibt Linkshand zurück. »Läufige Hündin! Wenn ich hier herauf in die Berge gegangen bin, dann... Da! Da ist es wieder!«

Das *Schwere* bellt von neuem los; kurze Feuerstöße, Pausen.

»Gott sei Dank«, sagt Giglia.

»... dann nur«, schreit der Mann, »weil ich's nicht mehr ausgehalten habe, mit dir unter einem Dach zu leben. Bei all dem, was ich mir mit ansehen mußte!«

»So? Aber wenn der Krieg vorbei ist und die Schiffe wieder fahren und ich dich nur zwei- oder dreimal im Jahr zu sehen bekomme...? Sag mal, was sind denn das für Schüsse?«

Linkshand horcht, verwirrt. »Ein Granatwerfer, würde ich sagen...«

»Auf unserer oder auf ihrer Seite?«

»Moment: das ist der Abschuß... es sind die andern!«

»Es ist der Einschlag: weiter unten im Tal, also sind es unsere...«

»Immer mußt du widersprechen! Hätte ich mich nur

rechtzeitig aus dem Staub gemacht an dem Tag, als wir uns kennenlernten! Ja, es sind wirklich unsere... Gott sei Dank; Giglia, Gott sei Dank...«

»Ich hab' dir's ja gesagt: Trotzkist, das ist es, was du bist, ein Trotzkist!«

»Opportunistin! Verräterin! Dreckige Menschewikin!«

Pin hat einen Heidenspaß: jetzt ist er in seinem Element. In der Gasse gab's oft Streitereien zwischen Mann und Frau, die tagelang dauerten, und er verbrachte Stunden damit, ihnen unterm Fenster zuzuhören, als säße er vor dem Radio, ohne sich ein Wort entgehen zu lassen; und ab und zu mischte er sich mit einer Bemerkung ein, die er hinausschrie, so laut er nur konnte, so daß die Streitenden manchmal innehielten, sich gemeinsam aus einem Fenster lehnten und auf ihn einschimpften.

Hier ist alles noch viel schöner: mitten im Wald, von Schüssen begleitet und mit neuen, farbigen Worten.

Nun ist alles still, der Kampf in der Talsohle scheint vorbei zu sein: die Eheleute starren einander böse an und haben keine Stimme mehr.

»Gottverdammt, ihr wollt doch nicht schon aufhören!« sagt Pin. »Habt ihr etwa den Faden verloren?«

Die beiden werfen Pin einen kurzen Blick zu, dann sehen sie einander mißtrauisch an, ob der andere vielleicht gerade was sagen will, um sofort widersprechen zu können.

»Sie singen!« ruft Pin. Tatsächlich dringt vom Tal unten das Echo eines undeutlichen Gesangs herauf.

»Die singen deutsch...« murmelt der Koch.

»Trottel!« ruft die Frau. »Hörst du denn nicht, daß sie *Bandiera rossa* singen?«

»*Bandiera rossa?*« Das Männchen macht einen Freudensprung und klatscht in die Hände, und der Falke wagt es, mit den gestutzten Flügeln kurz über seinem Kopf aufzufliegen. »Ja, es ist *Bandiera rossa*!«

Er rennt los, den Steilhang hinab, und singt, »*Bandiera rossa la trionferà* ...«, bis zu einem Vorsprung, von dem aus er hinabhorcht.

»Kein Zweifel. Es ist *Bandiera rossa*!«

Dann stürmt er mit Freudengeschrei wieder herauf, und der Falke an seinem Kettchen schwebt dahin wie ein Drachen. Der Koch küßt seine Frau, gibt Pin einen Puff, und alle drei halten sich an den Händen und singen.

»Siehst du«, sagt Linkshand zu Pin, »du wirst doch nicht glauben, daß wir uns im Ernst gestritten haben: das war alles nur Spaß.«

»Ja, wirklich«, bestätigt Giglia. »Mein Mann ist zwar ein bißchen dämlich, aber er ist der beste Mann auf der Welt.«

Während sie das sagt, zieht sie ihm die Mütze aus Kaninchenfell vom Kopf und küßt ihn auf die Glatze. Pin weiß nicht, ob das echt ist oder nicht, die Erwachsenen sind nun mal widersprüchlich und verlogen, jedenfalls hat er trotzdem seinen Spaß dabei gehabt.

»Los, ans Kartoffelschälen«, sagt Linkshand, »in zwei Stunden werden sie zurück sein und kein Essen vorfinden!«

Sie leeren den Kartoffelsack, setzen sich daneben, schälen die Kartoffeln und werfen sie in einen großen Kochtopf. Die Kartoffeln sind kalt, die Finger werden klamm davon, trotzdem ist es schön, zusammen mit diesem eigenartigen Zwerg, von dem man nicht weiß, ob er gut oder böse ist, und seiner Frau, die noch rätselhafter ist, Kartoffeln zu schälen. Aber Giglia kämmt sich jetzt, anstatt zu schälen: das geht Pin auf die Nerven, er arbeitet nicht gerne, während neben ihm jemand faulenzt; doch Linkshand schält gleichmütig weiter; vielleicht hat er sich daran gewöhnt, weil es bei ihnen immer so ist.

»Was gibt's denn heute?« fragt Pin.

»Ziegenfleisch mit Kartoffeln«, antwortet Linkshand. »Magst du das?«

Pin weiß nur, daß er Hunger hat, und sagt ja.

»Kannst du gut kochen, Linkshand?« will er wissen.

»Und ob!« antwortet Linkshand. »Das ist doch mein Beruf. Zwanzig Jahre hab' ich als Schiffskoch an Bord zugebracht. Auf Schiffen aller Art und aller Herren Länder.«

»Auch auf Piratenschiffen?« fragt Pin.

»Auch auf Piratenschiffen.«

»Auch auf chinesischen Schiffen?«

»Auch auf chinesischen Schiffen.«

»Kannst du Chinesisch?«

»Ich kann alle Sprachen der Welt. Und ich kann die Spezialitäten aller Länder der Welt zubereiten: chinesisch, mexikanisch, türkisch.«

»Und wie machst du heute das Ziegenfleisch mit Kartoffeln?«

»Wie die Eskimos. Magst du das?«

»Gottverdammt, Linkshand, wie die Eskimos!«

Pin bemerkt an Linkshands Knöchel, der von der zerrissenen Hose nicht bedeckt wird, die Abbildung eines Schmetterlings. »Was ist das?« fragt er.

»Eine Tätowierung«, sagt Linkshand.

»Und wozu ist die gut?«

»Du fragst zuviel.«

Das Wasser kocht bereits, als die ersten Männer eintreffen.

Pin hat sich immer gewünscht, Partisanen zu sehen. Nun steht er mit offenem Mund mitten auf dem freien Platz vor der Hütte und kann seine Aufmerksamkeit nicht auf einen einzelnen richten, schon kommen zwei, drei andere, und alle sind verschieden und vollbehängt mit Waffen und Ladegurten.

Man könnte sie auch für Soldaten halten, eine Kompanie Soldaten, die sich in einem Krieg, der schon viele Jahre zurückliegt, verirrt haben und immer noch in den Wäldern herumziehen, weil sie den Rückweg nicht finden, mit zerlumpten Uniformen, zerfetzten Schuhen, struppigen Haaren und Bärten und mit Waffen, die nur noch dazu dienen, wilde Tiere zu jagen.

Sie sind müde und verkrustet von einer Masse aus Schweiß und Staub. Pin hatte erwartet, daß sie singend ankämen: statt dessen sind sie schweigsam und ernst und werfen sich wortlos aufs Stroh.

Linkshand empfängt sie freudig, scharwenzelt um sie herum wie ein Hund, schlägt sich mit der Faust in die flache Hand und lacht laut: »Denen haben wir's gegeben, diesmal! Wie war's denn! Erzählt doch schon!«

Die Männer schütteln den Kopf; sie kauern sich aufs Stroh, antworten nicht. Warum sind sie unzufrieden? Es sieht ja aus, als kämen sie von einer Niederlage.

»Also: ist es schiefgegangen? Haben wir Verluste?« Linkshand geht von einem zum andern und gibt keine Ruhe.

Auch der Gerade ist gekommen, der Kommandant. Ein hagerer junger Mann mit einem sonderbaren Zucken um die Nasenflügel, den Blick von schwarzen Wimpern umrahmt. Er geht umher, fährt die Männer an und schimpft, weil das Essen noch nicht fertig ist.

»Also los: was ist passiert?« will der Koch wissen. »Haben wir nicht gesiegt? Wenn ihr's mir nicht erzählt, gibt's nichts zu essen.«

»Ist ja schon gut, ja, wir haben gesiegt«, antwortet der Gerade. »Zwei LKWs sind auf der Strecke geblieben, etwa zwanzig Deutsche gefallen, eine reiche Beute.«

Mürrisch sagt er das, als gäbe er's nur widerwillig zu.

»Dann haben wir wohl Verluste gehabt? Wir auch?«

»Zwei Verwundete in den anderen Einheiten. Bei uns alles unverletzt, natürlich.«

Linkshand sieht ihn an: vielleicht begreift er allmählich.

»Weißt du nicht, daß sie uns auf der anderen Seite der Talsohle eingesetzt haben«, schreit der Gerade, »und daß wir nicht einen einzigen Schuß abfeuern konnten? Jetzt müssen sie sich bei der Brigade entscheiden: entweder sie trauen unserer Einheit nicht, dann sollen sie sie auflösen, oder sie halten uns für Partisanen wie alle andern, und dann sollen sie uns gefälligst auch zum Einsatz schicken. Sonst, nur um die Nachhut zu spielen, bewegen wir uns nicht noch mal von der Stelle. Und ich trete zurück. Ich bin krank.«

Er spuckt aus und geht in die Hütte.

Auch Vetter ist gekommen und ruft Pin zu sich.

»Pin, willst du sehen, wie das Bataillon vorbeizieht? Lauf runter bis zum Vorsprung, von da sieht man die Straße.«

Pin rennt hinunter und lugt durch die Büsche. Unter ihm liegt die Fahrstraße, und ein Zug von Männern kommt herauf. Aber sie sind ganz anders als die Männer, die er bisher gesehen hat: bunt, glänzend, bärtig, bis an die Zähne bewaffnet. Sie tragen die merkwürdigsten Uniformen: Sombreros, Helme, Pelzjacken, nackte Oberkörper, rote Halstücher, Uniformstücke der verschiedensten Armeen, völlig andere und gänzlich unbekannte Waffen. Auch Gefangene gehen vorbei, gedrückt und bleich. Pin glaubt, dies alles zu träumen, eine Sonnenspiegelung auf der staubigen Straße.

Plötzlich zuckt er jedoch zusammen: das ist doch ein bekanntes Gesicht, aber ja, ohne Zweifel, es ist der Rote Wolf. Er ruft ihn, und innerhalb von einer Minute stehen sie schon beieinander. Der Rote Wolf hat eine deutsche Waffe über der Schulter hängen und humpelt, sein Knöchel ist ganz geschwollen. Er hat immer noch seine Russenmütze auf, doch diesmal mit dem Stern darauf, einem roten Stern und darin zwei konzentrische Kreise, weiß und grün.

»Bravo«, sagte er zu Pin, »du hast allein hergefunden, du bist in Ordnung.«

»Gottverdammt, Roter Wolf«, erwidert Pin, »was machst du denn hier? Ich hab' so lange auf dich gewartet.«

»Weißt du, als ich dort herausgekrochen bin, wollte ich mir den deutschen Lastwagenpark ein bißchen genauer ansehen, der da unten ist. Ich bin in den Nachbargarten gegangen und hab' vom Geländer aus gesehen, wie sich die deutschen Soldaten in voller Ausrüstung aufstellten. Da dachte ich mir: Die führen was gegen uns im Schilde. Wenn sie jetzt mit den Vorbereitungen beginnen, wollen sie sicher bei Tagesanbruch oben sein. Also bin ich in einem Stück durchmarschiert, um unsere Leute zu warnen, und es hat geklappt. Nur hab' ich mir dabei das Fußgelenk überanstrengt, das schon vom Sturz geschwollen war, und jetzt humpele ich.«

»Du bist nicht zu schlagen, Roter Wolf, verdammt noch mal«, sagt Pin. »Aber ein Schweinehund bist du auch, daß

daß du mich hast sitzenlassen, wo du mir doch dein Ehrenwort gegeben hast.«

Der Rote Wolf drückt sich die Russenmütze fester auf den Kopf. »Die Ehre gebührt zuallererst immer der Sache«, antwortet er.

Inzwischen sind sie beim Lager des Geraden angelangt. Der Rote Wolf mustert alle von unten nach oben und erwidert kühl ihren Gruß.

»Da bist du ja an die Richtigen geraten«, sagt er.

»Warum?« fragt Pin ein wenig bitter. Er hat sich hier bereits eingelebt und will nicht, daß der Rote Wolf ihn wieder wegholt.

Der Rote Wolf flüstert ihm ins Ohr: »Sag's nicht weiter, ich hab's auch nur zufällig erfahren. Zur Einheit des Geraden schicken sie nur den Ausschuß, die größten Taugenichtse der ganzen Brigade. Dich behalten sie vielleicht, weil du ein Kind bist. Aber wenn du willst, kümmere ich mich darum, daß du versetzt wirst.«

Pin paßt es gar nicht, daß sie ihn hier behalten, weil er ein Kind ist: aber die, die er kennt, sind keine Taugenichtse.

»Sag mal, Roter Wolf, ist der Vetter etwa Ausschuß?«

»Der Vetter ist einer, den man in Ruhe lassen muß. Er zieht immer allein herum, ist tüchtig und hat Mumm in den Knochen. Es hat da scheint's irgend so eine Geschichte wegen einer Geliebten von ihm gegeben, letzten Winter, deretwegen drei von uns umgekommen sind. Alle wissen, daß er überhaupt nichts dafür kann, aber er selbst hat sich damit nicht abfinden können.«

»Und Linkshand? Sag mal, ist es wahr, daß er ein Trotzkist ist?«

›Vielleicht erklärt er mir jetzt, was das bedeutet‹, denkt Pin.

»Ein Extremist ist er, das hat mir der Brigadekommissar gesagt. Du hörst doch nicht etwa auf ihn?«

»Nein, nein«, erwidert Pin.

»Genosse Roter Wolf«, ruft Linkshand, der gerade mit seinem Falken auf der Schulter herbeikommt, »wir werden dich zum Sowjetkommissar in der Altstadt machen!«

Der Rote Wolf würdigt ihn keines Blickes. »Extremismus, Kinderkrankheit des Kommunismus!« sagt er zu Pin.

6

Der Boden unter den Bäumen besteht aus Wiesen, stachlig vor lauter Kastanienigeln, und ausgetrockneten Lachen voll harter Blätter. Abends dringen Nebelklingen zwischen die Stämme der Kastanienbäume und lassen ihre Unterseiten mit den rötlichen Moosbärten und dem hellblauen Geäder der Flechten schimmlig werden. Die Unterkunft errät man im Näherkommen am Rauch, der sich über die Baumwipfel erhebt, und am leisen Chorgesang, der anschwillt, je tiefer man in den Wald vordringt. Es ist eine steinerne, zweigeschossige Hütte; unten eine Stallung für das Vieh, der Boden aus gestampfter Erde, und oben ein Hängeboden aus Ästen als Schlafstätte für die Hirten.

Jetzt hausen oben und unten nur Männer hier, auf Lagern aus frischem Farn und Heu, und der Rauch des Feuers, das unten angezündet ist, findet keinen Abzug, er verfängt sich unter den Dachschindeln und brennt in den Augen und Kehlen der hustenden Männer. Abend für

Abend kauern sie um die Steine des Feuers, das im geschlossenen Raum brennt, damit der Feind es nicht sieht, dichtgedrängt liegen sie fast übereinander, und Pin ist in ihrer Mitte, beleuchtet vom flackernden Schein, und singt aus voller Kehle wie in der Osteria daheim. Und die Männer sind wie die Männer aus der Osteria, mit aufgestützten Ellenbogen und einem harten Blick, nur starren sie nicht resigniert ins Violett der Gläser. In der Hand halten sie das Eisen der Waffen, und morgen werden sie ausziehen, um auf andere Männer zu schießen: auf die Feinde!

Das unterscheidet sie von allen andern Männern: Feinde zu haben, ein neues, ungekanntes Gefühl für Pin. In der Gasse gab es Geschrei und Streit und Schimpfworte von Männern und von Frauen, Tag und Nacht, aber es gab nicht dieses bittere Verlangen nach Feinden, diese Begierde, die einem nachts den Schlaf raubt. Pin weiß noch nicht, was es heißt, Feinde zu haben. Für Pin haftet allen menschlichen Wesen etwas Ekelhaftes an, wie den Würmern, zugleich aber auch etwas Gutes und Warmes, das Geselligkeit bedeutet.

Doch die Männer hier können an nichts anderes denken, wie Verliebte, und wenn sie bestimmte Worte aussprechen, zittert ihr Bart, ihre Augen leuchten, und die Finger gleiten liebkosend über die Kimme ihres Gewehrs. Keine Liebeslieder oder lustige Lieder wollen sie von Pin hören: ihre eigenen Lieder wollen sie, voller Blut und Ungewitter, oder die Lieder über Zuchthaus und Verbrechen, die nur er kennt, oder auch sehr schweinische Lieder, die man mit Haß herausschreien muß. Gewiß, Pin hat mehr Respekt vor ihnen als vor allen anderen: sie kennen Geschichten über ganze Lastwagen voll zerschmetterter Menschenleiber und Geschichten über Verräter, die nackt in Erdlöchern sterben.

Unterhalb der Hütte ziehen sich Wiesenstreifen durch die Wälder und dort, sagen sie, liegen die Verräter verscharrt; Pin hat ein bißchen Angst, nachts dort vorüberzugehen; er fürchtet sich davor, von Händen, die aus dem Gras emporwachsen, plötzlich an den Füßen gezogen zu werden.

Pin gehört nun schon ganz zu der Bande: er ist vertraut mit allen und hat für jeden den richtigen Spruch bereit, um ihn aufzuziehen, damit man ihm nachläuft, ihn kitzelt oder boxt.

»Gottverdammt, Kommandant«, sagt er zum Geraden, »man hat mir erzählt, du hättest dir schon die Uniform schneidern lassen für den Tag, an dem du wieder hinuntergehst, mit Rangabzeichen, Sporen und Säbel.«

Auch mit den Kommandanten macht Pin seine Späße, aber nur so weit, daß sie ihm gewogen bleiben, denn er möchte gut mit ihnen stehen, schon, um ein bißchen Wacheschieben oder Arbeitseinsatz erlassen zu bekommen.

Der Gerade ist ein hagerer junger Mann, Kind ausgewanderter Süditaliener, mit einem ungesunden Lächeln und Augenlidern, die von langen Wimpern beschwert sind. Von Beruf ist er Kellner, ein schöner Beruf, weil man mitten unter den Reichen lebt und nur während der Saison arbeitet und sich in der anderen Hälfte des Jahres ausruht. Aber am liebsten würde er das ganze Jahr über in der Sonne liegen, die sehnigen Arme unter dem Kopf verschränkt. Zu seinem Leidwesen wird er jedoch von einer Energie angetrieben, die ihn dauernd in Bewegung hält, seine Nasenflügel wie Fühler vibrieren läßt und durch die er eine besondere Freude daran hat, mit Waffen zu hantieren. Im Brigadekommando hat man Vorbehalte gegen ihn, weil vom Komitee keine sonderlich gute Auskunft über ihn eingegangen ist und weil er beim Einsatz immer nach eigenem Gutdünken vorgehen will und viel zu gerne herumkommandiert, aber nur ungern selbst mit gutem Beispiel vorangeht. Doch wenn er will, hat er Mut, und es gibt wenig Kommandanten: also hat man ihm diese Einheit anvertraut, auf die nicht viel Verlaß ist und die mehr dazu dient, Leute abseits zu halten, die die andern verderben könnten. Der Gerade ist deshalb nicht gut auf das Kommando zu sprechen, meistens tut er, was er will, und faulenzt; hin und wieder behauptet er, krank zu sein, und verbringt ganze Tage in der Hütte, ausgestreckt auf seinem Lager aus frischem Farn, mit unter dem Kopf verschränkten Armen, die langen Wimpern über die Augen gesenkt.

Um ihn auf Trab zu bringen, brauchte die Einheit einen Kommissar, der seine Sache versteht: doch Giacinto, der Kommissar, ist restlos erledigt von den Läusen, die er so hat wachsen und gedeihen lassen, daß er ihrer nicht mehr Herr wird, genausowenig wie er sich dem Kommandanten und den Männern gegenüber durchzusetzen vermag. Ab und zu holt man ihn zum Bataillon oder zur Brigade und läßt ihn einen Situationsbericht vortragen und Verbesserungsvorschläge machen: aber das ist verschwendete Mühe, denn kommt er zurück, kratzt er sich doch wieder nur von früh bis spät und tut, als wüßte er nichts von dem, was der Kommandant macht und was die Männer darüber sagen.

Der Gerade hört sich Pins Witze an, bewegt dabei die Nasenflügel, lächelt auf seine ungute Art und sagt, Pin sei der tüchtigste Mann der Gruppe, er selbst sei krank und wolle zurücktreten und man könne Pin das Kommando übergeben, da sowieso immer alles schieflaufen werde. Und dann haben sie es mit einemmal alle auf Pin abgesehen, fragen, wann er einen Einsatz mitmache und ob er imstande sei, auf einen Deutschen anzulegen und zu schießen. Pin ärgert sich, wenn sie ihn so etwas fragen, denn im Grunde hätte er Angst, mitten in eine Schießerei zu geraten, und würde vielleicht nicht den Mut aufbringen, auf einen Menschen zu schießen. Aber wenn er so mitten unter den Genossen sitzt, will er sich selbst einreden, daß er ist wie sie, und dann fängt er an, damit zu prahlen, was er an dem Tag alles tun wird, an dem sie ihn in den Kampf ziehen lassen, und er ahmt das Geräusch des Maschinengewehrs nach, die Fäuste wie zum Schießen unter den Augen geballt.

Dann gerät er in Erregung: er denkt an die Faschisten, denkt daran, wie sie ihn geschlagen haben, denkt an die blauschattigen und die bartlosen Gesichter im Vernehmungszimmer, tak-tak-tak-tak, jetzt sind sie alle tot und beißen mit blutigen Kiefern in den Teppich unter dem Schreibtisch des deutschen Offiziers. Und auf einmal ist auch in ihm die Lust zu töten, herb und grimmig, sogar den Wärter zu töten, der sich im Hühnerstall versteckt hat, obwohl er einfältig ist, ja, gerade weil er einfältig ist, und ebenso den traurigen Gefängnisposten, gerade weil er traurig ist und sein Gesicht voller Rasierschnitte. Es ist ein unbewußtes Verlangen in ihm, wie das Verlangen nach Liebe, ein zugleich abstoßender und erregender Geschmack, wie die Zigaretten und der Wein, ein Verlangen, von dem man nicht genau versteht, warum es die Männer alle umtreibt, und das bei seiner Erfüllung geheimnisvolle und rätselhafte Freuden bringen muß.

»Wär' ich ein Junge wie du«, sagt der lange Zena, genannt Holzkappe, zu ihm, »wäre ich schon längst in die Stadt hinuntergegangen, hätte einen Offizier umgelegt und wäre wieder abgehauen, hierher zurück. Du bist ein Junge, niemand würde dich beachten, du könntest ihm bis unter die Nase kommen. Auch abzuhauen wäre leichter für dich.«

Pin bebt innerlich vor Wut: er weiß, daß sie so etwas nur sagen, um ihn aufzuziehen, ihm dann aber doch keine Waffe geben und ihn nicht fortlassen.

»Schickt mich doch«, sagt er, »und ihr werdet sehen, daß ich gehe.«

»Abgemacht, morgen gehst du«, sagen sie zu ihm.

»Um was wollen wir wetten, daß ich eines Tages runtergehe und einen Offizier umlege?« fragt Pin.

»Also los«, sagen die andern, »gibst du ihm die Waffen, Gerader?«

»Pin ist Hilfskoch«, antwortet der Gerade, »seine Waffen sind das Kartoffelmesser und der Kochlöffel.«

»Ich pfeife auf all eure Waffen! Gottverdammt, ich hab' 'ne deutsche Marinepistole, so ein Ding besitzt keiner von euch!«

»Donnerwetter!« sagen die andern. »Und wo hast du sie: zu Hause? Eine Marinepistole: Die wird wohl mit Wasser geladen!«

Pin beißt sich auf die Lippen. Eines Tages wird er die Pistole ausgraben und wahre Wundertaten vollbringen, Taten, die alle in Erstaunen setzen werden.

»Was wollen wir wetten, daß ich eine P 38 an einem Platz versteckt habe, den außer mir niemand kennt?«

»Schöner Partisan, der seine Waffen versteckt hat! Sag uns, wo sie ist, damit wir sie holen.«

»Nein. Den Platz kenne nur ich, und ich kann ihn niemandem verraten.«

»Warum?«

»Weil die Spinnen dort ihre Nester bauen.«

»Mach keine dummen Witze! Seit wann bauen Spinnen sich Nester? Das sind doch keine Schwalben!«

»Gebt mir doch eine von euren Waffen, wenn ihr's nicht glauben wollt!«

»Die Waffen haben wir uns organisiert. Wir haben sie uns er-o-bert.«

»Meine hab' ich mir auch erobert, gottverdammt! Im Zimmer meiner Schwester, während der andere...«

Die anderen lachen, sie verstehen nichts von diesen Dingen. Pin würde am liebsten weggehen und auf eigene Faust Partisan sein mit seiner Pistole.

»Um was wollen wir wetten, daß ich sie finde, deine P 38?« Es ist Pelle, der diese Frage gestellt hat, ein schmächtiger Junge, stets erkältet, mit einem eben erst sprießenden Schnurrbart über den heißen, trockenen Lippen. Er ist gerade dabei, ein Gewehrschloß sorgfältig mit einem Lappen zu putzen.

»Von mir aus können wir um deine Tante wetten, du kennst die Stelle mit den Spinnennestern doch nicht«, sagt Pin.

Pelle hört auf, mit dem Lappen zu reiben: »Du Rotzbengel, ich kenne jeden Handbreit im Graben, und so viele Mädchen, wie ich dort auf der Böschung schon flachgelegt habe, kannst du dir nicht mal im Traum vorstellen.«

Pelle hat zwei Leidenschaften, die ihn verzehren: Waffen und Frauen. Pins Bewunderung hat er sich dadurch erworben, daß er sachkundig über alle Prostituierten der Stadt geredet hat und Urteile über Pins Schwester abgegeben hat, die Schwarze, aus denen ersichtlich war, daß er auch sie genau kannte. Pin empfindet eine Mischung von Zuneigung und Widerwillen diesem Burschen gegenüber, der so schmächtig und immer erkältet ist, der ständig Geschichten von jungen Mädchen erzählt, die er heimtükkisch an den Haaren gepackt und im Gras flachgelegt hat, oder Geschichten von neuen und komplizierten Waffen, mit denen die Schwarze Brigade ausgestattet ist. Pelle ist noch jung, aber er ist durch die Zeltlager und Märsche der faschistischen Jugend in ganz Italien herumgekommen, er hat schon immer mit Waffen hantiert und ist in den Freudenhäusern sämtlicher Städte gewesen, obgleich er noch minderjährig war.

»Niemand weiß, wo die Spinnennester sind«, beharrt Pin.

Pelle lacht und entblößt die Zähne: »Ich weiß es«, sagt er. »Ich geh' jetzt in die Stadt, um mir eine Maschinenpistole aus der Wohnung eines Faschisten zu organisieren, und bei der Gelegenheit such' ich auch deine Pistole.«

Pelle hat die Angewohnheit, von Zeit zu Zeit in die Stadt zu verschwinden, dann kommt er jedesmal waffenbeladen zurück. Es gelingt ihm immer herauszubekommen, wo Waffen versteckt sind, wer welche im Haus hat, und er riskiert jedesmal, geschnappt zu werden, bloß weil er sein Waffenarsenal vergrößern will. Pin weiß nicht, ob Pelle die Wahrheit sagt: vielleicht ist er der große Freund, nach dem er so lange gesucht hat, der alles weiß über Frauen und über Pistolen und auch über die Spinnennester, und doch ist er ihm unheimlich mit seinen vom Schnupfen geröteten, kleinen Augen.

»Bringst du sie mir mit, wenn du sie findest?« fragt Pin.

Pelles Antwort ist ein einziges Grinsen, das die Zähne entblößt: »Wenn ich sie finde, behalte ich sie.«

Es ist schwierig, Pelle eine Waffe wegzunehmen. Tag für Tag gibt es Krach in der Gruppe, weil Pelle unkameradschaftlich ist und alle Waffen, die er sich organisiert hat, als sein persönliches Eigentum betrachtet. Ehe er sich zu den Partisanen schlug, hatte er sich für die Schwarze Brigade anwerben lassen, um eine Maschinenpistole zu bekommen, und war während des Ausgangssperre durch die Stadt gestreift und hatte auf Katzen geschossen. Dann war er desertiert, nachdem er ein halbes Waffenlager ausgeplündert hatte, und seither war er immer wieder in die Stadt gegangen und hatte sonderbare automatische Schußwaffen aufgetrieben und Handgranaten und Pistolen. Von der Schwarzen Brigade war bei ihm oft die Rede, in teuflischen Farben ausgemalt, doch nicht ohne Reiz: »Bei der Schwarzen Brigade tut man dies ... sagt man jenes ...«

»Gerader, also ich geh' dann, abgemacht«, sagt Pelle jetzt, leckt sich die Lippen und zieht die Nase hoch.

Eigentlich dürfte man einen Mann nicht einfach kommen und gehen lassen, wie es ihm gefällt, doch Pelles Expeditionen lohnen sich immer: nie kommt er mit leeren Händen zurück.

»Zwei Tage lasse ich dich fort«, sagt der Gerade, »länger nicht. Verstanden? Und mach keine Dummheiten, damit du nicht geschnappt wirst.«

Pelle befeuchtet sich weiterhin die Lippen. »Ich nehme die neue Sten mit«, sagt er.

»Nein«, erwidert der Gerade, »du hast die alte. Die neue brauchen wir.«

Die übliche Geschichte.

»Die neue Sten gehört mir«, sagt Pelle. »Ich hab' sie organisiert, und ich nehm' sie mir, wann ich will.«

Wenn Pelle Streit beginnt, werden seine Augen noch röter, als würde er jeden Moment anfangen zu weinen, und seine Stimme wird noch näselnder und verschleimter. Der

Gerade hingegen ist kalt, unnachgiebig, und seine Nasenflügel beben, ehe er den Mund aufmacht.

»Dann rührst du dich nicht von der Stelle«, sagt er.

Pelle mault, streicht alle seine Verdienste heraus und droht, unter diesen Umständen werde er die Einheit verlassen und alle seine Waffen mitnehmen. Eine harte Ohrfeige des Geraden landet auf seiner Backe: »Du hörst auf meinen Befehl. Verstanden?«

Die Genossen sehen zu und pflichten ihm bei: sie achten den Geraden nicht mehr als Pelle, aber sie sind froh darüber, daß der Kommandant sich Respekt verschafft.

Pelle steht da und zieht die Nase hoch, mit den roten Abdrücken aller fünf Finger auf seiner blassen Wange.

»Du wirst schon noch sehen!« sagt Pelle. Er dreht sich um und geht hinaus.

Draußen ist es neblig. Die Männer zucken die Achseln. Pelle hat schon wiederholt solche Szenen gemacht, und dann ist er stets mit neuer Beute wiedergekommen. Pin rennt ihm nach: »Hör mal, Pelle, meine Pistole, hör doch mal, diese Pistole...« Er weiß selbst nicht, was er ihn fragen will. Aber Pelle ist verschwunden, und der Nebel verschluckt die Rufe. Pin kehrt zu den andern zurück: sie haben Strohhalme in den Haaren, ihre Blicke sind mißgelaunt.

Um die Stimmung zu heben und sich für den erlittenen Spott zu rächen, beginnt er über diejenigen zu witzeln, die sich am schlechtesten verteidigen können und sich am besten dazu eignen, aufgezogen zu werden. Hier müssen die vier kalabresischen Schwäger herhalten: Herzog, Marquis, Graf und Baron. Vier Schwäger sind es, gekommen, um vier Schwestern aus ihrer Heimat zu heiraten, die in diese Gegend hier ausgewandert sind, sie bilden eine Art eigener Bande, unter Führung des Herzogs, der der Älteste ist und sich Respekt zu verschaffen weiß.

Herzog hat eine runde Pelzmütze, die er auf der einen Seite bis zum Jochbein heruntergezogen hat, und ein waagerechtes Schnurrbärtchen auf dem eckigen, stolzen Gesicht. Er trägt eine große österreichische Pistole hinter den Gürtel gesteckt: es braucht ihm nur einer zu widersprechen, schon zieht er sie und setzt sie ihm auf den Bauch und brummt einen schauerlichen Satz mit seinem südlichen Tonfall, wild und voller Doppelkonsonanten und merkwürdiger Endungen: »Du kkannnst mich mmal am Arrrsch!«

Pin provoziert ihn: »He! Du Kaffer!«

Und Herzog, der keinen Spaß versteht, läuft ihm mit der gezogenen österreichischen Riesenpistole nach und brüllt: »Ich schieß ddir in den Schädel! Ich llleg dich ummm!«

Doch Pin läßt es darauf ankommen, denn er weiß, daß die andern zu ihm halten und ihn verteidigen und ihren Spaß daran haben, die Kalabresen aufzuziehen: Marquis mit dem schwammigen Gesicht und den Haaren in der Stirn; Graf, spindeldürr und melancholisch wie ein Mulatte, und Baron, der Jüngste, mit einem breitkrempigen schwarzen Bauernhut, einem schielenden Auge und einer Marienmedaille im Knopfloch. Herzog war Schwarzschlächter von Beruf, und wenn bei der Gruppe ein Tier auszuschlachten ist, bietet er sich an: in ihm ist ein düsterer Blutkult lebendig. Oft ziehen sie los, die vier Schwäger, und gehen zu den Nelkenpflanzungen hinunter, wo die vier Schwestern leben, ihre Frauen. Dort tragen sie geheimnisvolle Duelle mit den Schwarzen Brigaden aus, legen sich in den Hinterhalt und üben Vergeltungsschläge aus, als führten sie einen Krieg auf eigene Faust, um alter Blutrache willen.

Bisweilen sagt der lange Zena, genannt Holzkappe, abends zu Pin, er solle seinen Mund halten, weil er gerade eine schöne Stelle im Buch gefunden habe und sie vorlesen wolle. Der lange Zena, genannt Holzkappe, rührt sich oft tagelang nicht aus der Hütte, liegt auf dem zerdrückten Heu und liest beim Schein eines Öllämpchens in einem dicken Buch mit dem Titel *Super-Krimi*. Er bringt es fertig, das Buch auch zum Einsatz mitzunehmen, es auf die MG-Trommel zu legen und weiterzulesen, während man darauf wartet, daß die Deutschen kommen.

Jetzt liest er vor mit seinem monotonen genuesischen Tonfall: Geschichten über Männer, die in geheimnisvollen chinesischen Vierteln verschwinden. Der Gerade hat es gern, wenn vorgelesen wird, und sorgt dafür, daß die andern schweigen: er hat sein Leben lang noch nie die Geduld gehabt, ein Buch zu lesen, aber einmal, als er im Gefängnis saß, hat er Stunden um Stunden damit verbracht, einem alten Häftling zuzuhören, der den *Grafen von Monte Christo* vorlas, und das hat ihm sehr gefallen.

Pin dagegen kann nicht verstehen, was an Büchern Spaß machen soll, und langweilt sich. Er sagt: »Holzkappe, was wird denn deine Frau sagen in der Nacht?«

»In welcher Nacht?« fragt der lange Zena, genannt Holzkappe, der sich noch nicht an Pins Neckereien gewöhnt hat.

»In der Nacht, wo ihr zum erstenmal zusammen ins Bett geht und du die ganze Zeit über nur lesen wirst!«

»Du Stachelschwein!« sagt der lange Zena.

»Du Ochsenmaul!« gibt Pin zurück. Der Genueser hat ein breites, blasses Gesicht mit riesigen Lippen und farblosen Augen unter dem Rand einer kleinen Ledermütze, die aussieht, als sei sie aus Holz. Der lange Zena gerät in Wut und fährt auf: »Warum Ochsenmaul? Warum sagst du Ochsenmaul zu mir?«

»Ochsenmaul!« wiederholt Pin, hält sich aber außerhalb der Reichweite der gewaltigen Pranken. »Ochsenmaul!«

Pin riskiert das, weil er weiß, daß der Genueser sich nie die Mühe machen würde, ihm nachzulaufen, und sich nach einer Weile immer dazu entschließt, ihn einfach reden zu lassen, und wieder weiterliest, mit seinem dicken Finger als Lesezeichen. Er ist der faulste Mann, der je zu den Partisanen gestoßen ist: er hat ein Kreuz wie ein Schrank, doch auf dem Marsch findet er immer irgendeine Ausrede, um ohne Gepäck zu gehen. Alle Gruppen haben versucht, ihn loszuwerden, bis er schließlich zum Geraden geschickt wurde.

»Grausam ist es«, sagt der lange Zena, genannt Holzkappe, »daß die Menschen ihr ganzes Leben lang arbeiten müssen.«

Aber es gibt Gegenden, in Amerika, wo die Leute mühelos reich werden: der lange Zena wird sich dorthin aufmachen, sobald nur wieder ein Schiff fährt.

»Freie Initiative, das Geheimnis von allem ist die freie Initiative«, sagt er, im Heu der Hütte liegend, und streckt die langen Arme; dann fährt er wieder, leise die Lippen bewegend, mit dem Finger die Zeilen in dem Buch entlang, in dem das Leben solcher freien und glücklichen Gegenden beschrieben wird.

Mitten in der Nacht, wenn alle längst im Heu schlafen, knickt der lange Zena, genannt Holzkappe, genannt Ochsenmaul, die Ecke der begonnenen Seite um, klappt das Buch zu, bläst das Öllämpchen aus und schläft ein, das Gesicht an den Buchdeckel geschmiegt.

7

Die Träume der Partisanen sind selten und kurz, Träume, geboren aus den Nächten des Hungers, sie kreisen um die stets knappe Nahrung, die unter so vielen aufgeteilt werden muß: Träume von Brotstücken, die angebissen und dann in der Schublade versteckt werden. Streunende Hunde müssen ähnliche Träume haben, von angenagten, in der Erde verscharrten Knochen. Nur wenn der Bauch voll ist, das Feuer brennt und man am Tag nicht zu lang marschiert ist, kann man sich den Luxus leisten, von einer nackten Frau zu träumen, und dann erwacht man am Morgen, gelöst und übersprudelnd und mit einer Freude, als habe man die Anker gelichtet.

Dann beginnen die Männer im Heu von ihren Frauen zu sprechen, von den verflossenen und den zukünftigen, schmieden Pläne für die Zeit nach dem Krieg und zeigen einander vergilbte Fotografien.

Giglia schläft an der Wand, hinter ihrem kleinen, kahlköpfigen Mann. Am Morgen hört sie die Reden der Männer, die voll sind von Begierde, sie spürt all die Blicke, die auf sie zukriechen, wie ein Heer von Nattern im Heu. Dann steht sie auf und geht zum Brunnen, um sich zu waschen. Die Männer bleiben im Dunkel der Hütte, mit den Gedanken bei ihr, wie sie das Hemd öffnet und sich die Brust einseift. Der Gerade, der die ganze Zeit über schweigsam geblieben ist, steht ebenfalls auf, um sich zu waschen. Die Männer beschimpfen Pin, der ihre Gedanken errät und sie verhöhnt.

Pin gehört zu ihnen wie zu den Männern der Osteria, aber diese Welt hier ist bunter und wilder, mit den im Heu verbrachten Nächten und den Bärten voll von Ungeziefer. Etwas Neuartiges ist in ihnen, das Pin anzieht und zugleich erschreckt, zusätzlich zu jener albernen Gier nach Frauen, die allen Erwachsenen gemeinsam ist: hin und wieder kehren sie zur Hütte zurück und bringen irgendeinen unbekannten Mann mit fahlem Gesicht mit, der sich umsieht, und es scheint, als bekomme er die weitaufgerissenen Augen nicht mehr zu, die Kiefer nicht mehr auseinander, damit er um etwas bitten kann, das ihm sehr am Herzen liegt.

Der Mann folgt ihnen, fügsam, zu den trockenen, nebligen Wiesen, die sich am Ende des Waldes ausbreiten, und keiner sieht ihn je zurückkommen, aber manchmal sieht man seinen Hut oder seine Jacke oder seine Nagelschuhe an einem der anderen wieder. Das ist geheimnisvoll und faszinierend, und Pin möchte sich jedesmal dem kleinen Trupp anschließen, der zu den Wiesen hinüberzieht; sie aber vertreiben ihn mit Schimpfworten, und Pin springt vor der Hütte herum und neckt den Falken mit einem Erikabüschel und denkt dabei an die geheimnisvollen Rituale, die sich auf dem nebelfeuchten Gras abspielen.

Eines Nachts sagt ihm der Gerade, um ihm einen Streich zu spielen, daß im dritten Wiesenstreifen von hier eine Überraschung für ihn bereitliege.

»Sag mir, was es ist, Gerader, gottverdammt!« bettelt Pin, der vor Neugierde vergeht und doch eine schleichende Angst vor jenen grauen Lichtungen im Dunkel verspürt.

»Lauf immer geradeaus auf dem Wiesenstreifen, bis du sie findest«, antwortet der Gerade und lacht durch seine schlechten Zähne.

Also geht Pin ganz allein durch die Dunkelheit, mit einer Angst, die ihm ebenso in die Knochen kriecht wie die Feuchtigkeit des Nebels. Er folgt dem Wiesenstreifen an den Gebirgskämmen entlang, und nun hat er den Feuerschein in der Tür der Hütte schon aus den Augen verloren.

Gerade noch rechtzeitig bleibt er stehen: beinahe wäre er drauf getreten! Unter sich sieht er etwas Großes, Weißes quer über dem Wiesenstreifen liegen: ein menschlicher Körper, schon gedunsen, rücklings im Gras. Pin sieht ihn gebannt an: da kriecht eine schwarze Hand vom Boden auf den Körper hinauf, rutscht auf dem Fleisch ab, klammert sich fest wie die Hand eines Ertrinkenden. Es ist gar keine Hand, es ist eine Kröte, eine von den Kröten, die nachts über die Wiesen wandern; jetzt steigt sie auf den Bauch des Toten. Pin rennt mit gesträubtem Haar über die Wiese davon, sein Herz hämmert bis zum Halse.

Eines Tages kommt Herzog zum Lager zurück; er war mit seinen drei Schwägern auf einer ihrer geheimnisvollen Expeditionen unterwegs gewesen. Herzog hat einen schwarzen Wollschal um den Hals geschlungen, die Fellmütze hält er in der Hand.

»Kameraden«, sagt er, »sie haben meinen Schwager Marquis umgebracht.«

Die Männer treten aus der Hütte und sehen Graf und Baron ankommen, ebenfalls mit schwarzen Schals um den Hals und mit einer Tragbahre aus Rebpflöcken und Olivenzweigen, auf der ihr Schwager Marquis liegt, getötet von der Schwarzen Brigade in einem Nelkenfeld.

Die Schwäger setzen die Bahre vor der Hütte ab und bleiben mit entblößten, gesenkten Häuptern stehen. Da bemerken sie die beiden Gefangenen. Zwei Faschisten, die beim gestrigen Einsatz gefangengenommen wurden und nun hier sind, barfuß und ungekämmt, und Kartoffeln schälen, die Tressen von den Uniformen gerissen, und die zum hundertsten Male jedem, der in ihre Nähe kommt, erklären, sie seien gezwungen worden, sich einziehen zu lassen.

Herzog befiehlt den beiden Gefangenen, Pickel und Schaufel zu holen und die Bahre zu den Wiesen zu bringen, um den Schwager zu beerdigen. Also machen sie sich auf den Weg: die beiden Faschisten tragen den Toten, der auf der aus Zweigen geflochtenen Bahre liegt, auf den Schultern, danach kommen die drei Schwäger, Herzog in der Mitte, die beiden andern ihm zur Seite. Mit der linken Hand halten sie die Kopfbedeckung auf der Brust, in Höhe des Herzens: Herzog die runde Pelzmütze, Graf eine dicke Wollmütze, Baron seinen großen schwarzen Bauernhut; in der rechten Hand hält jeder von ihnen eine gezogene Pistole. Dahinter folgen in angemessenem Abstand alle andern, schweigend.

Irgendwann beginnt Herzog, die Totengebete zu sprechen: zornerfüllt wie Flüche klingen die lateinischen Verse in seinem Mund, und die beiden Schwäger stimmen ein, mit gezogenen Pistolen und an die Brust gedrückten Kopfbedeckungen. So bewegt sich der Leichenzug gemessen über die Wiesen: Herzog erteilt den Faschisten knappe Befehle, langsam zu gehen, die Bahre gerade zu halten, zu wenden, wo es erforderlich ist; dann befiehlt er ihnen, haltzumachen und die Grube auszuheben.

Die anderen Männer bleiben in einiger Entfernung stehen und sehen zu. Neben der Bahre und den beiden grabenden Faschisten stehen die drei kalabresischen Schwäger mit entblößtem Kopf, schwarzen Wollschals und gezogenen Pistolen und sprechen lateinische Gebete.

Die Faschisten arbeiten hastig: sie haben schon eine tiefe Grube ausgehoben und sehen die Schwäger an.

»Weiter!« befiehlt Herzog.

»Noch tiefer?« fragen die Faschisten.

»Nein«, erwidert Herzog, »breiter.«

Die Faschisten graben weiter und werfen immer mehr Erde auf; sie schaufeln eine Grube, die zwei-, dreimal breiter ist.

»Das genügt«, sagt Herzog.

Die Faschisten legen Marquis' Leiche mitten in die Grube; dann klettern sie heraus, um die Erde wieder hineinzuwerfen.

»Runter!« befiehlt Herzog. »Bedeckt ihn von unten aus!«

Die Faschisten schaufeln die Erde nur auf den Toten und bleiben in zwei getrennten Gräben zu beiden Seiten des begrabenen Leichnams stehen. Hin und wieder wenden sie den Kopf, um zu sehen, ob Herzog ihnen erlaubt, herauszukommen, aber Herzog will, daß sie noch mehr Erde auf den toten Schwager häufen, Erde, die schon einen hohen Grabhügel über der Leiche gebildet hat.

Dann kommt der Nebel, und die Männer lassen die Schwäger mit entblößtem Haupt und vorgehaltener Pistole dastehen und gehen fort; ein undurchdringlicher Nebel, der die Formen auslöscht und die Laute dämpft.

Die Geschichte von der Beerdigung des Kalabresen drang bis zum Brigadekommando, wo sie Mißfallen hervorrief, und Kommissar Giacinto wird ein weiteres Mal zum Rapport befohlen. Unterdessen lassen die in der Hütte zurückgebliebenen Männer einem wilden und angestauten Verlangen nach Fröhlichkeit freien Lauf, während sie Pins

Witzen zuhören, der die trauernden Schwäger an diesem Abend verschont und statt dessen über den langen Zena, genannt Holzkappe, herzieht.

Giglia kniet am Feuer und reicht ihrem Mann, der sich um das Feuer kümmert, nach und nach das Kleinholz; dabei folgt sie den Gesprächen und lacht und blickt mit ihren grünen Augen in die Runde. Und jedesmal begegnen ihre Blicke den verschatteten Blicken des Geraden, und dann lacht auch der Gerade, sein böses, krankes Lachen, und ihre Blicke bleiben ineinander verhaftet, bis sie die Augen senkt und ernst wird.

»Hör doch mal auf, Pin«, sagt Giglia. »Sing uns lieber das Lied: *Wer klopft an meine Türe . . .*«

Pin läßt den Genuesen in Frieden, um gegen sie zu sticheln.

»Sag mal, Giglia, wer soll denn an deine Tür klopfen, wenn dein Mann nicht zu Hause ist?«

Der Koch hebt den kahlen, durch die Nähe des Feuers geröteten Kopf; er lacht sein säuerliches Lachen, mit dem er immer reagiert, wenn man ihn aufzieht: »Mir würde es gefallen, wenn du klopfen würdest und Herzog mit einem Riesenmesser auf den Fersen hättest, der sagt: ›Ich schlitz' dir den Bauch auf!‹, und ich dir dann die Tür vor der Nase zuschlagen könnte!«

Doch der Versuch, Herzog hineinzuziehen, ist ungeschickt und verfängt nicht. Pin macht ein paar Schritte auf Linkshand zu und grinst ihn aus den Augenwinkeln an: »Ach, sieh mal an, Linkshand, ist es denn wirklich wahr, daß du damals nichts gemerkt hast?«

Linkshand kennt das Spiel inzwischen und weiß, daß er auf keinen Fall fragen darf, wann er nichts gemerkt haben soll.

»Ich nicht. Du etwa?« erwidert er, aber er lacht säuerlich, weil er weiß, daß Pin ihm keine Ruhe lassen wird, und die andern hängen an Pins Lippen, um zu hören, was er sich jetzt wieder ausgedacht haben mag.

»Damals, als deine Frau, nachdem du schon ein Jahr lang auf See warst, ein Kind zur Welt gebracht und es dann ins Heim getragen hat; und du bist zurückgekommen und hast nichts gemerkt?«

Die anderen, die solange den Atem angehalten haben, biegen sich vor Lachen und verspotten den Koch: »Oho, Linkshand! Wie war das doch gleich? Das hast du uns nie erzählt!«

Auch Linkshand biegt sich vor Lachen, sauer wie eine grüne Zitrone. »Warum?« erwidert er. »Bist du diesem Kind begegnet, als du im Heim für uneheliche Kinder warst, und es hat's dir erzählt?«

»Jetzt reicht's aber«, unterbricht Giglia. »Kannst du denn wirklich nichts als Bosheiten vorbringen, Pin? Sing uns lieber das Lied, es ist so hübsch!«

»Wenn ich Lust dazu habe«, gibt Pin zurück. »Ich arbeite nicht auf Befehl.«

Der Gerade steht langsam auf und streckt sich: »Los, Pin, sing das Lied, das sie hören will, oder du schiebst Wache!«

Pin streicht sich den Haarschopf aus den Augen und sieht ihn schief an: »He, hoffen wir nur, daß die Deutschen nicht hochkommen! Der Kommandant ist heute abend sentimental!«

Er hebt schon abwehrend die Hände als Schutz gegen die Ohrfeige, die er sich erwartet, doch der Gerade sieht Giglia durch die beschatteten Lider an, über den großen Kopf des Kochs hinweg. Pin stellt sich kerzengerade hin, das Kinn hocherhoben, und setzt an:

Wer klopft an meine Türe, wer klopft da an mein Tor?
Wer klopft an meine Türe, wer klopft da an mein Tor?

Es ist ein geheimnisvolles, schauriges Lied, das er von einer Alten in seiner Gasse gelernt hat, vielleicht haben es die Bänkelsänger früher auf den Jahrmärkten gesungen.

Ein Hauptmann ist's der Mohren, mitsamt der
Dienerschaft.
Ein Hauptmann ist's der Mohren, mitsamt der
Dienerschaft.

»Holz!« sagt Linkshand und streckt Giglia eine Hand entgegen. Giglia reicht ihm ein Erikabüschel, doch der Gerade hebt seine Hand über den Kopf des Kochs und nimmt die Erika. Pin singt.

So sagt mir doch, Godea, wo ist denn Euer Sohn?
So sagt mir doch, Godea, wo ist denn Euer Sohn?

Linkshand hält seine Hand noch ausgestreckt, und der Gerade verbrennt die Erika. Dann reicht Giglia über den Kopf ihres Mannes hinweg eine Handvoll Reisig, und ihre Hand stößt an die des Geraden. Pin verfolgt die Vorgänge mit aufmerksamen Blicken und fährt in seinem Lied fort:

Mein Sohn zog aus zum Kriege und kehret nimmer heim.
Mein Sohn zog aus zum Kriege und kehret nimmer heim.

Der Gerade hat Giglias Hand ergriffen, mit der andern hat er ihr das Reisig abgenommen und ins Feuer geworfen, jetzt läßt er Giglias Hand los, und sie sehen sich an.

Das Brot soll ihn ersticken, das seinen Hunger stillt.
Das Brot soll ihn ersticken, das seinen Hunger stillt.

Pin verfolgt jede Bewegung, den lodernden Feuerschein

unter den Augen: er verdoppelt seinen Eifer bei jedem Vers, als wolle er sich die Seele aus dem Leib singen.

Das Naß soll ihn ertränken, nicht löschen ihm den Durst.
Das Naß soll ihn ertränken, nicht löschen ihm den Durst.

Jetzt steigt der Gerade über den Koch und steht neben Giglia. Pins Stimme dringt so mächtig aus seiner Brust, als müsse sie bersten:

Die Erd' soll ihn verschlingen, so sie sein Fuß betritt.
Die Erd' soll ihn verschlingen, so sie sein Fuß betritt.

Der Gerade hat sich neben Giglia niedergehockt: sie reicht ihm das Holz, und er legt es aufs Feuer. Die Männer hören alle aufmerksam dem Lied zu, das seinen dramatischen Höhepunkt erreicht hat:

Was sprecht Ihr da, Godea, seht, ich bin Euer Sohn.
Was sprecht Ihr da, Godea, seht, ich bin Euer Sohn.

Die Flamme lodert nun schon viel zu hoch: man müßte Holz vom Feuer nehmen und nicht dazutun, wenn das Heu im Obergeschoß nicht Feuer fangen soll. Aber die beiden fahren fort, sich nach und nach Reisig zu reichen.

Vergib, mein Sohn, das Arge, so ich gesprochen hab'.
Vergib, mein Sohn, das Arge, so ich gesprochen hab'.

Pin schwitzt in der Hitze, er zittert vor Anstrengung am ganzen Körper, der letzte Ton war so hoch, daß man vom Dunkel unterm Dach einen Flügelschlag vernimmt und ein heiseres Krächzen: es ist der Falke Babeuf, der aufgewacht ist.

Das Schwert zog er im Grimme und hieb den Kopf ihr ab.
Das Schwert zog er im Grimme und hieb den Kopf ihr ab.

Linkshand hat die Hände jetzt auf den Knien. Er hört, daß der Falke aufgewacht ist, und steht auf, um ihn zu atzen.

Der Kopf in hohem Satze sprang in den Saal hinein.
Der Kopf in hohem Satze sprang in den Saal hinein.

Der Koch hat stets einen Beutel mit den Innereien der geschlachteten Tiere bei sich. Jetzt trägt er den Falken auf einem Finger, mit der andern Hand reicht er ihm blutrote Nierenstückchen.

Und mitten in dem Saale wird eine Blume blühn.
Und mitten in dem Saale wird eine Blume blühn.

Pin holt tief Luft für den Schluß. Er ist an die beiden herangetreten und schreit ihnen nun fast in die Ohren:

Die Blume einer Mutter, die starb von Sohneshand.
Die Blume einer Mutter, die starb von Sohneshand.

Pin wirft sich auf die Erde: er ist völlig erschöpft. Alle spenden ihm tosenden Beifall, Babeuf flattert. In diesem Augenblick ertönt ein Schrei von oben, wo die Männer schlafen: »Feuer! Feuer!«

Die Flamme ist zum Feuerstoß geworden und frißt sich knisternd durch das Heu über dem Astgeflecht.

»Rette sich, wer kann!« Es herrscht ein Durcheinander hastender Männer, die nach ihren Waffen greifen, Schuhen, Decken, die über andere, noch Liegende stolpern.

Der Gerade ist aufgesprungen und hat seine Selbstbeherrschung wiedergefunden: »Schnell ausräumen! Zuerst weg mit den automatischen Waffen, der Munition, dann die Karabiner. Zuletzt die Rucksäcke und Decken. Die Lebensmittel, vorher noch die Lebensmittel!«

Die Männer, die zum Teil schon barfuß sind und sich

hingelegt hatten, werden im Nu von Panik erfaßt, kopflos raffen sie zusammen, was ihnen in die Hände kommt, und stauen sich an der Tür. Pin drängt sich zwischen den Beinen durch und verschafft sich so einen Ausgang ins Freie und rennt weg, um sich einen guten Platz zu suchen, von dem aus er den Brand bestaunen kann: ein herrliches Schauspiel!

Der Gerade hat seine Pistole gezogen: »Keiner geht, ehe nicht alles in Sicherheit gebracht ist! Schafft die Sachen raus und kommt dann wieder zurück! Auf den ersten, den ich weglaufen sehe, schieße ich!«

Die Flammen züngeln schon an den Wänden empor, aber die Männer haben den ersten Schrecken jetzt überwunden und stürzen sich in Rauch und Feuer, um Waffen und Vorräte in Sicherheit zu bringen. Auch der Gerade geht hinein, erteilt hustend Befehle mitten im Qualm, kommt wieder heraus, um andere Männer herbeizurufen und um aufzupassen, daß sich niemand davonmacht. Er erwischt Linkshand, der schon im Gebüsch steht mit dem Falken auf der Schulter und all seinem Gepäck, und er befördert ihn mit einem Fußtritt wieder in das Haus, damit er den Kessel holt.

»Wehe dem, den ich nicht noch mal hineingehen sehe, um was rauszuholen!« sagt er.

Giglia geht an ihm vorbei, ruhig, dem Feuer entgegen, mit dem ihr eigenen sonderbaren Lächeln. »Geh weg!« raunt er ihr zu.

Er ist ein sinistrer Kerl, der Gerade, aber er hat das Zeug zum Kommandanten: er weiß jetzt, daß ihn die Schuld an dem Brand trifft, durch die Verantwortungslosigkeit, der er sich sträflicherweise hingegeben hat, weiß, daß ihm mit Sicherheit große Unannehmlichkeiten bevorstehen, doch er ist wieder ganz Kommandant, seine Nasenflügel beben, und er leitet die Räumung der Hütte inmitten des Feuers, beherrscht die überstürzte Flucht der im Schlaf überraschten Männer, die, um ihre eigene Haut zu retten, das gesamte Material im Stich gelassen hätten.

»Geht rauf!« schreit er. »Da sind noch ein MG und zwei Rucksäcke voll Munition!«

»Ausgeschlossen«, erwidert man ihm, »der Hängeboden steht in Flammen!«

Und plötzlich ein Schrei: »Der Hängeboden stürzt ein! Alle Mann raus!«

Schon hört man die ersten Explosionen: ein paar Handgranaten, die im Heu liegengeblieben sind. Der Gerade befiehlt: »Alle Mann raus! Abstand halten von der Hütte! Das Zeug fortschaffen, zuerst alles, was in die Luft gehen kann!«

Von seinem Beobachtungsplatz auf einer Bodenerhebung aus sieht Pin, wie der Brand in jähe Explosionen zersplittert, wie ein Feuerwerk, und er hört Schüsse, richtige MG-Salven aus Ladegurten, die ins Feuer fallen und Patrone um Patrone losgehen: von weitem muß sich das anhören wie ein Gefecht. Hoch am Himmel fliegen die Funken, die Wipfel der Kastanienbäume sehen aus wie vergoldet. Ein Zweig, erst golden, glüht nun richtig: das ist der Brand, der übergreift auf die Bäume, der vielleicht den ganzen Wald vernichten wird.

Der Gerade überschlägt, was fehlt: ein *Breda*, sechs Ladegurte, zwei Karabiner, dann Handgranaten, Gewehrmunition und ein Doppelzentner Reis. Mit seiner Karriere ist es aus: er wird nicht mehr kommandieren, vielleicht wird man ihn erschießen. Und doch beben seine Nasenflügel wie immer, und er verteilt die Lasten auf die Männer, als handele es sich um eine normale Standortverlegung.

»Wohin gehen wir?«

»Das sage ich euch nachher. Raus aus dem Wald. Los!«

Die Gruppe, mit Waffen und Gepäck beladen, läuft im Gänsemarsch über die Wiesen. Linkshand trägt den Kessel auf den Schultern, Babeuf hockt obendrauf. Pin hat alle Küchengeräte zugeteilt bekommen. Die Stimme der Angst macht sich unter den Männern breit: »Die Deutschen haben die Schüsse gehört und den Brand gesehen: Wir werden sie bald auf den Fersen haben.«

Der Gerade dreht sich um, mit seinem gelblichen, ausdruckslosen Gesicht: »Ruhe! Keiner sagt ein Wort! Haltet euch ran!«

Es ist, als leite er einen Rückzug nach verlorenem Kampf.

8

Die neue Unterkunft ist ein Heuschuppen, in dem sie dichtgedrängt kampieren müssen, das Dach ist undicht, es regnet herein. Am Morgen verstreuen sie sich, um sich zwischen den Rhododendronsträuchern am Hang zu sonnen, sie legen sich auf die mit Reif bedeckten Sträucher und ziehen die Unterhemden aus, um sie nach Läusen abzusuchen.

Pin hat es gern, wenn Linkshand ihn zur Arbeit in die Umgebung ausschickt, zum Brunnen, um Eimer für den Kessel zu füllen, oder mit einem kleinen Beil zu dem verbrannten Wald, um Holz zu holen, oder zum Bach, um Brunnenkresse herauszufischen, womit der Koch seine

Salate bereitet. Pin singt und betrachtet den reinen morgendlichen Himmel und die reine morgendliche Welt und die Gebirgsfalter mit ihren unbekannten Färbungen, die über den Wiesen balancieren. Linkshand wird jedesmal ungeduldig, weil Pin so lange auf sich warten läßt, während das Feuer ausgeht oder der Reis anklebt, und überhäuft ihn jedesmal mit einer Flut von Schimpfwörtern aller Sprachen, wenn Pin, den Mund voll Erdbeersaft und die Augen voller Schmetterlingsflattern, zurückkommt. Dann verwandelt Pin sich wieder in den sommersprossigen Bengel aus der Langen Gasse und veranstaltet einen Heidenlärm, der stundenlang andauert und die bei den Rhododendronsträuchern verstreuten Männer zur Küche lockt.

Doch wenn Pin am Morgen über die Pfade streift, vergißt er die alten Gassen, in denen sich der Harn der Maulesel staut, den Dunst nach Mann und Frau aus dem ungemachten Bett seiner Schwester, den scharfen Geruch der durchgezogenen Abzugshähne und des Rauches, der aus offenen Gewehrschlössern dringt, und das rote, brennende Pfeifen der Peitschenhiebe beim Verhör. Hier draußen hat Pin bunte, neue Dinge entdeckt: gelbe und braune Pilze, die feucht aus dem Erdreich sprießen, rote Spinnen auf riesigen, unsichtbaren Netzen, junge Hasen, die nur aus Läufen und Löffeln bestehen, die plötzlich auf dem Pfad auftauchen und augenblicklich in Zickzacksprüngen wieder verschwinden.

Aber eine unvermutete, flüchtige Erinnerung genügt, und schon wird Pin wieder eingeholt von der ansteckenden Berührung mit dem behaarten, widersprüchlichen, sein Fleisch zur Schau stellenden Menschengeschlecht: und dann beobachtet er mit hervorquellenden Augen und zusammengezogenen Sommersprossen die Paarung der Heuschrecken, oder er spießt Piniennadeln in die Rückenwarzen kleiner Kröten, oder er pißt auf Ameisenhaufen und sieht zu, wie die poröse Erde zischt und sich öffnet und wie Hunderte von roten und schwarzen Ameisen aus dem Schlamm hervorkrabbeln.

Dann fühlt Pin sich wieder von der Welt der Männer angezogen, dieser rätselhaften Männer mit dem undurchdringlichen Blick und dem zornfeuchten Mund. Und er kehrt zu Linkshand zurück, zu Linkshand, dessen Lachen immer verbitterter wird, der zu keinem Einsatz mitgeht, sondern immer bei seinen Kochtöpfen bleibt, in Gesellschaft des bösartigen Falken mit den gestutzten Flügeln, der auf seiner Schulter flattert.

Aber das, was an Linkshand am meisten zu bewundern ist, sind die Tätowierungen, Tätowierungen am ganzen Körper: Schmetterlinge, Segelschiffe, Herzen, Hämmer und Sicheln, Madonnen. Eines Tages hat Pin ihn beim Scheißen beobachtet und auf einer Hinterbacke eine Tätowierung entdeckt: einen aufrecht stehenden Mann und eine kniende Frau, die sich umarmen.

Vetter ist ganz anders: er sieht immer aus, als wolle er sich beschweren und als wisse nur er, wie anstrengend der Krieg ist. Und doch ist er immer allein unterwegs mit seiner Maschinenpistole, und wenn er zum Lager kommt, bricht er schon nach wenigen Stunden wieder auf, widerwillig, als würde er dazu gezwungen. Wenn jemand irgendwohin geschickt werden muß, sieht der Gerade in die Runde und fragt: »Wer meldet sich freiwillig?«

Dann schüttelt Vetter seinen großen Kopf, als sei er das Opfer eines ungerechten Schicksals, hängt sich die Maschinenpistole über die Schulter und geht seufzend fort, mit seinem gutmütigen Gesicht, das der Fratze eines Wasserspeiers an einem Brunnen gleicht.

Der Gerade liegt ausgestreckt zwischen den Rhododendronsträuchern, die Arme unter dem Kopf verschränkt, die Maschinenpistole zwischen den Knien: ohne Zweifel werden beim Brigadekommando gerade Maßnahmen gegen ihn ergriffen. Die Männer haben übernächtigte Augen und stopplige Bärte; der Gerade weicht ihren Blicken aus, weil er darin einen stumpfen Groll gegen sich lesen kann. Trotzdem gehorchen sie ihm noch, wie in stummem Einverständnis, um nicht ganz aus der Bahn geworfen zu werden. Doch der Gerade ist hellwach, ab und zu steht er auf und erteilt einen Befehl: er will nicht, daß die Männer sich abgewöhnen, ihn als Führer anzusehen, auch nicht einen Augenblick lang, denn dann hätte er jede Gewalt über sie verloren.

Pin macht sich nichts daraus, daß die Hütte abgebrannt ist: die Feuersbrunst war großartig, und die neue Unterkunft ist umgeben von wunderschönen Stellen, die noch zu entdecken sind. Pin hat ein bißchen Angst davor, zum Geraden zu gehen: vielleicht will der Gerade ihm die ganze Schuld am Brand zuschieben, weil er ihn mit dem Lied abgelenkt hat.

Aber der Gerade ruft ihn zu sich: »Komm her, Pin!«

Pin nähert sich dem Liegenden, ihm ist nicht danach zumute, einen seiner üblichen Sprüche loszulassen: er weiß, daß der Gerade von den andern gehaßt und gefürchtet wird, und es macht ihn stolz, in diesem Augenblick bei ihm zu sein, er kommt sich fast wie sein Komplize vor.

»Kannst du eine Pistole putzen?« fragt der Gerade.

»Meinetwegen«, sagt Pin, »du nimmst sie auseinander, und ich putz' sie dir.«

Pin ist ein Kind, vor dessen unverschämtem Mundwerk sich alle ein bißchen fürchten, aber der Gerade spürt, daß

Pin sich heute weder über den Brand auslassen wird noch über Giglia, noch über irgend etwas anderes. Darum ist er auch der einzige, den er jetzt um sich haben mag.

Er breitet ein Taschentuch auf dem Boden aus und legt darauf die Teile der Pistole, die er auseinandernimmt, Stück für Stück. Pin fragt, ob er beim Auseinandernehmen helfen dürfe, und der Gerade bringt es ihm bei. Es ist herrlich, so mit dem Geraden zu reden, leise, ohne daß einer von ihnen eine Grobheit sagt. Pin kann die Pistole des Geraden mit seiner eigenen vergleichen, der vergrabenen, und sagt, welche Teile an der einen oder an der anderen anders und schöner sind. Und der Gerade antwortet nicht wie sonst, daß er kein Wort von Pins vergrabener Pistole glaube: vielleicht stimmt es nicht einmal, daß sie nicht daran glauben, sondern sie haben das nur gesagt, um ihn aufzuziehen. Im Grunde ist auch der Gerade ein netter Kerl, wenn man sich so mit ihm unterhält; und wenn er einem erklärt, wie die Pistolen funktionieren, gerät er förmlich in Begeisterung und hat nur gute Gedanken. Und auch die Pistolen sind, wenn man so über sie spricht und ihren Mechanismus studiert, keine Mordinstrumente mehr, sondern fremdartige, verzauberte Spielzeuge.

Die andern Männer aber sind mürrisch und zurückhaltend, sie achten nicht auf Pin, der herumläuft, und haben keine Lust zu singen. Es ist schlimm, wenn die Mutlosigkeit einem bis ins Mark dringt wie die Feuchtigkeit der Erde und wenn man kein Vertrauen mehr zu den Kommandanten hat und sich schon von den Flammenwerfern der Deutschen auf den Hängen voller Rhododendronsträucher eingekreist sieht; es ist schlimm, wenn es scheint, als sei man dazu verdammt, von Tal zu Tal zu fliehen und einer nach dem andern zu sterben, und als werde der Krieg nie ein Ende haben. Auf einmal drehen sich die Gespräche um den Krieg, wann er begonnen hat und wer ihn gewollt hat, wann er vorüber sein wird und ob man dann besser oder schlechter leben wird als zuvor.

Pin kennt eigentlich keinen Unterschied zwischen Kriegszeit und Friedenszeit. Soweit er sich erinnern kann, hat er, seit er auf der Welt ist, immer vom Krieg reden hören, nur die Luftangriffe und Ausgangssperren sind erst später gekommen.

Manchmal fliegen über den Bergen Flugzeuge vorüber, und man kann stehenbleiben und ihre Bäuche betrachten, ohne sich in die Schutzräume flüchten zu müssen wie in der Stadt. Dann hört man den dumpfen Einschlag der abgeworfenen Bomben, weit weg, in der Nähe des Meeres, und die Männer denken an ihre Wohnungen, die vielleicht schon in Trümmern liegen, und sagen, daß dieser Krieg nie ein Ende nehmen werde und daß keiner wisse, wer ihn eigentlich gewollt habe.

»Ich weiß, wer ihn gewollt hat! Ich hab' sie gesehen!« platzt Carabiniere heraus. »Die Studenten waren es!«

Carabiniere ist noch dämlicher als Herzog und noch fauler als der lange Zena; als sein Vater, ein Bauer, eingesehen hatte, daß es zwecklos war, ihm eine Hacke in die Hand zu geben, hatte er gesagt: »Melde dich bei den Carabinieri!«, und er hatte sich gemeldet, die schwarze Uniform mit den weißen Schulterriemen bekommen und Dienst in Stadt und Land getan, ohne je zu begreifen, was man ihn tun hieß. Nach dem »achten September*« befahl man ihm,

* Am 8. September 1943 wurde zwischen der Regierung Badoglio und den Alliierten der Waffenstillstand geschlossen, auf den in den von den Alliierten nicht besetzten Teilen des Landes die deutsche Besetzung folgte.

die Väter und Mütter der Deserteure zu verhaften, bis er eines Tages erfuhr, daß er nach Deutschland abgeschoben werden sollte, weil man ihn für einen Königstreuen hielt, und da brannte er durch. Die Partisanen wollten ihm zunächst als Strafe für die Festnahme der Eltern ein Grab schaufeln, aber dann erkannten sie, daß er ein armer Teufel war, und teilten ihn dem Geraden zu, weil man ihn in den anderen Gruppen nicht wollte.

»1940 war ich in Neapel, ich muß es also wissen!« behauptet Carabiniere. »Die Studenten sind's gewesen! Sie hatten Fahnen und Spruchtafeln und haben ›Malta‹ gebrüllt und ›Gibraltar‹, und sie haben gesagt, daß sie jeden Tag fünf Mahlzeiten haben wollen.«

»Sei du nur still, du bist Carabiniere gewesen«, entgegnen die andern, »du warst auf ihrer Seite und hast die Gestellungsbefehle ausgetragen!«

Herzog spuckt kräftig aus und greift nach seiner österreichischen Pistole: »Carabinieri, Gesindel, Bastarde, Schweinehunde!« stößt er zwischen den Zähnen hervor. In der Geschichte seines Heimatdorfes gab es einen langen Kampf mit den Carabinieri, eine lange Geschichte von Carabinieri, die zu Füßen der kleinen Kreuzwegstationen durch Flintenschüsse niedergestreckt worden sind.

Carabiniere protestiert erregt und fuchtelt mit den riesigen Bauernhänden vor seinen winzigen Augen, die unter der niedrigen Stirn ganz verschwinden.

»Wir Carabinieri! Wir Carabinieri haben uns dagegen gewehrt! Jawohl, wir waren gegen den Krieg, den die Studenten gewollt haben. Wir haben unsern Dienst getan, um Ordnung zu halten! Aber wir waren einer gegen zwanzig, und so ist es eben doch zum Krieg gekommen!«

Linkshand, der in der Nähe ist, kann kaum noch an sich

halten: er rührt den Reis im Kessel; wenn er auch nur eine Minute zu rühren aufhört, brennt der Reis an. Immer wieder dringen Gesprächsfetzen zu ihm herüber: er wäre gerne immer bei den Männern, wenn sie über Politik sprechen, weil sie überhaupt keine Ahnung davon haben und weil er ihnen alles erklären muß. Aber er kann den Kessel jetzt nicht im Stich lassen, und so ringt er die Hände mit kleinen, ruckartigen Bewegungen. »Kapitalismus!« ruft er von Zeit zu Zeit hinüber, oder »Ausbeutung durch die Bourgeoisie!«, es ist, als wolle er den Männern seine Parolen eintrichtern, die nicht auf ihn hören wollen.

»Jawohl, 1940 in Neapel«, erläutert Carabiniere, »kam es zu einer großen Straßenschlacht zwischen Studenten und Carabinieri! Und wenn wir Carabinieri es denen damals so richtig gegeben hätten, wäre es auch nicht zum Krieg gekommen! Aber die Studenten wollten ja überall die Rathäuser anzünden! Mussolini wurde von ihnen gezwungen, Krieg zu führen!«

»Armer Mussolini!« spotten die andern.

»Der Schlag soll dich und deinen Mussolini treffen!« schreit Herzog.

Aus der Küche schallt Linkshands Geschrei: »Mussolini! Die imperialistische Bourgeoisie!«

»Die Rathäuser! Sie wollten die Rathäuser anstecken! Was sollten wir Carabinieri da tun? Aber wenn es uns gelungen wäre, sie zur Räson zu bringen, hätte Mussolini keinen Krieg angefangen!«

Linkshand, hin- und hergerissen zwischen seiner Pflicht, die ihn an den Kochtopf fesselt, und seinem Verlangen, hinzugehen und über die Revolution zu sprechen, gibt so lange keine Ruhe, bis er die Aufmerksamkeit des langen Zena auf sich gelenkt und ihn zu sich gewunken hat. Der lange Zena, genannt Holzkappe, denkt, er solle den Reis probieren, und macht sich die Mühe, aufzustehen. Linkshand sagt: »Die imperialistische Bourgeoisie, sag ihm, daß es die Bourgeoisie ist, die Kriege anstiftet, um die Weltmärkte unter sich aufzuteilen!«

»Scheiße!« erwidert Zena und kehrt ihm den Rücken. Linkshands Gerede langweilt ihn immer: er versteht kein Wort von dem, was der Koch sagt, er weiß nichts von Bourgeoisie und Kommunismus, eine Welt, in der alle arbeiten müssen, kann ihn nicht locken, ihm wäre eine Welt am liebsten, in der jeder für sich allein sorgt und so wenig wie möglich arbeitet.

»Freie Initiative«, gähnt der lange Zena, genannt Holzkappe, auf dem Rücken zwischen den Rhododendronsträuchern ausgestreckt, und kratzt sich durch die Löcher seiner Hose. »Ich bin für freie Initiative! So daß jeder die Möglichkeit hat, sich durch seine eigene Arbeit zu bereichern!«

Carabiniere fährt fort, seine Geschichtsauffassung zu entwickeln: »Es gibt zwei Kräfte, die einander bekämpfen: die Carabinieri, arme Leute, die die Ordnung erhalten möchten, und die Studenten, diese Brut von Großkotzigen, von Adligen, Advokaten, Doktoren und Kommerzienräten, diese Brut von Leuten, die Gehälter haben, von denen ein armer Carabiniere sich nicht mal träumen lassen würde, und die kriegen nie genug und hetzen die andern in den Krieg, um immer mehr zu bekommen.«

»Du kapierst überhaupt nichts!« braust Linkshand auf, der es nicht mehr aushält und Pin zur Bewachung des Topfes zurückgelassen hat. »Die Ursache des Imperialismus ist die Überproduktion!«

»Kümmere du dich lieber um deine Kocherei«, rufen

sie ihm zu, »und paß auf, daß der Reis nicht wieder anbrennt!«

Aber jetzt steht Linkshand mitten unter ihnen allen, klein, in seiner Matrosenjacke, die wie ein Sack an ihm hängt, die Schultern voller Falkendreck, er fuchtelt mit den Fäusten, und sein Redeschwall nimmt kein Ende: und der Imperialismus der Finanzmagnaten und Kanonenfabrikanten, und die Revolution, die unmittelbar nach Kriegsende in allen Ländern ausbrechen wird, auch in England und Amerika, und die Aufhebung der Grenzen unter einer Internationale der roten Fahne.

Die Männer hocken zwischen den Rhododendronsträuchern, mit ihren schmalen, bartumrahmten Gesichtern und dem Haar, das ihnen bis auf die Backenknochen fällt; sie tragen Kleidungsstücke, die nicht zueinander passen und deren Farben sich im Lauf der Zeit alle in ein einheitliches, speckiges Grau verwandelt haben: Jacken von der Feuerwehr, von der faschistischen Miliz, von den Deutschen, mit abgerissenen Tressen. Es sind Leute, die aus den verschiedensten Gründen zu den Partisanen gestoßen sind, viele Deserteure aus faschistischen Einheiten oder Gefangene, die begnadigt worden sind, viele sind noch ganz junge Burschen, getrieben von einem halsstarrigen Ungestüm, einem unbestimmten Verlangen, gegen irgend etwas vorzugehen.

Linkshand ist ihnen allen unsympathisch, weil er seine Wut durch Worte und Erörterungen abreagiert und nicht durch Schüsse: durch Erörterungen, die vollkommen sinnlos sind, weil er von Feinden spricht, die niemand kennt, von Kapitalisten, von Finanzmagnaten. Er ist fast wie Mussolini, der verlangt hat, daß man Engländer und Abessinier hassen solle, Menschen, die man nie im Leben zu Gesicht bekommen hat, die jenseits des Meeres wohnen. Und die Männer stellen den Koch in ihre Mitte, machen Bocksprünge über seine kleinen, krummen Schultern, schlagen mit der Hand auf seinen großen Kahlkopf, während der Falke Babeuf zornig die gelben Augen rollt.

Da mischt sich der Gerade ein, der etwas abseits geblieben ist und die Maschinenpistole zwischen den Knien schaukelt: »Geh jetzt und mach das Essen, Linkshand!«

Auch der Gerade liebt keine Diskussionen, das heißt, er redet nur gern über Waffen und Gefechte, über die neuen kurzen Maschinenpistolen, wie sie die Faschisten seit einiger Zeit einsetzen, von denen man sich welche organisieren möchte, und vor allem kommandiert er gern, stellt die Männer in Deckung auf, springt dann plötzlich vor und gibt kurze Feuerstöße ab.

»Der Reis brennt an, los, dein Reis brennt an, riechst du es nicht?« schreien die Männer und stoßen Linkshand fort.

Linkshand sucht Unterstützung beim Kommissar: »Giacinto, Kommissar, sagst du denn gar nichts? Wozu bist du eigentlich da?«

Giacinto ist eben vom Kommando zurückgekehrt, aber er konnte noch nicht sagen, ob es Neuigkeiten gibt, er hat nur achselzuckend angekündigt, daß der Brigadekommissar noch vor Dunkelheit zu einer Inspektion kommen werde. Als die Männer das hörten, haben sie sich wieder zwischen den Rhododendronsträuchern ausgestreckt: jetzt würde der Brigadekommissar kommen und alles regeln, zwecklos, sich noch länger den Kopf zu zerbrechen. Auch der Gerade denkt, daß es zwecklos ist, zu grübeln, und daß der Brigadekommissar ihm schon sagen wird, was man mit ihm vorhat, und auch er hat sich wieder zwischen den Rhododendronsträuchern ausgestreckt und zerbricht kleine Zweige der Sträucher zwischen den Fingern.

Jetzt beklagt sich Linkshand bei Giacinto, daß die Leute von der Einheit nie darüber aufgeklärt werden, warum sie Partisanen sind und was der Kommunismus eigentlich ist. Giacinto hat ganze Knoten von Läusen an den Haarwurzeln auf dem Kopf und am Unterleib. An jedem einzelnen Haar kleben kleine weiße Eier, und mit schon mechanisch gewordener Bewegung zerdrückt er unablässig Eier und Läuse zwischen den Daumennägeln, was jedesmal »knack« macht.

»Jungs«, setzt er resigniert an, als wolle er alle zufriedenstellen, auch Linkshand, »jeder von uns weiß, warum er Partisan ist. Ich bin Kesselflicker gewesen und durch die Dörfer gezogen, mein Rufen hörte man von weither, und die Frauen brachten mir ihre durchlöcherten Töpfe, damit ich sie ihnen flicke. Ich bin in die Häuser gegangen, habe mit den Mägden meine Späßchen gemacht, und manchmal haben sie mir Eier geschenkt und ein Glas Wein angeboten. Ich habe die Töpfe auf einer Wiese geflickt, und um mich herum waren immer Kinder, die mir zugeschaut haben. Jetzt kann ich nicht mehr durch die Dörfer ziehen, weil man mich verhaften würde, und wegen der Luftangriffe, die alles kaputtmachen. Darum sind wir Partisanen: damit wir nachher wieder Kesselflicker sein können, damit es Wein und Eier zu anständigen Preisen gibt, damit man uns nicht mehr verhaftet und es keinen Fliegeralarm mehr gibt. Und außerdem wollen wir den Kommunismus. Kommunismus bedeutet, daß es keine Häuser mehr gibt, wo man dir die Tür vor der Nase zuschlägt, so daß du gezwungen bist, dich nachts in die Hühnerställe einzuschleichen. Kommunismus bedeutet, daß du in ein Haus kommst, wo sie gerade Suppe essen und sie dir von der Suppe abgeben, auch wenn du Kesselflicker bist, und wenn sie an Weihnachten Panettone essen, daß sie auch dir vom Panettone abgeben. Das ist Kommunismus. Und noch ein Beispiel: hier sind wir alle so voller Läuse, daß wir uns im Schlaf bewegen, weil sie uns buchstäblich vom Fleck wegzerren. Und ich bin beim Brigadekommissar gewesen und hab' gesehen, daß sie dort Insektenpulver haben. Da hab' ich gesagt: Schöne Kommunisten seid ihr, davon schickt ihr unserer Einheit nichts. Und sie haben versprochen, daß sie uns Insektenpulver schicken werden. Das ist Kommunismus.«

Die Männer haben aufmerksam zugehört und pflichten ihm bei: das ist eine Sprache, die sie alle gut verstehen. Und wer gerade raucht, reicht die Kippe an seinen Kameraden weiter, und wer auf Wache gehen muß, nimmt sich vor, die Wachzeiten ohne Mogeln einzuhalten und eine geschlagene Stunde auszuharren, ohne nach Ablösung zu rufen. Und jetzt reden sie über Insektenpulver, das man ihnen zuteilen wird, ob es auch die Eier tötet oder nur die Läuse oder ob es sie nur betäubt und sie dann nach einer Stunde noch schlimmer beißen werden als zuvor.

Keiner würde jetzt wieder vom Krieg reden wollen, doch Vetter ergreift das Wort: »Ihr könnt sagen, was ihr wollt, aber ich bin überzeugt, daß die Weiber den Krieg gewollt haben.«

Vetter ist noch langweiliger als der Koch, wenn er mit seinem ewigen Weiberthema anfängt, aber wenigstens will er niemanden überzeugen, und es scheint, als beklage er sich nur bei sich selbst.

»Ich habe Albanien mitgemacht, Griechenland, Frankreich, Afrika«, sagt er, »ich habe dreiundachtzig Monate bei den Gebirgsjägern gedient. Und in all diesen Ländern habe ich gesehen, wie die Frauen alle auf den Ausgang der Soldaten lauerten, und je schlimmer wir stanken und je mehr Läuse wir hatten, desto besser gefiel es ihnen. Einmal habe ich mich überreden lassen, mit dem Ergebnis, daß ich mich angesteckt habe und mich drei Monate lang beim Pissen an der Wand festhalten mußte. Wenn einer so dran ist, fern der Heimat, und um sich herum nichts sieht als solche Weiber, dann hat er nur den einen Trost, daß er an sein Zuhause denkt, an die eigene Frau, wenn er eine hat, oder an die Braut, und daß er sich sagt: Wenigstens die ist nicht so. Aber dann kommt er zurück und entdeckt, jawohl, er entdeckt, daß die eigene Frau, während er fort war, seinen Sold eingesteckt und mit allen geschlafen hat.«

Die Kameraden wissen, daß dies Vetters Geschichte ist, daß seine Frau ihn mit aller Welt betrogen hat, als er fort war, und daß Kinder geboren wurden, von denen niemand weiß, wer der Vater ist.

»Aber das ist noch nicht alles«, fährt Vetter fort. »Wißt ihr, warum die Faschisten immer wieder Leute von uns schnappen? Weil es überall nur so wimmelt von Weibern, die Verräterinnen sind, Ehefrauen, die ihre eigenen Männer denunzieren, all unsere Frauen sitzen jetzt, während ich hier mit euch spreche, auf dem Schoß der Faschisten und putzen ihnen die Waffen, damit sie herkommen und uns umlegen.«

Jetzt haben die Männer allmählich genug und ziehen über ihn her: schon gut, er hat großes Pech gehabt, seine Frau hat ihn bei den Deutschen denunziert, um sich ihn vom Hals zu schaffen, und ihn dadurch gezwungen, Partisan zu werden, aber das ist noch lange kein Grund, auch die Frauen der andern zu beschimpfen.

»Ihr seht ja selbst«, sagt Vetter, »es reicht, daß irgendwo eine Frau dazukommt, und ... ihr wißt schon ...«

Jetzt widersprechen die Männer ihm nicht mehr, weil sie die Anspielung verstanden haben und hören wollen, wie weit er geht.

»... es braucht bloß irgendwo eine Frau dazuzukommen, und schon ist auch der Trottel da, der ihretwegen den Kopf verliert ...« sagt Vetter. Vetter ist jemand, der es vorzieht, mit allen gut Freund zu sein, aber er nimmt kein Blatt vor den Mund, und wenn er etwas zu sagen hat, sagt er es auch zu den Kommandanten.

»... Schwamm drüber, wenn der Trottel irgendein x-beliebiger ist, wenn es aber ein Trottel ist, der eine Verantwortung zu tragen hat ...«

Die Männer sehen den Geraden an: er hält sich immer noch abseits, aber sicher hört er zu. Die Männer haben ein bißchen Angst, daß Vetter zu weit geht und dann der Teufel los ist.

»... dann kommt's noch so weit, daß er dir wegen einer Frau das Dach überm Kopf ansteckt ...«

›So, jetzt ist es heraus‹, denken die Männer, ›gleich passiert etwas. Besser so‹, meinen sie, ›schließlich mußte es einmal soweit kommen.‹

Doch in diesem Augenblick hört man ein Dröhnen, und der Himmel ist voller Flugzeuge. Die allgemeine Aufmerksamkeit richtet sich darauf; es ist eine große Bomberformation, vielleicht bleibt irgendwo eine Stadt, dem Erdoden gleichgemacht, rauchend unter ihr zurück, während sie wieder hinter den Wolken verschwindet. Pin fühlt, wie die Erde unter dem Dröhnen erbebt, und er spürt die Bedrohung durch die Tonnen von bereithängenden Bomben, die über seinen Kopf wandern. Jetzt entvölkert sich die Altstadt, und die armen Leute drängen sich im Schlamm des Luftschutzstollens zusammen. Von Süden her vernimmt man dumpfe Einschläge.

Pin sieht, daß der Gerade sich auf eine Anhöhe gestellt hat und mit dem Fernglas hinunter ins Tal blickt. Er geht zu ihm. Der Gerade lächelt mit seinem verkniffenen, traurigen Mund, dreht an den Justierschrauben.

»Läßt du mich dann auch mal durchsehen, Gerader?« fragt Pin.

»Da!« erwidert der Gerade und reicht ihm das Glas.

Aus dem farbigen Durcheinander in den Gläsern entwirrten sich nach und nach der Höhenzug der letzten Berge vor dem Meer und eine große, weißliche Rauchwolke, die in die Höhe steigt. Neue Einschläge dort unten: das Bombardement geht weiter.

»Los, haut alles zusammen«, schreit der Gerade und schlägt mit der Faust in die flache Hand. »Meine Wohnung zuerst! Haut doch alles zusammen! Fangt doch gleich mit meiner Wohnung an!«

9

Gegen Abend kommen der Kommandant Ferriera und Kim, der Kommissar. Draußen steigt der Nebel in Schwaden auf, wie Türen, die nacheinander zugeschlagen werden, und die Männer drängen sich in der Hütte ums Feuer und um die beiden von der Brigade. Die beiden lassen das Zigarettenpäckchen unter den Männern herumgehen, bis es leer ist. Sie machen nicht viele Worte. Ferriera ist untersetzt, hat ein blondes Bärtchen und trägt einen Gebirgsjägerhut; er hat große, helle und kalte Augen, die er immer nur halb öffnet, so daß er sein Gegenüber verstohlen ansieht; Kim ist hager, mit einem länglichen, roten Gesicht, er kaut an seinen Schnurrbartenden.

Ferriera ist ein Arbeiter, der aus den Bergen stammt, immer kühl und mit klarem Kopf. Er hört allen zu, mit einem kleinen, zustimmenden Lächeln, und dabei hat er für sich schon entschieden: wie die Brigade Stellung beziehen wird, wo die schweren Geschütze hinkommen, zu welchem Zeitpunkt die Granatwerfer einzusetzen sind. Der Partisanenkrieg funktioniert für ihn exakt und perfekt wie eine Maschinerie, sein revolutionäres Denken, gereift in den Fabriken, ist jetzt nur verpflanzt in die Szenerie der Berge, wo er jeden Handbreit Boden kennt, wo er seinen Wagemut und seine List einsetzen kann.

Kim dagegen ist Student: er hat ein unbezähmbares Verlangen nach Logik, nach Gewißheit über Ursache und Wirkung, und doch ist sein Kopf ständig erfüllt von ungelösten Fragen. In erster Linie interessiert ihn die Menschheit: er studiert Medizin, weil ihm bewußt ist, daß die Erklärung für alles und jedes in dem Getriebe sich bewegender Zellen liegt und nicht in philosophischen Kategorien. Arzt für den kranken Geist will er werden: Psychiater. Die Männer mögen ihn nicht, weil er ihnen immer so prüfend in die Augen sieht, als wolle er ihre Gedanken schon im Entstehen erraten, und sie aus heiterem Himmel mit Fragen überfällt, die überhaupt nicht zur Sache gehören, über sie selbst, über ihre Kindheit. Und dann, nach den Menschen, interessiert ihn die große Maschinerie der im Vormarsch begriffenen Klassen, die von den kleinen alltäglichen Taten angetriebene Maschinerie, die Maschinerie, in der andere Taten verbrennen, ohne Spuren zu hinterlassen: die Geschichte. Alles muß logisch sein, alles muß man mit dem Verstand erfassen können, in der Geschichte wie im Hirn der Menschen: doch dazwischen klafft ein Riß, eine dunkle Zone, in der die kollektiven Beweggründe zu individuellen Beweggründen werden mit ungeheuerlichen Abweichungen und unvorstellbaren Zusammenhängen. Und so geht Kommissar Kim Tag für Tag zu den einzelnen Gruppen, die schmale Sten über die Schulter gehängt, diskutiert mit den Kommissaren, mit den Kommandanten, studiert die Männer, analysiert die Standpunkte des einen und des anderen, zerlegt jedes Problem in einzelne Elemente, sagt »a, b, c«; alles muß klar sein, alles muß in den andern wie in ihm selbst klar sein.

Jetzt stehen die Männer gedrängt um Ferriera und Kim und fragen nach den Neuigkeiten über den Krieg: über den fernen Krieg an den militärischen Fronten und den nahen und bedrohlichen, ihren eigenen Krieg. Ferriera erklärt, daß man sich von den Alliierten nichts erhoffen dürfe, und versichert, daß die Partisanen auch ohne Hilfe dem Feind werden standhalten können. Dann verkündet er die große Neuigkeit des Tages: eine deutsche Kolonne kommt das Tal herauf, um sämtliche Berge zu durchkämmen: sie kennen die Standorte ihrer Lager und werden Häuser und Dörfer in Brand stecken. Aber die ganze Brigade wird im Morgengrauen auf den Gebirgskämmen stehen, und von den anderen Brigaden werden Verstärkungen kommen: die Deutschen werden unvermutet von einem Hagel aus Stahl und Feuer empfangen werden, der auf die Fahrstraße niederprasselt, und werden sich zurückziehen müssen.

Da kommt Bewegung in die Gruppe der Männer, Hände werden geschüttelt, Ausrufe zwischen den Zähnen hervorgestoßen: es ist der Kampf, der in ihnen bereits begonnen hat, die Männer haben schon ihren kampfentschlossenen Gesichtsausdruck, angespannt und hart, sie greifen nach ihren Waffen, um das Eisen unter den Händen zu spüren.

»Sie haben den Brand gesehen, und jetzt kommen sie: wir haben es ja gewußt«, sagt einer von ihnen. Der Gerade steht ein wenig abseits, der Widerschein des Feuers erhellt seine gesenkten Lider.

»Der Brand, sicher, auch der Brand. Aber da ist noch etwas«, sagt Kim und bläst langsam den Zigarettenrauch aus. Die Männer sind verstummt: selbst der Gerade hebt die Augen.

»Einer von uns hat Verrat begangen«, sagt Kim. Da wird die Luft spannungsgeladen, wie von einem Wind, der bis ins Mark dringt, der feuchtkalte Lufthauch des Verrates, wie ein Wind aus einem Sumpf, den man jedesmal spürt, wenn eine Nachricht wie diese bei den Einheiten eintrifft.

»Wer ist es gewesen?«

»Pelle. Er hat sich der Schwarzen Brigade gestellt. Einfach so. Von sich aus. Ohne daß man ihn geschnappt hätte. Vier von unsern Leuten, die im Gefängnis saßen, hat er schon erschießen lassen. Er ist bei den Verhören dabei, jedesmal wenn einer gefaßt wird, und er denunziert sie alle.«

Das ist eine Neuigkeit von der Art, die blinde Verzweiflung hervorruft und jeden klaren Gedanken unmöglich macht. Pelle war noch vor wenigen Abenden mitten unter ihnen und sagte: »Jetzt werden wir mal einen richtig tollen Anschlag ausführen, hört mal zu!« Es erscheint ihnen fast merkwürdig, sein verschnupftes Atmen nicht mehr zu hören, aus dem Hintergrund, während er sein Maschinengewehr für den Einsatz des darauffolgenden Tages ölt. Statt dessen ist Pelle nun dort unten in der verbotenen Stadt, mit einem großen Totenkopf auf dem schwarzen Fes, mit neuen, herrlichen Waffen, ohne Angst mehr vor Säuberungsaktionen, und immer noch mit dieser Erregung in sich, die seine kleinen, vor Schnupfen geröteten Augen blinzeln läßt und ihn zwingt, sich ständig die ausgetrockneten Lippen anzufeuchten, einer Erregung, die sich gegen sie richtet, seine Kameraden von gestern, einer Erregung ohne Haß und Zorn, wie in einem Spiel unter Gefährten, dessen Einsatz der Tod ist.

Pin muß plötzlich an seine Pistole denken: Pelle, der alle Winkel in der Umgebung des großen Grabens kennt, weil er mit seinen Mädchen dort gewesen ist, hat sie vielleicht gefunden und trägt sie nun an der Uniform der Schwarzen Brigade, blitzend und geölt, wie alle seine Waffen. Oder es war nichts als Gerede, daß er die Stelle mit den Nestern kennt, nur ein Vorwand, um in die Stadt gehen zu können, die Kameraden zu verraten und mit neuen deutschen Waffen ausgestattet zu werden, mit denen man fast geräuschlos Dauerfeuer geben kann.

»Jetzt müssen wir ihn umlegen«, sagen die Kameraden, und sie sagen das so, als fügten sie sich in ein unvermeidliches Schicksal, und insgeheim wäre es ihnen vielleicht lieber, wenn er tags darauf zu ihnen zurückkehrte, mit neuen Waffen beladen, und weiterhin abwechselnd mit ihnen und gegen sie Krieg führte in seinem schaurigen Spiel.

»Der Rote Wolf ist in die Stadt hinuntergegangen, um die *Gaps* gegen ihn zu organisieren«, sagt Ferriera.

»Da würde ich auch mitmachen«, sagen einige. Doch Ferriera erwidert, man solle sich lieber auf den Kampf des morgigen Tages vorbereiten, der entscheidend sein werde, und die Männer gehen auseinander, um ihre Waffen vorzubereiten und die Aufgaben einzuteilen.

Ferriera und Kim rufen den Geraden beiseite.

»Wir haben den Bericht über den Brand erhalten«, sagen sie.

»Es ist nun mal passiert«, gibt der Gerade zurück. Er hat keine Lust, sich zu rechtfertigen. Nun komme, was wolle.

»Ist irgend jemand für den Brand verantwortlich?« fragt Kim.

Der Gerade erwidert: »Es war meine Schuld.«

Die beiden sehen ihn ernst an. Der Gerade denkt, daß es schön wäre, wenn er die Formation verlassen und sich an einem nur ihm bekannten Ort verstecken könnte, um dort das Ende des Krieges abzuwarten.

»Hast du etwas zu deiner Rechtfertigung vorzubringen?« fragen sie weiter mit einer Geduld, die an seinen Nerven zerrt.

»Nein. Es ist nun mal passiert.«

Jetzt werden sie sagen: »Mach, daß du fortkommst!« oder: »Wir werden dich erschießen!« Statt dessen sagt Ferriera: »Na schön. Darüber können wir ein andermal reden. Jetzt steht der Kampf bevor. Bist du in Ordnung, Gerader?«

Der Gerade hat seine gelben Augen niedergeschlagen. »Ich bin krank«, sagt er.

»Du mußt zusehen, daß du bis morgen wieder völlig gesund bist«, sagt Kim. Der morgige Kampf ist sehr wichtig für dich. Sehr, sehr wichtig. Denk daran.«

Sie wenden den Blick nicht von ihm, und der Gerade hat immer mehr das Bedürfnis, sich einfach treiben zu lassen.

»Ich bin krank. Ich bin sehr krank«, wiederholt er.

Ferriera erklärt: »Also, morgen müßt ihr den Grat des Pellegrino halten, und zwar vom Gipfel bis zur zweiten Schlucht, verstanden? Später muß die Stellung gewechselt werden, dazu bekommt ihr noch Befehle. Die einzelnen Züge und Gruppen gut getrennt halten: die Maschinengewehre mit der Bedienungsmannschaft und die Schützen müssen jederzeit voll beweglich sein. Alle Männer müssen zum Einsatz, ohne Ausnahme, auch der Furier, auch der Koch.«

Der Gerade hat die Erklärung mit wiederholtem kurzem Nicken angehört, hin und wieder von Kopfschütteln unterbrochen.

»Ohne Ausnahme«, wiederholt er. »Auch der Koch?« Und er horcht auf.

»Alle Mann beim Morgengrauen auf dem Grat, verstanden?« Kim sieht ihn an, kaut an seinen Schurrbartenden. »Ich hoffe sehr, daß du verstanden hast, Gerader!«

Fast könnte man etwas wie Herzlichkeit aus seiner Stimme heraushören, aber vielleicht ist es nur ein eindringlicher Unterton, in Anbetracht der Bedeutsamkeit dieses Kampfes.

»Ich bin sehr krank«, sagt der Gerade, »sehr krank.«

Jetzt gehen Kommissar Kim und Ferriera, der Kommandant, allein durch das dunkle Gebirge einer anderen Unterkunft entgegen.

»Siehst du jetzt ein, Kim, daß es ein Fehler war?« fragt Ferriera.

Kim schüttelt den Kopf: »Nein, es war kein Fehler«, antwortet er.

»Doch, sicher«, meint der Kommandant. »Es war falsch

von dir, eine Einheit aus lauter unzuverlässigen Leuten zusammenzustellen mit einem Kommandanten, auf den noch weniger Verlaß ist. Du siehst ja, was sie leisten. Wenn wir sie hier und da unter die Verläßlichen aufgeteilt hätten, wäre es wahrscheinlicher, daß sie sich anständig aufführen.«

Kim kaut immer noch an seinen Schnurrbartenden. »Was mich betrifft«, sagt er, »ist dies die Einheit, die mich am meisten zufriedenstellt.«

Ferriera ist kurz davor, die Geduld zu verlieren; er erhebt den eiskalten Blick und kratzt sich an der Stirn: »Aber Kim, wann wirst du endlich begreifen, daß wir hier eine Sturmbrigade haben und kein Versuchslabor? Ich verstehe ja, daß es dir eine wissenschaftliche Genugtuung verschafft, die Reaktionen dieser Männer zu erforschen, hübsch geordnet, wie du sie haben wolltest, Proletariat auf der einen Seite, Bauern auf der anderen, dann das Lumpenproletariat, wie du es nennst ... Ich dagegen meine, es wäre deine politische Aufgabe, sie alle in gemischte Gruppen einzuteilen und allen denen Klassenbewußtsein zu geben, die keins haben, um diese verdammte Einheit herzustellen ... Vom militärischen Nutzen ganz zu schweigen ...!«

Kim hat Mühe, auszudrücken, was er meint, er schüttelt den Kopf. »Gerede«, sagt er, »nichts als Gerede. Die Männer kämpfen alle, es ist das gleiche Feuer in ihnen, nein, nicht das gleiche, jeder hat seine eigene Art von Feuer, aber jetzt kämpfen sie alle zusammen, alle gleich vereint. Und dann ist da der Gerade, da ist Pelle ... Du hast keine Ahnung, was sie es kostet ... Nun gut, auch sie, das gleiche Feuer ... Es genügt eine Kleinigkeit, um sie zu retten oder zu verderben ... Das ist die politische Aufgabe ... Ihnen einen Sinn zu geben ...«

Wenn er mit den Männern spricht, wenn er die Lage analysiert, ist Kim furchtbar klar und dialektisch. Wenn man aber so, unter vier Augen, mit ihm spricht und ihn seine Ideen entwickeln läßt, könnte es einem schwindlig werden. Ferriera betrachtet die Dinge einfacher: »Na schön, geben wir ihnen diesen Sinn, ordnen wir sie doch mal so ein, wie ich sage.«

Kim schnaubt ungehalten in seinen Schnurrbart hinein: »Sieh mal, wir haben es doch nicht mit Wehrpflichtigen zu tun, denen wir sagen können: Das ist eure Pflicht und Schuldigkeit. Du kannst hier nicht von Pflicht sprechen, du kannst nicht von Idealen sprechen: Vaterland, Freiheit, Kommunismus. Von Idealen wollen sie nichts hören, Ideale sind alle gut zu brauchen, auch auf der anderen Seite haben sie Ideale. Siehst du nicht, was passiert, wenn dieser extremistische Koch mit seinen Predigten anfängt? Sie schreien ihn an und verprügeln ihn. Sie brauchen keine Ideale, keinen Mythos, kein Hurrageschrei. Hier wird gekämpft und gestorben, einfach so, ohne jegliches Hurra.«

»Und wofür denn, deiner Meinung nach?« Ferriera weiß, wofür er kämpft, ihm ist alles völlig klar.

»Siehst du«, fährt Kim fort, »um diese Zeit beginnen die Einheiten, zu ihren Stellungen hinaufzusteigen, schweigend. Morgen wird es Tote geben und Verwundete. Sie wissen es. Was treibt sie dazu, dieses Leben zu führen, was treibt sie zu diesem Kampf, kannst du mir das sagen? Siehst du, da sind die Bauern, die Bewohner dieser Berge, für sie ist es natürlich einfacher. Die Deutschen stecken ihre Dörfer in Brand, treiben ihnen das Vieh weg. Dieser Krieg ist für sie der erste menschliche Krieg, die Verteidigung des Vaterlandes, die Bauern haben ein Vaterland. Deshalb siehst du sie bei uns, alte und junge, mit ihren Schießprügeln und Jagdröcken aus Drillich, ganze Dörfer, die zu den Waffen greifen; wir verteidigen ihr Vaterland, und sie sind auf unserer Seite. Für sie wird das Vaterland zum echten Ideal, es wächst über sie hinaus, wird eins mit ihrem Kampf: sie opfern auch ihre Häuser, auch ihr Vieh, nur um weiter kämpfen zu können. Für andere Bauern dagegen bleibt das Vaterland immer nur ein egoistischer Begriff: Haus, Vieh, Ernte. Und um das alles zu bewahren, werden sie zu Verrätern und zu Faschisten; ganze Dörfer werden so zu unseren Feinden... Dann die Arbeiter. Die Arbeiter haben eine eigene Geschichte: Lohn und Streik und Arbeit und Kampf, Schulter an Schulter. Die Arbeiter sind eine Klasse. Sie wissen, daß es Besseres gibt im Leben und daß man für dieses Bessere kämpfen muß. Auch sie haben ein Vaterland, ein Vaterland, das es noch zu erobern gilt, und sie kämpfen mit uns, um es sich zu erobern. Da sind die Betriebe dort unten in der Stadt, die ihnen gehören werden; sie sehen schon die roten Inschriften auf den Hallen und die Fahnen an den Schornsteinen. Aber jegliche Sentimentalität ist ihnen fremd. Sie kennen die Wirklichkeit und wissen, wie sie zu ändern ist. Dann sind noch ein paar Intellektuelle dabei oder Studenten, aber nur wenige, hier und dort, mit unbestimmten und oft auch verdrehten Vorstellungen. Sie haben ein Vaterland aus Worten oder bestenfalls aus einem Buch. Beim Kampf aber werden sie feststellen, daß alle Worte bedeutungslos geworden sind, und sie werden im Kampf der Menschen neue Erfahrungen machen, und sie werden einfach kämpfen, ohne sich Fragen zu stellen, bis sie nach neuen Worten suchen und doch die alten wiederfinden werden, jedoch verändert, voll ungeahnter Bedeutung. Und wer ist noch bei uns? Kriegsgefangene, die aus den Konzentrationslagern geflohen sind und sich zu uns geschlagen haben; die kämpfen für ein wahrhaftiges Vaterland, für ein weit entferntes Vaterland, in das sie zurückkehren wollen und das sie gerade deshalb Vaterland nennen, weil es so weit entfernt ist. Begreifst du denn nicht, daß dies alles ein Kampf von Symbolen ist, daß man, um einen Deutschen zu erschießen, nicht an diesen Deutschen denken muß, sondern an einen andern, in einer halsbrecherischen Gedankenakrobatik, wo jedes Ding oder jede Person zum chinesischen Schattenspiel, zum Mythos wird?«

Ferriera zwirbelt seinen blonden Bart; er begreift nichts von alldem.

»So ist das nicht«, sagt er.

»So ist das nicht«, fährt Kim fort. »Das weiß ich auch. So ist das nicht. Weil es noch etwas anderes gibt, das allen gemeinsam ist, ein inneres Feuer. Nimm die Gruppe des Geraden: kleine Gauner, Carabinieri, Milizsoldaten, Schwarzhändler, Landstreicher. Menschen, die sich in den Wunden der Gesellschaft einnisten, die sich inmitten all dieser Verdrehtheiten zurechtfinden, die nichts zu verteidigen haben und nichts ändern wollen. Oder sie sind körperlich angeschlagen, oder sie haben fixe Ideen, oder sie sind fanatisch. Eine revolutionäre Gesinnung kann gar nicht in ihnen entstehen, gefesselt, wie sie sind, an den Mühlstein, der sie zerreibt. Oder aber sie ist bereits im Entstehen verdreht, ein Kind der Angst, der Demütigung, wie in den wirren Reden des extremistischen Kochs. Warum also kämpfen sie? Sie haben kein Vaterland, kein wahres und kein erdachtes. Und doch weißt du genauso gut wie ich, daß auch sie Tapferkeit besitzen und dieses Feuer. Es ist die Kränkung ihres Daseins, das Dunkel ihres Weges, der Schmutz ihrer Wohnung, die von klein auf gelernten obszönen Reden, die Anstrengung, schlecht sein zu müssen. Und es genügt eine Kleinigkeit, ein falscher Schritt, ein Aufbegehren der Seele, und schon ist man auf der anderen Seite, wie Pelle, bei der Schwarzen Brigade, um mit der gleichen Wut zu schießen, mit dem gleichen Haß, auf die einen oder auf die anderen, das ist egal.«

Ferriera murmelt in seinen Bart: »Der Geist bei uns ... und bei der Schwarzen Brigade ... soll derselbe sein ...?«

»Derselbe, du weißt ja, was ich damit meine, derselbe ...« Kim ist stehengeblieben und streckt einen Finger vor, als wolle er beim Lesen eine Stelle festhalten, »... derselbe und doch genau das Gegenteil. Denn hier ist man im Recht, dort im Unrecht. Hier wird etwas gelöst, dort wird die Kette nur noch fester geschmiedet. Diese Last des Bösen, die auf den Männern des Geraden liegt, diese Last, die auf uns allen liegt, auf mir, auf dir, diese uralte Wut, die in uns allen ist und sich in Schüssen entlädt, in getöteten Feinden, ist dieselbe, die auch die Faschisten schießen läßt, die sie zum Töten treibt, mit derselben Hoffnung auf Läuterung, auf Befreiung. Aber dann gibt es die Instanz der Geschichte. Und geschichtlich gesehen sind wir auf der Seite der Befreiung, sie auf der anderen. Bei uns ist nichts vergeblich, keine Bewegung, kein Schuß, obwohl er dem ihren völlig gleich ist – verstehst du? völlig gleich –, ist vergeblich, alles wird dazu beitragen, wenn noch nicht uns, so doch unsere Kinder zu befreien, eine Menschheit zu schaffen, die ohne Zorn leben kann, zufrieden, in der man es sich wird leisten können, nicht mehr böse zu sein. Die andere Seite ist die Seite des vergeblichen Tuns, der sinnlosen Wut, vergeblich und sinnlos, selbst wenn sie siegen würde, weil sie nicht Geschichte macht, weil sie nicht zur Befreiung dient, sondern zur Wiederholung und zum Fortbestand der alten Wut und des alten Hasses, bis man nach weiteren zwanzig oder hundert oder tausend Jahren wiederum kämpfen wird, wir und sie, mit demselben anonymen Haß in den Augen, und auch dann wieder, vielleicht ohne es zu wissen, wir, um uns davon zu befreien, sie, um weiter seine Sklaven zu bleiben. Das ist die Bedeutung des Kampfes, die wahre, totale Bedeutung, die weit über die verschiedenen offiziellen Bedeutungen hinausgeht. Ein Drang nach Erlösung der Menschen, elementar, anonym, von all unseren Demütigungen: für den Arbeiter von seinem Ausgebeutetsein, für den Bauern von seiner Unwissenheit, für den Kleinbürger von seinen Hemmungen, für den Paria von seiner Korruption. Ich glaube, unsere politische Arbeit besteht darin, auch unsere menschliche Misere auszunutzen, sie gegen sich selbst einzusetzen, für unsere Befreiung, so wie die Faschisten die Misere einsetzen, um die Misere zu verewigen, und den Menschen gegen den Menschen.«

Von Ferriera sieht man im Dunkel das Blau seiner Augen und das Blond des Bartes. Er schüttelt den Kopf. Er kennt keine Wut: er ist präzise wie ein Mechaniker und praktisch wie ein Bergbewohner, der Kampf ist für ihn eine exakt arbeitende Maschinerie, eine Maschinerie, deren Funktion und Zweck man kennt.

»Kaum zu fassen«, sagt er, »es ist wirklich kaum zu fassen, daß du mit so vielen Flausen im Kopf doch ein anständiger Kommissar sein und mit den Männern so deutlich reden kannst.«

Kim macht sich nichts daraus, daß Ferriera ihn nicht versteht: mit Männern wie Ferriera muß man in klaren Worten reden, muß »a, b, c« sagen, denn für ihn sind die Dinge entweder greifbar, oder es sind »Flausen«, für ihn gibt es keine doppeldeutigen und dunklen Zonen. Aber Kim denkt nicht etwa so, weil er sich Ferriera überlegen fühlt: sein Ziel ist es, genauso argumentieren zu können wie Ferriera, keine andere Realität zu kennen als die Ferrieras, alles andere ist überflüssig.

»Also, mach's gut.« Sie sind zu einer Weggabelung gekommen. Ferriera wird jetzt zu Bein gehen und Kim zu Blitz. Sie müssen in dieser Nacht noch vor dem Kampf alle Gruppen inspizieren und sich deshalb trennen.

Alles andere ist überflüssig. Kim geht allein die Bergpfade entlang, über der Schulter trägt er die schmächtige Waffe, die wie eine zerbrochene Krücke aussieht: die Sten. Alles andere ist überflüssig. Die Baumstämme haben in der Dunkelheit eigenartig menschliche Konturen. Der Mensch schleppt die Ängste seiner Kindheit das ganze Leben mit sich herum. ›Vielleicht‹, denkt Kim, ›würde ich mich fürchten, wenn ich nicht Brigadekommissar wäre. Man müßte so weit kommen, daß man keine Angst mehr hat, das ist das höchste Ziel des Menschen.‹

Kim denkt logisch, wenn er mit den Kommissaren die Lage der einzelnen Einheiten erörtert, doch wenn er nachdenkt, während er allein über die Bergpfade geht, wird alles wieder geheimnisvoll und magisch und das Leben der Menschen voller Wunder. In unsern Köpfen spuken immer noch Wunder und Zaubereien, denkt Kim. Manchmal scheint es ihm, als gehe er durch eine Welt von Symbolen, wie der kleine Kim im Herzen Indiens in dem Kipling-Buch, das er als Junge so oft gelesen hat.

›Kim ... Kim ... Wer ist Kim?‹

Warum wandert er in dieser Nacht durch das Gebirge, bereitet einen Kampf vor, entscheidet über Leben und Tod, nach seiner melancholischen Kindheit im reichen Elternhaus, nach seiner farblosen, schüchtern verbrachten Jugend? Manchmal ist ihm, als sei er ganz aus dem Gleichgewicht geworfen, von heftiger Hysterie gepackt. Nein, seine Gedanken sind logisch, er kann alles mit völliger Klarheit analysieren. Aber er ist kein ausgeglichener Mensch. Ausgeglichen waren seine Vorfahren, die großen bürgerlichen Väter, die den Reichtum schufen. Ausgeglichen sind die Proletarier, die wissen, was sie wollen, die Bauern, die jetzt vor ihren Dörfern Wache stehen, ausgeglichen sind die Sowjets, die alles entschieden haben und diesen Krieg jetzt mit Verbissenheit und Methode führen, nicht weil es ihnen Freude machte, sondern weil es sein muß. Die Bolschewisten! Vielleicht ist die Sowjetunion schon ein ausgeglichenes Land. Vielleicht gibt es dort keine menschliche Misere mehr. Wird er, Kim, jemals ausgeglichen sein? Vielleicht werden wir alle eines Tages ausgeglichen sein und viele Dinge nicht mehr verstehen, weil wir alles verstehen werden.

Aber hier haben die Männer immer noch trübe Augen und stopplige Gesichter, und Kim liebt diese Männer, die Befreiung, die sich in ihnen regt. Dieses Kind in der Gruppe des Geraden, wie heißt es noch? Pin? Mit dem verzehrenden Zorn auf seinem sommersprossigen Gesicht, sogar wenn es lacht ... Es heißt, er sei der Bruder einer Prostituierten. Warum kämpft er? Er weiß nicht, daß er kämpft, um nicht mehr der Bruder einer Prostituierten zu sein. Und jene vier Schwäger aus dem Süden kämpfen, um keine »Kaffer« mehr zu sein, arme Auswanderer, die als Fremde angesehen werden. Und dieser Carabiniere kämpft, um sich nicht mehr als Carabiniere zu fühlen, als Scherge, der hinter seinen Mitmenschen her ist. Und Vetter, der Riese, der gute, erbarmungslose Vetter ... Man sagt, daß er sich an einer Frau rächen wolle, die ihn betrogen hat ... Alle haben wir unsere geheime Wunde, und um uns davon zu befreien, kämpfen wir. Ferriera auch? Vielleicht auch Ferriera: der Zorn darüber, daß er die Welt nicht in die Bahn bringen kann, die er will. Der Rote Wolf, nein: für den Roten Wolf ist alles möglich, was er will. Man muß dafür sorgen, daß er die richtigen Dinge will: das ist politische Arbeit, Kommissarsarbeit. Und ihn lehren, daß das, was er will, richtig ist: auch das ist politische Arbeit, Kommissarsarbeit.

Eines Tages werde ich das alles vielleicht nicht mehr verstehen, denkt Kim, alles in mir wird ausgeglichen sein, und ich werde die Menschen dann ganz anders verstehen, richtiger, vielleicht. Warum: vielleicht? Nun, dann werde ich nicht mehr vielleicht sagen, dann wird es kein Vielleicht mehr in mir geben. Ich werde den Geraden erschießen lassen. Im Augenblick bin ich zu sehr mit ihnen verbunden, mit all ihren Absonderlichkeiten. Auch mit dem Geraden: ich weiß, daß der Gerade schrecklich leidet, unter seinem Ehrgeiz, um jeden Preis den Schweinehund zu spielen. Es gibt nichts Schmerzlicheres auf der Welt, als böse zu sein. Als Kind habe ich mich einmal zwei Tage lang in meinem Zimmer eingeschlossen, ohne etwas zu essen. Ich litt fürchterlich, aber ich machte nicht auf, und man mußte über eine Leiter durchs Fenster steigen, um mich zu holen. Ich hatte ein grenzenloses Verlangen danach, bemitleidet zu werden. Der Gerade macht das gleiche. Aber er weiß, daß wir ihn erschießen werden. Er will erschossen werden. Die Menschen werden zuweilen von einem solchen Verlangen überwältigt. Und Pelle? Was wird Pelle jetzt gerade tun?

Kim geht durch einen Lärchenwald und denkt an Pelle,

in der Stadt dort unten, den Totenkopf am Fes, wie er während der Ausgangssperre patrouilliert. Er wird allein sein, Pelle, mit seinem anonymen, verfehlten Haß, allein mit seinem Verrat, der ihn innerlich aufzehrt und ihn noch böser macht, um sich dadurch zu rechtfertigen. Er wird ganze Salven auf Katzen abschießen, während der Ausgangssperre, wuterfüllt, und die Bürger werden in ihren Betten aufschrecken, durch die Schüsse geweckt.

Kim denkt an die Kolonne von Deutschen und Faschisten, die vielleicht schon durchs Tal heraufmarschieren, dem Morgengrauen entgegen, das den Tod von den Kämmen der Berge hinab auf sie ergießen wird. Es ist eine Kolonne des vergeblichen Tuns: jetzt erwacht ein Soldat beim Rütteln des Lastwagens und denkt: ›Ich liebe dich, Käthe.‹ In sechs, sieben Stunden wird er sterben, wir werden ihn erschießen; und wenn er nicht gedacht hätte: ›Ich liebe dich, Käthe‹, wäre es auch egal gewesen, alles, was er tut und denkt, ist vergeblich, ausgelöscht von der Geschichte.

Ich aber gehe durch einen Lärchenwald, und jeder meiner Schritte ist Geschichte; ich denke: ›Ich liebe dich, Adriana‹, und das ist Geschichte, hat schwerwiegende Konsequenzen, ich werde morgen im Kampf handeln wie einer, der heute nacht gedacht hat: ›Ich liebe dich, Adriana.‹ Vielleicht werde ich nichts sonderlich Wichtiges tun, aber die Geschichte besteht aus kleinen, namenlosen Taten, vielleicht werde ich morgen sterben, möglicherweise noch vor jenem Deutschen, aber all die Dinge, die ich vor meinem Tod tun werde, und mein Tod selbst werden kleine Teilchen der Geschichte sein, und jeder Gedanke, den ich jetzt denke, beeinflußt meine Geschichte von morgen, die künftige Geschichte der Menschheit.

Natürlich könnte ich jetzt, statt zu träumen, wie ich es schon als Kind zu tun pflegte, in Gedanken lieber die Details des Angriffs durchdenken, die Aufstellung der Waffen und Einheiten. Aber ich denke zu gern über diese Männer nach, erforsche sie, mache meine Entdeckungen an ihnen. Was werden sie zum Beispiel »danach« tun? Werden sie das Italien nach dem Kriege als etwas schätzen, das sie geschaffen haben? Werden sie erkennen, welche Methoden dann angewendet werden müssen, um unseren Kampf fortzusetzen, den langen, immer wieder andersgearteten Kampf zur Befreiung des Menschen? Der Rote Wolf wird sie erkennen, glaube ich: wer weiß, wie er sie in die Praxis umsetzen wird, abenteuerlustig und erfinderisch, wie er ist, und dann ohne die Möglichkeit der Überfälle und Gefängnisausbrüche? Sie müßten alle sein wie der Rote Wolf. Wir müßten alle sein wie der Rote Wolf. Statt dessen wird es einige geben, die nicht von ihrer anonymen Wut lassen können, die dann wieder Individualisten und darum nutzlos sein werden: sie werden dem Verbrechen verfallen, der großen Maschinerie der vergeblichen Wut, sie werden vergessen, daß die Geschichte einmal auf ihrer Seite gewesen ist und durch ihre zusammengebissenen Zähne geatmet hat. Die ehemaligen Faschisten werden sagen: »Die Partisanen! Ich hab's ja gleich gesagt! Ich hab's von Anfang an gewußt!« Und sie werden gar nichts verstanden haben, weder vorher noch nachher.

Eines Tages wird Kim ausgeglichen sein. Jetzt ist ihm alles klar: der Gerade, Pin, die kalabresischen Schwäger. Er weiß, wie er sich dem einen und dem andern gegenüber zu verhalten hat, ohne Angst und ohne Mitleid. Manchmal, wenn er so durch die Nacht geht, verdichten sich um ihn die Nebel der Seelen wie die Nebel der Luft, doch er ist ein

Mann der Analyse, »a, b, c«, wird er zu den Kommissaren der Einheiten sagen, er ist ein »Bolschewist«, ein Mann, der jede Situation beherrscht. ›Ich liebe dich, Adriana.‹

Das Tal ist voller Nebelschwaden, und Kim geht einen steinigen Hang, wie das Ufer eines Sees, hinauf. Die Lärchen ragen aus den Wolken, wie Pfähle, an denen Boote vertäut werden. *Kim ... Kim ... Wer ist Kim?* Der Brigadekommissar kommt sich vor wie der Held des in seiner Kindheit gelesenen Romans: Kim, der halb englische, halb indische Junge, der mit dem alten Roten Lama durch Indien zieht, um den Fluß der Läuterung zu finden.

Vor zwei Stunden erst hat er mit dem Geraden, diesem Barabbas, und mit dem kleinen Bruder der Prostituierten gesprochen, und jetzt kommt er zur Einheit von Blitz, der besten Einheit der Brigade. Bei Blitz ist die Gruppe der Russen, ehemalige Gefangene, die an den Grenzbefestigungen zur Arbeit eingesetzt waren und geflohen sind.

»Wer da?«

Es ist der Wachposten: ein Russe.

Kim nennt seinen Namen.

»Bringen Neuigkeiten, Kommissar?«

Es ist Alexej, Sohn eines Muschiks, Student an einer Technischen Hochschule.

»Morgen gibt's Kampf, Alexej.«

»Kampf? Hundert Faschisten kaputt?«

»Ich weiß nicht, wie viele kaputt, Alexej. Ich weiß nicht einmal genau, wie viele leben.«

»Sali e tabacchi, Kommissar.«

Sali e tabacchi, Salz und Tabak, sind die italienischen

Worte, die den größten Eindruck auf Alexej gemacht haben; er wiederholt sie ständig, als Einschub, als Gruß.

»Sali e tabacchi, Alexej.«

Morgen steht ein großer Kampf bevor. Kim ist ausgeglichen, ruhig. »A, b, c«, wird er sagen. Er denkt immer noch: ›Ich liebe dich, Adriana.‹ Das, nur das ist Geschichte.

10

Der Morgen ist noch vollkommen dunkel, ohne hellen Streifen am Horizont, als die Männer des Geraden sich zum Aufbruch rüsten, mit lautlosen Bewegungen, rings um den Heuschuppen. Sie wickeln sich Decken um die Schultern: auf den Steinhaufen des Gebirgskammes werden sie frieren, vor Tagesanbruch. Die Männer denken nicht an ihr eigenes Geschick, sondern an das der Decke, die sie bei sich tragen: sie kann auf der Flucht verlorengehen, vielleicht wird sie von Blut durchtränkt werden, während sie sterben, vielleicht wird ein Faschist die Decke an sich nehmen und sie in der Stadt als Beute herumzeigen. Aber was bedeutet schon eine Decke?

Über sich, als wäre es in den Wolken, hören sie das Geräusch der sich fortbewegenden feindlichen Kolonne. Große Räder, die über die staubigen Fahrstraßen mahlen, die Scheinwerfer ausgeschaltet; Schritte von Soldaten, die schon müde sind und ihre Zugführer fragen: »Ist es noch weit?« Die Männer des Geraden flüstern, als zöge die Kolonne unmittelbar hinter der Wand des Heuschuppens vorbei.

Jetzt löffeln sie gekochte Kastanien aus den Blechnäpfen: wer weiß, wann sie das nächste Mal was zu essen bekommen werden. Auch der Koch wird dieses Mal mitgehen: er verteilt die Kastanien mit der Schöpfkelle und flucht leise, seine Augen sind noch verschwollen vom Schlaf. Auch Giglia ist aufgestanden und läuft zwischen den mit ihren Vorbereitungen beschäftigten Männern umher, ohne daß es ihr gelingt, sich nützlich zu machen. Linkshand hält ab und zu inne und sieht sie an.

»Hör zu, Giglia«, sagt er, »es ist nicht ratsam, daß du allein hier in der Unterkunft zurückbleibst. Man kann nie wissen.«

»Wo soll ich denn hin?« fragt Giglia.

»Zieh deinen Rock an und geh in irgendein Dorf, Frauen werden sie sicher nichts tun. Gerader, sag ihr, daß sie gehen soll, daß sie nicht allein hierbleiben kann.«

Der Gerade hat keine Kastanien gegessen, er leitet die Vorbereitungen der Männer, wortlos fast, den Kragen hochgeschlagen. Er hebt den Kopf nicht und antwortet nicht sofort.

»Nein«, sagt er. »Sie bleibt besser hier.«

Giglia wirft ihrem Mann einen Blick zu, als wollte sie sagen: »Da hast du's«, und rennt dabei gegen Vetter, der, ohne auch nur den Blick zu heben, murmelt: »Geh mir aus dem Weg!« Sie macht kehrt, geht in die Hütte zurück und legt sich wieder schlafen.

Auch Pin läuft den Männern zwischen den Füßen herum, wie ein Jagdhund, der seinen Herrn die Vorbereitungen treffen sieht.

›Der Kampf‹, denkt er und bemüht sich, aufgeregt zu sein. ›Jetzt kommt der Kampf.‹

»Also«, wendet er sich an Giacinto, »welches nehm' ich?«

Der Kommissar beachtet ihn kaum. »Was?« fragt er zerstreut.

»Welches Gewehr soll ich nehmen?« wiederholt Pin.

»Du?« meint Giacinto. »Du kommst nicht mit.«

»Natürlich komme ich mit!«

»Hau ab! Das ist nicht der geeignete Augenblick, um Kinder mitzunehmen. Der Gerade will es nicht. Hau ab!«

Pin gerät jetzt richtig in Wut, er wird ihnen unbewaffnet nachlaufen und sie so lange ärgern, bis sie auf ihn schießen.

»Gerader, Gerader! Stimmt es, daß du mich nicht dabeihaben willst?«

Der Gerade gibt keine Antwort, er raucht mit kleinen Zügen an einem Zigarettenstummel, es sieht aus, als bisse er hinein.

»Da hast du's!« sagt Pin. »Gottverdammt, er hat gesagt, daß es nicht stimmt!«

›Jetzt werde ich gleich ein paar hinter die Ohren kriegen!‹ denkt Pin. Doch der Gerade sagt gar nichts.

»Darf ich mit zum Einsatz, Gerader?« fragt Pin.

Der Gerade raucht.

»Der Gerade hat gesagt, daß ich mitkommen darf, hast du gehört, Giacinto?« sagt Pin.

Jetzt wird der Gerade gleich sagen: »Schluß damit! Du bleibst hier!«, wird er sagen.

Aber er sagt gar nichts. Warum bloß?

Pin sagt jetzt ganz laut: »Also, ich geh' mit!«

Und er geht zu den übriggebliebenen Gewehren, langsam, und pfeift vor sich hin, um die Aufmerksamkeit auf sich zu lenken. Er sucht sich das leichteste Gewehr aus.

»Dann nehm' ich dieses hier!« sagt er laut. »Gehört das jemand?«

Niemand antwortet ihm. Pin kehrt wieder um, läßt das Gewehr am Tragriemen hin- und herschaukeln. Er setzt sich auf die Erde, genau vor den Geraden, und macht sich daran, das Schloß zu prüfen, das Visier, den Abzug.

Er trällert vor sich hin: »Ich hab' ein Gewehr! Ich hab' ein Gewehr!«

Jemand fährt ihn an: »Still! Bist du wahnsinnig?«

Die Männer stellen sich in Reih und Glied auf, Zug um Zug, Gruppe um Gruppe, die Munitionsträger sprechen ab, wann sie einander ablösen werden.

»Soweit ist alles klar«, sagt der Gerade, »die Einheit wird zwischen dem Gipfel des Pellegrino und der zweiten Schlucht Stellung beziehen. Vetter übernimmt das Kommando. Dort bekommt ihr Anweisungen vom Bataillon.«

Jetzt sind alle Augen auf ihn gerichtet, schläfrige und trübe Augen, die unter Haarsträhnen hervorsehen.

»Und du?« fragen sie ihn.

Der Gerade hat ein bißchen Schlaf zwischen den niedergeschlagenen Wimpern.

»Ich bin krank«, sagt er. »Ich kann nicht mitkommen.«

So, jetzt komme, was wolle. Die Männer haben noch nichts dazu gesagt. ›Ich bin erledigt‹, denkt der Gerade. Jetzt komme, was wolle. Es ist schrecklich, daß die Männer nichts sagen, keinen Einspruch erheben: es bedeutet, daß sie ihn bereits abgeschrieben haben, froh sind, daß er die letzte Bewährungsprobe ausgeschlagen hat, vielleicht haben sie das von ihm erwartet. Und doch begreifen sie nicht, was ihn dazu treibt, sich so zu verhalten; nicht einmal er, der Gerade, weiß genau, warum; aber nun komme, was wolle, es bleibt ihm nur noch, sich treiben zu lassen.

Pin dagegen begreift alles: er paßt genau auf, die Zunge zwischen den Zähnen, mit glühenden Wangen. Dort hinten, halb vergraben im Heu, ist Giglia, mit ihrer warmen Brust unter dem Männerhemd. Ihr ist heiß, in der Nacht mitten im Heu, und sie wälzt sich fortwährend herum. Einmal ist sie aufgestanden, als alle schliefen, hat sich die Hose ausgezogen und sich nackt in die Decken gewickelt: Pin hat sie gesehen. Während im Tal der Kampf toben wird, werden hier im Heuschuppen erstaunliche Dinge geschehen, hundertmal erregender als der Kampf. Darum also läßt der Gerade Pin mit zum Einsatz gehen. Pin hat das Gewehr vor seine Füße fallen lassen: seine Augen verfolgen jede Bewegung mit äußerster Aufmerksamkeit. Die Männer stellen sich wieder auf: keiner sagt zu Pin, daß er mit antreten solle.

Da krächzt auf einmal der Falke vom Dachgebälk her und schlägt mit den gestutzten Flügeln um sich wie in einem Anfall von Verzweiflung.

»Babeuf! Ich muß Babeuf füttern!« ruft Linkshand und läuft davon, um das Säckchen mit den Innereien für den Vogel zu holen. Doch da empören sich alle über ihn und über das Tier, es ist, als wollten sie ihre ganze Wut an etwas Faßbarem auslassen.

»Verrecken sollst du mitsamt deinem Falken! Verdammter Unglücksrabe! Immer wenn er krächzt, gibt's eine Katastrophe! Dreh ihm den Hals um!«

Linkshand steht vor ihnen mit dem Falken, der sich an seiner Schulter festkrallt, füttert ihn mit Fleischstückchen und sieht die Kameraden haßerfüllt an: »Der Falke gehört mir, und ihr habt gar nichts zu sagen, und wenn es mir paßt, nehm' ich ihn mit zum Einsatz, verstanden?«

»Dreh ihm den Hals um!« schreit der lange Zena, genannt Holzkappe. »Wir haben jetzt keine Zeit, uns um Falken zu kümmern! Dreh ihm den Hals um, sonst tun wir's!«

Und er will ihn packen. Doch er holt sich nur einen Schnabelhieb auf den Handrücken, so daß er blutet. Der Falke sträubt die Federn, breitet die Flügel aus und hört nicht mehr auf zu krächzen, dabei rollt er die gelben Augen.

»Siehst du? Siehst du? Das geschieht dir recht!« triumphiert der Koch. Die Männer stehen alle um ihn herum, die Bärte gesträubt vor Zorn, mit erhobenen Fäusten.

»Stopf ihm das Maul! Stopf ihm das Maul! Er bringt Unglück! Er hetzt uns noch die Deutschen auf den Hals!«

Der lange Zena, genannt Holzkappe, saugt sich das Blut von der verletzten Hand.

»Macht ihn kalt!« sagt er.

Herzog, das Maschinengewehr über der Schulter, hat die Pistole vom Gürtel gezogen.

»Ich errschieß' ihnn! Ich errschieß' ihnn!« knurrt er.

Der Falke denkt nicht daran, sich zu beruhigen, im Gegenteil, er wird immer aufgeregter.

»Bitte!« Linkshand gibt sich einen Ruck. »Bitte sehr! Seht her, was ich mit ihm mache. Bitte! Ihr habt es so gewollt!«

Er hat ihn mit beiden Händen am Hals gepackt und dreht und zieht jetzt daran, den Vogel mit dem Kopf nach unten zwischen seine Knie geklemmt. Die Männer sind stumm.

»Bitte sehr! Jetzt seid ihr zufrieden. Jetzt seid ihr alle zufrieden. Bitte!«

Der Falke rührt sich nun nicht mehr, die gestutzten Flügel hängen geöffnet herab, die gesträubten Federn legen sich. Linkshand wirft ihn auf eine Brombeerhecke, und

Babeuf bleibt mit den Flügeln hängen, den Kopf nach unten. Ein kurzes Zittern noch, dann stirbt er.

»In Reihe! Alle Mann in Reihe aufstellen, und dann los«, kommandiert Vetter. »Die MG-Schützen vorn, die Munitionsträger dahinter. Und dann die Gewehrschützen. Auf geht's!«

Pin ist abseits stehengeblieben. Er reiht sich nicht ein. Der Gerade dreht sich um und geht in die Hütte. Die Männer entfernen sich schweigend, auf dem Weg, der bergauf führt. Linkshand ist der letzte, mit seiner Matrosenjacke, die Schultern voller Vogeldreck.

Drinnen riecht die Dunkelheit nach Heu. Die Frau und der Mann liegen, die eine hier, der andere dort, in zwei entgegengesetzten Ecken, in ihre Decken gewickelt. Sie bewegen sich nicht. Pin könnte schwören, daß sie bis zum Tagesanbruch kein Auge zutun werden. Auch er hat sich hingelegt, er hält die Augen offen. Er wird hören und sehen: auch er wird kein Auge zutun. Die beiden kratzen sich nicht einmal, sie atmen ganz leise. Und doch sind sie wach, Pin weiß es; und allmählich schläft er ein.

Als er aufwacht, ist draußen heller Tag. Pin ist allein im zerdrückten Heu. Nach und nach fällt ihm alles wieder ein. Es ist der Tag des Kampfes! Warum hört man keine Schüsse? Es ist der Tag, an dem der Gerade, der Kommandant, die Frau des Kochs flachlegen wird! Pin steht auf und geht hinaus. Es ist ein blauer Tag wie alle andern, es ist beängstigend, ihn so blau zu sehen, ein Tag mit Vogelgesang, und es ist beängstigend, sie singen zu hören.

Die Küche ist zwischen den Mauerresten einer alten, verfallenen Hütte untergebracht. Drinnen hantiert Giglia. Sie schürt das Feuer unter einem Kochgeschirr mit Kastanien: bleich, mit tiefliegenden Augen.

»Pin! Möchtest du ein paar Kastanien?« fragt sie mit ihrem falschen mütterlichen Ton, als sei ihr daran gelegen, sich ihn gewogen zu halten.

Pin haßt den mütterlichen Ton der Frauen: er weiß, daß dies alles nur ein Trick ist und daß sie es schlecht mit ihm meinen, genau wie seine Schwester, und daß sie sich nur ein bißchen vor ihm fürchten. Er haßt sie.

Ob »es« schon geschehen ist? Und wo ist der Gerade? Er entschließt sich, danach zu fragen.

»Na: alles erledigt?« fragt er.

»Was?« meint Giglia.

Pin antwortet nicht: er sieht sie mit schiefem Blick an und verzieht den Mund.

»Ich bin gerade erst aufgestanden«, sagt Giglia, mit engelhaft unschuldiger Miene.

›Sie hat schon verstanden‹, denkt Pin. ›Alte Kuh. Sie hat schon verstanden.‹ Und doch scheint es ihm, als sei wirklich nichts geschehen: die Frau hat einen angespannten Gesichtsausdruck, es ist, als hielte sie den Atem an.

Jetzt erscheint der Gerade. Er hat sich gewaschen, er trägt ein buntes, verblichenes Handtuch um den Hals. Sein Gesicht ist das eines reifen Mannes, gezeichnet von Falten und Schatten.

»Sie schießen noch nicht«, sagt er.

»Gottverdammt, Gerader!« erwidert Pin. »Ob sie alle eingeschlafen sind?«

Der Gerade lächelt nicht, er saugt an seinen Zähnen.

»Die ganze Brigade oben auf den Bergen eingeschlafen, kannst du dir so was vorstellen?« meint Pin. »Und die Deutschen, die auf Zehenspitzen hier ankommen. *Raus! Raus!* Wir drehen uns um, und da stehen sie.«

Pin deutet auf eine Stelle, und der Gerade fährt herum.

Dann ärgert er sich, daß er sich umgedreht hat, und zuckt die Achseln. Er setzt sich neben das Feuer.

»Ich bin krank«, sagt er.

»Möchtest du ein paar Kastanien?« fragt Giglia.

Der Gerade spuckt in die Asche.

»Sie verbrennen mir den Magen«, erwidert er.

»Dann trink nur die Brühe.«

»Die verbrennt mir den Magen.«

Dann überlegt er sich's anders: »Gib her!«

Er führt den Rand des schmutzigen Kochgeschirrs an die Lippen und trinkt. Dann stellt er es wieder hin.

»Also, ich esse jetzt«, sagt Pin.

Und er stochert in dem verkochten Brei aufgewärmter Kastanien herum.

Der Gerade sieht zu Giglia auf. Die oberen Lider haben lange, harte Wimpern; die unteren sind nackt.

»Gerader«, sagt die Frau.

»Was gibt's?«

»Warum bist du nicht mitgegangen?«

Pin hat sein Gesicht im Kochgeschirr und schielt von unten nach oben, über den Rand hinweg.

»Mitgegangen, wohin?«

»Zum Einsatz natürlich, was für eine Frage.«

»Wohin sollte ich denn gehen, wohin sollte ich denn gehen, wo ich nun mal hiergeblieben bin und selbst nicht mehr weiß, was los ist!«

»Was stimmt denn nicht, Gerader?«

»Was stimmt denn nicht, was weiß denn ich, was nicht stimmt! Fertigmachen wollen sie mich, die von der Brigade, schon eine ganze Zeitlang spielen sie Katz und Maus mit mir. Jedesmal heißt es: Gerader, hör mal, Gerader, darüber reden wir später noch, jetzt sieh dich vor, Gerader, denk darüber nach, paß auf, der Krug geht so lange zum Wasser, bis er bricht ... Zum Teufel. Ich halte das nicht mehr aus. Wenn sie mir was zu sagen haben, dann sollen sie's gefälligst tun. Ich will auch mal machen, wozu ich Lust hab'.«

Giglia sitzt etwas höher als er. Sie sieht ihn lange an, tief atmend.

»Ich will machen, wozu ich Lust hab'«, sagt der Gerade zu ihr, mit gelben Augen. Er hat eine Hand auf ihr Knie gelegt.

Pin schlürft vernehmlich, den Mund im leeren Kochgeschirr.

»Gerader, wenn sie dir aber einen schlimmen Streich spielen...« meint Giglia.

Der Gerade ist näher zu ihr gerückt, jetzt kauert er zu ihren Füßen.

»Es macht mir nichts aus, zu sterben«, sagt er. Aber seine Lippen zittern, die Lippen eines kranken Jungen. »Es macht mir nichts aus, zu sterben. Aber vorher möchte ich ... vorher...«

Er hat den Kopf zurückgelehnt und sieht zu Giglia auf, die hoch über ihm sitzt.

Pin wirft das leere Kochgeschirr auf den Boden, mitsamt dem Löffel drin. Pling! macht der Löffel.

Der Gerade hat sich zu ihm umgedreht: jetzt sieht er ihn an, beißt sich auf die Lippen.

»Was ist?« fragt Pin.

Der Gerade gibt sich einen Ruck.

»Sie schießen nicht«, sagt er.

»Sie schießen nicht«, wiederholt Pin.

Der Gerade ist aufgestanden. Er läuft auf und ab, nervös. »Geh und hol Wasser, Pin!«

»Sofort«, erwidert Pin und bückt sich, um sich die Stiefel zu schnüren.

»Du bist blaß, Giglia«, sagt der Gerade. Er steht hinter ihr, berührt mit den Knien ihren Rücken.

»Vielleicht bin ich krank«, antwortet Giglia kaum hörbar.

Pin beginnt einen seiner monotonen Gesänge, die nie enden, wird immer lauter: »Sie ist blaß...! Sie ist blaß...! Sie ist blaß...! Sie ist blaß...! Sie ist blaß...! Sie ist blaß...!«

Der Mann hat beide Hände auf ihre Wangen gelegt und ihren Kopf hochgehoben: »Krank wie ich...? Sag, krank wie ich...?«

»Sie ist blaß... Sie ist blaß...« singt Pin vor sich hin.

Der Gerade wendet sich zu ihm, mit einer Miene, die nichts Gutes verheißt: »Gehst du jetzt endlich und holst Wasser?«

»Wart's doch ab«, sagt Pin, »ich binde mir den andern Schuh noch zu!«

Und er trödelt weiter mit seinen Schuhen herum.

»Ich weiß ja nicht, wie krank du bist...« sagt Giglia. »Wie krank bist du denn?«

Der Mann antwortet leise: »So krank, daß ich nicht mehr kann, so krank, daß ich's nicht länger aushalten kann!«

Er steht immer noch hinter ihr, jetzt hat er sie an den Schultern gepackt, hält sie unter den Achseln.

»Sie ist blaß... Sie ist blaß...«

»Wird's bald, Pin?!«

»Ja, ich geh' ja schon. Sofort. Gib mir die Weinflasche.«

Dann bleibt er unbeweglich stehen und lauscht. Auch der Gerade verharrt schweigend, den Blick ins Leere gerichtet.

»Sie schießen nicht«, sagt er.

»Nicht wahr? Sie schießen wirklich nicht...« antwortet Pin. Sie sind ganz still.

»Pin!«

»Ich geh' ja schon!«

Pin geht hinaus, die Weinflasche schlenkernd, pfeift die Melodie von vorhin. Es wird noch viel Spaß geben, heute. Pin wird kein Mitleid kennen: vor dem Geraden hat er keine Angst, der hat jetzt nichts mehr zu sagen; er hat sich geweigert, zum Einsatz mitzugehen, und hat nichts mehr zu sagen. Von der Küche aus kann man ihn jetzt bestimmt nicht mehr pfeifen hören. Pin verstummt, bleibt stehen und schleicht auf Zehenspitzen zurück. Sie werden wohl schon am Boden aufeinanderliegen, einander in den Hals beißen wie die Hunde! Und da ist Pin schon in der Küche, mitten in den Trümmern. Aber die beiden stehen immer noch da. Der Gerade hat seine Hände unter dem Haar der Frau, im Nacken, und sie macht eine katzenhafte Bewegung, als wolle sie sich ihm entziehen. Sie drehen sich sofort mit einem Ruck herum, als sie ihn hören.

»Was gibt's?« fragt der Mann.

»Ich wollte nur die andere Weinflasche holen«, sagt Pin, »an der hier ist schon das ganze Strohgeflecht ab.«

Der Gerade streicht sich mit der Hand über die Schläfe: »Da, nimm!«

Die Frau setzt sich neben den Kartoffelsack. »Schälen wir ein paar Kartoffeln, dann tun wir wenigstens was.«

Sie legt einen Sack auf die Erde, schüttet Kartoffeln darauf und holt zwei Messer.

»Da hast du ein Messer, Gerader. Und hier sind die Kartoffeln«, sagt sie.

Pin findet sie albern und scheinheilig.

Der Gerade fährt sich wieder mit der Hand über die Stirn. »Sie schießen noch nicht«, sagt er. »Wer weiß, was da los ist.«

Pin geht, jetzt wird er wirklich Wasser holen. Man muß ihnen Zeit lassen, sonst passiert nie etwas. Neben der Quelle steht ein Strauch voller Brombeeren. Pin fängt an, Brombeeren zu essen. Er mag Brombeeren, doch jetzt hat er keine richtige Lust darauf, er stopft sich den Mund voll, ohne viel Geschmack daran zu finden. So, nun hat er genug gegessen, jetzt kann er zurückgehen. Aber vielleicht ist es doch noch zu früh: besser, er verrichtet vorher noch sein Bedürfnis. Er hockt sich zwischen die Sträucher. Es ist angenehm, sich anzustrengen und dabei an den Geraden und Giglia zu denken, wie sie einander zwischen den Trümmern der Küche verfolgen, oder an die Männer, die man zu den Gruben führt, wo sie sich hinknien müssen, bei Sonnenuntergang, nackt und gelb und zähneklappernd, lauter unbegreifliche und böse Dinge, von eigenartigem Reiz, wie die eigenen Fäkalien.

Er säubert sich mit Blättern. Nun ist er fertig und geht.

In der Küche sind alle Kartoffeln auf den Boden geschüttet. Giglia hat sich in einer Ecke verschanzt, hinter den Säcken und dem Kessel, und hält das Messer in der Hand. Das Männerhemd ist aufgeknöpft: da sind ihre weißen, warmen Brüste, unter dem Hemd! Der Gerade steht auf der anderen Seite der Säcke, er bedroht sie mit dem Messer. Wahrhaftig: sie verfolgen einander, vielleicht werden sie gleich aufeinander losgehen.

Doch er lacht; alle beide lachen sie: sie machen nur Spaß. Ihr Lachen ist unaufrichtig, es ist ein Scherzen, das einem weh tut, aber sie lachen.

Pin setzt die Flasche ab. »Das Wasser«, sagt er laut. Jetzt

legen sie die Messer weg und kommen, um zu trinken. Der Gerade nimmt die Flasche und reicht sie Giglia. Giglia setzt sie an den Mund und trinkt, der Gerade starrt ihr auf die Lippen.

Dann sagt er: »Sie schießen immer noch nicht.«

Er wendet sich an Pin. »Sie schießen immer noch nicht«, wiederholt er. »Was mag da unten bloß los sein?«

Pin freut sich, wenn jemand ihn so etwas fragt, von Mann zu Mann. »Was meinst du, was da los sein mag, Gerader?«

Der Gerade trinkt in einem Zug, schüttet sich das Wasser in die Kehle, hört nicht mehr auf. Er wischt sich den Mund: »Nimm, Giglia, wenn du noch trinken willst. Trink nur, wenn du Durst hast, nachher lassen wir noch mehr holen.«

»Wenn ihr wollt, hole ich euch einen Eimer voll«, sagt Pin giftig.

Die beiden sehen sich an und lachen. Doch Pin begreift, daß sie nicht über das lachen, was er gesagt hat, daß es ein Lachen ist, das ihnen beiden allein gehört, geheimnisvoll und grundlos.

»Wenn ihr wollt«, sagt Pin, »bring' ich euch so viel, daß ihr darin baden könnt.«

Die beiden sehen sich immer noch an und lachen.

»Baden«, wiederholt der Mann, und man weiß nicht recht, ob er lacht oder mit den Zähnen klappert. »Baden, Giglia, baden.«

Er hat sie an den Schultern gepackt. Plötzlich verdüstert sich sein Gesicht, und er läßt sie los: »Dort. Sieh mal dorthin«, sagt er.

An einem Brombeerstrauch, nur ein paar Schritte von ihnen entfernt, hängt der Falke steif an seinen Flügeln.

»Fort damit! Fort mit dem Aas!« sagt er. »Ich will ihn nicht mehr sehen!«

Er hebt ihn an einem Flügel hoch und schleudert ihn weit weg, in die Rhododendronsträucher: Babeuf segelt durch die Luft, wie er wahrscheinlich in seinem ganzen Leben noch nie durch die Luft gesegelt ist. Giglia ist ihm in den Arm gefallen: »Nein. Armer Babeuf!«

»Weg damit!« Der Gerade ist bleich vor Zorn. »Ich will ihn nicht mehr sehen! Geh und vergrab ihn. Pin, geh und vergrab ihn! Hol dir den Spaten und vergrab ihn, Pin!«

Pin betrachtet den toten Vogel in den Rhododendronsträuchern: und wenn er sich nun aufrichtet, tot, wie er ist, und ihm die Augen aushackt?

»Ich geh' nicht hin!« sagt er.

Die Nasenflügel des Geraden beben, er hat die Hand an der Pistole: »Nimm den Spaten und mach, daß du fortkommst, Pin!«

Pin hebt den Falken jetzt an einem Fuß hoch: seine Fänge sind krumm und hart wie Haken. Pin macht sich mit geschultertem Spaten auf den Weg und trägt den getöteten Falken fort, dessen Kopf nach unten baumelt. Er durchquert die Rhododendronfelder, ein Waldstück, und jetzt ist er bei den Wiesen. Unterhalb der Wiesen, die in stumpfen Stufen den Berg hinansteigen, liegen alle Toten begraben, die Augen voll Erde, die toten Feinde und die toten Kameraden. Und jetzt auch der Falke.

Pin läuft über die Wiesen, in sonderbaren Bögen. Er will nicht, während er eine Grube für den Falken gräbt, mit der Schaufel auf ein menschliches Gesicht stoßen. Er will auch nicht auf sie drauftreten, auf die Toten, er fürchtet sich vor ihnen. Und doch wäre es schön, so einen Toten auszugraben, einen nackten Toten mit entblößten Zähnen und leeren Augenhöhlen.

Pin sieht nichts als Berge ringsum, riesige Schluchten, deren Sohle man nicht einmal erahnt, hohe und abschüssige Hänge, schwarz von Wäldern, und Berge, ganze Bergketten, eine hinter der anderen in unendlicher Folge. Pin ist allein auf der Erde. Unter der Erde die Toten. Die anderen Menschen, jenseits der Wälder und Hänge, reiben sich auf der Erde aneinander, Männer und Frauen, und werfen sich übereinander, um sich gegenseitig umzubringen. Der todesstarre Falke liegt zu seinen Füßen. Über ihm schweben riesige Wolken am windigen Himmel. Pin gräbt eine Grube für den getöteten Falken. Eine kleine Grube genügt; ein Vogel ist kein Mensch. Pin nimmt den Falken in die Hand; seine Augen sind geschlossen, die Lider weiß und nackt, fast menschlich. Wenn man versucht, sie hochzuziehen, sieht man das runde, gelbe Auge darunter. Man könnte fast Lust bekommen, den Falken hoch in die Lüfte über der Schlucht zu werfen und zu sehen, wie er die Schwingen ausbreitet und sich zum Flug erhebt und einen Kreis über Pin beschreibt, um dann einem Punkt in weiter Ferne entgegenzufliegen. Und er, Pin, würde ihm folgen, wie im Märchen, über Berge und Täler, bis in ein verzaubertes Land, wo es nur gute Menschen gibt. Statt dessen legt Pin den Falken in die Grube und läßt mit dem umgedrehten Spaten Erde auf ihn fallen.

In diesem Augenblick bricht ein Donner los und füllt die ganze Schlucht: Schüsse, Salven, dumpfe Schläge, vom Echo vervielfacht. Das Gefecht! Pin ist erschrocken zurückgewichen. Ein entsetzliches Getöse zerreißt die Luft: nahe, sie sind ganz dicht bei ihm, man weiß nicht recht, wo. Bald werden feurige Geschosse auf ihn niederstürzen. Bald werden von den Steilhängen ringsum die Deutschen hervorbrechen, mit Maschinenpistolen behangen, und über ihn herfallen.

»Gerader!«

Pin läuft jetzt davon. Den Spaten hat er in der Grube steckenlassen. Er rennt, und die Luft um ihn zerreißt vom Getöse.

»Gerader! Giglia!«

Da: jetzt rennt er durch den Wald. Maschinengewehrfeuer, bumm!, Handgranaten, Mörserschläge: das Gefecht ist urplötzlich aus seinem Schlaf aufgefahren, und man erkennt nicht, wo es eigentlich ist, vielleicht nur wenige Schritte von ihm entfernt, vielleicht wird er dort, hinter der Wegbiegung, das feuerspeiende Maschinengewehr vor sich sehen und die toten Körper, die zwischen den Dornenbüschen hängen.

»Hilfe! Gerader! Giglia!«

Jetzt ist er auf den kahlen Hängen mit den Rhododendronsträuchern. Unter freiem Himmel klingen die Schüsse noch unheimlicher.

»Gerader! Giglia!«

In der Küche: niemand. Sie sind weg! Sie haben ihn allein gelassen!

»Gerader! Sie schießen! Sie schießen!«

Pin rennt ziellos über die Hänge, weinend. Dort, zwischen den Büschen, eine Decke, eine Decke mit einem menschlichen Körper darunter, der sich bewegt. Ein Körper, nein, zwei Körper, zwei Paar Beine kommen darunter hervor, ineinander verschlungen, sie zucken.

»Es geht los! Gerader! Sie schießen! Es geht los!«

11

Die Brigade erreicht den Mezzaluna-Paß nach vielen, vielen Stunden des Marsches. Es weht ein kalter Nachtwind, der einem den Schweiß bis auf die Knochen gefrieren läßt, aber die Männer sind zu müde, um zu schlafen, und die Kommandanten lassen hinter einem Felsabsatz haltmachen zu kurzer Rast. Im Halbschatten der nebligen Nacht sieht der Paß aus wie eine nach innen gewölbte Wiese mit verschwommenen Umrissen zwischen zwei von Nebelringen umgebenen Felsschroffen. Auf der anderen Seite die freien Täler und Niederungen, neue, vom Feind noch nicht besetzte Gebiete. Seit die Männer zum Kampf aufgebrochen sind, haben sie keine Ruhepause mehr gehabt. Und doch ist die Stimmung noch nicht in eine jener gefährlichen Depressionen umgeschlagen, wie sie oft auf lange Mühen folgen: die Kampfbegeisterung und der Schwung halten noch vor. Das Gefecht war blutig und endete mit einem Rückzug: aber es war keine Niederlage. Die Deutschen fanden hinter einem Engpaß die Gebirgskämme plötzlich vollbesetzt von schreienden Männern, und Feuer blitzte von den Höhen; viele von ihnen rollten in die Straßengräben, ein paar Lastwagen fingen an zu rauchen und Flammen zu spucken wie Heizkessel, und nach einer Weile waren es nur noch schwarze Wracks. Dann kamen die Verstärkungen, aber sie konnten wenig machen: ein paar Partisanen ausschalten, die gegen den Befehl auf der Straße geblieben oder im Getümmel abgeschnitten worden waren. Denn die Kommandanten hatten, rechtzeitig davon benachrichtigt, daß eine neue Wagenkolonne im Anmarsch war, ihre Formationen abgezogen und waren über die Berge ausgewichen, um einer Umzingelung zu entgehen. Freilich sind die Deutschen nicht so, daß sie nach einer Niederlage klein beigeben, darum beschließt Ferriera, die Brigade das Gebiet aufgeben zu lassen, das nun zur Falle werden könnte, und sie in andere Hochtäler zu verlegen, die leichter zu verteidigen sind. Der Rückzug, still und geordnet, läßt das Dunkel der Nacht hinter sich auf dem Saumpfad zum Mezzaluna-Paß, den Abschluß bildet eine Maultierkarawane mit der Munition, den Lebensmitteln und den Verwundeten.

Die Männer des Geraden klappern jetzt vor Kälte mit den Zähnen, hinter dem Felsabsatz; sie haben die Decken über Kopf und Schulter gezogen, wie arabische Gewänder. Die Einheit hat einen Toten zu beklagen: Kommissar Giacinto, den Kesselflicker. Er blieb auf einer Wiese liegen, unter dem Beschuß eines deutschen Flammenwerfers, und all seine bunten Vagabundenträume haben ihn nun verlassen, zusammen mit all seinem Ungeziefer, das kein Insektenmittel zu vertreiben vermochte. Außerdem gibt es einen Leichtverletzten: Graf, einer der kalabresischen Schwäger, ist an der Hand verwundet.

Der Gerade ist bei seinen Männern, mit gelbem Gesicht und einer Decke über den Schultern, mit der er wirklich krank aussieht. Er mustert die Männer, einen nach dem andern, stumm, bewegt nur die Nasenflügel. Ab und zu scheint es, als wolle er einen Befehl erteilen, aber dann schweigt er doch. Die Männer haben ihn noch nicht wieder angesprochen. Würde er einen Befehl erteilen oder ein Kamerad ihn ansprechen, dann würden sie sicher alle auf ihn losgehen und ihn beschimpfen. Jetzt aber ist nicht der Augenblick dazu: das haben alle begriffen, er und die andern, wie in stillschweigender Übereinkunft, und er verzichtet weiterhin darauf, Befehle zu erteilen und Vorwürfe zu machen, und die andern verhalten sich so, daß sie ihm keinen Anlaß dazu geben. Auf diese Weise marschiert die Einheit diszipliniert, ohne sich zu weit auseinanderzuziehen und ohne Streit wegen der Ablösung beim Lastentragen; man würde nicht meinen, daß sie keinen Kommandanten hat. Und der Gerade ist wirklich noch Kommandant, ein Blick von ihm genügt, um die Männer zur Ordnung zu rufen: er ist ein großartiger Kommandant, eine großartige Kommandanten-Natur, der Gerade.

Pin, in eine dicke Wollmütze eingemummt, sieht den Geraden an, dann Giglia, dann Linkshand. Ihre Gesichter haben einen alltäglichen Ausdruck, sind nur vor Kälte und Müdigkeit eingefallen; auf keinem der Gesichter steht die Rolle geschrieben, die sie in der Geschichte des vorangegangenen Morgens gespielt haben. Andere Einheiten ziehen vorüber: sie halten weiter vorn oder setzen ihren Marsch fort.

»Gian, der Fahrer! Gian!«

In einer Gruppe, die gerade haltmacht, hat Pin seinen alten Freund aus der Osteria entdeckt: er ist als Partisan gekleidet und schwer bewaffnet. Gian erkennt nicht, wer ihn da ruft, dann ist auch er überrascht: »Ach ... Pin!«

Sie begrüßen sich freudig, mit verhaltenem Überschwang, wie Menschen, die nicht gewohnt sind, allzu viele Freundlichkeiten auszutauschen. Gian der Fahrer hat sich verändert: seit einer Woche erst ist er bei den Partisanen, und schon hat er nicht mehr diesen Blick eines Höhlenbewohners, tränend vor Rauch und Alkohol wie die Männer aus der Osteria. Anscheinend will er sich einen Vollbart wachsen lassen. Er ist im Bataillon von Schwert.

»Als ich mich bei der Brigade gemeldet habe, wollte

Kim mich eurer Einheit zuteilen...« sagt Gian. Und Pin denkt: ›Er weiß nicht, was das bedeutet, vielleicht hat der Unbekannte vom Komitee nach dem Abend in der Osteria einen negativen Bericht über sie alle abgegeben.‹

»Verdammt, Gian, dann wären wir ja zusammen!« sagt Pin. »Warum haben sie's nicht gemacht?«

»Ich weiß auch nicht: Nachher haben sie gesagt, es hätte doch keinen Zweck: eure Einheit lösen sie bald auf!«

›Da haben wir's‹, denkt Pin. ›Da kommt einer ganz frisch dazu und weiß schon das Neuste über uns.‹ Pin hingegen weiß überhaupt nichts mehr von dem, was sich in der Stadt tut. »Fahrer«, sagt er, »was gibt's Neues in der Gasse? Und in der Osteria?«

Gian sieht bitterbös drein: »Hast du denn gar keine Ahnung?« fragt er.

»Nein«, erwidert Pin. »Was gibt's denn? Hat die Bersagliera ein Kind gekriegt?«

Gian spuckt verächtlich aus: »Mit diesen Leuten will ich nichts mehr zu tun haben. Ich schäme mich, daß ich unter ihnen geboren wurde. Schon seit Jahren hatte ich alles satt, die Leute, die Osteria, den Pissegestank in der Gasse... Jetzt hab' ich fliehen müssen, und fast bin ich dem Aas dankbar, das mich verpfiffen hat...«

»Mischäl, der Franzose?« fragt Pin.

»Einer ist der Franzose. Aber nicht er ist das Aas. Er treibt ein doppeltes Spiel, in der Schwarzen Brigade und mit dem *Gap*; und er hat sich noch nicht entschieden, auf welche Seite er sich schlagen soll...«

»Und die andern?«

»Man hat eine Razzia durchgeführt. Und alle gefaßt. Wir hatten uns gerade entschlossen, einen *Gap* auf die Beine zu stellen... Giraffe haben sie erschossen... Die andern sind in Deutschland... Die Gasse ist jetzt wie ausgestorben... Bei einem Luftangriff ist eine Bombe in der Nähe der Bäckerei abgeworfen worden; alle sind evakuiert worden oder hausen im Luftschutzkeller... Hier ist das Leben anders; es kommt mir vor, als wäre ich wieder in Kroatien, nur daß ich jetzt, mit Gottes Hilfe, auf der anderen Seite bin...«

»In Kroatien, gottverdammt, Fahrer, was hast du dir denn da zugelegt, eine Geliebte...? Und meine Schwester, sag, ist die auch evakuiert worden?«

Gian streicht sich über den sprießenden Bart. »Deine Schwester«, sagt er, »die ist schuld daran, daß die andern evakuiert wurden, diese Kuh.«

»Das mußt du mir erklären«, gibt Pin gewollt komisch zurück, »du weißt doch, daß mich so was kränkt.«

»Trottel! Deine Schwester ist bei der SS, trägt Seidenkleider und fährt mit den Offizieren im Auto spazieren! Und als die Deutschen in die Gasse kamen, war sie es, die sie von Wohnung zu Wohnung geführt hat, Arm in Arm mit einem deutschen Hauptmann!«

»Einem Hauptmann, Gian! Gottverdammt, was für eine Karriere!«

»Sprecht ihr von Weibern, die denunzieren?« Es ist Vetter, der dies sagt, wobei er ihnen sein breites, plattes und schnurrbärtiges Gesicht entgegenstreckt.

»Es geht um meine Schwester, dieses Scheusal«, antwortet Pin. »Sie hat immer gepetzt, schon als Kind. Das war zu erwarten.«

»Das war zu erwarten«, sagt Vetter und blickt in die Ferne, mit seinem bekümmerten Gesichtsausdruck unter dem Wollmützchen.

»Auch von Mischäl, dem Franzosen, war es zu erwarten«, sagt Gian. »Aber er ist kein schlechter Kerl, Mischäl, er ist nur ein Gauner.«

»Und Pelle, kennst du diesen Neuen von der Schwarzen Brigade: Pelle?«

»Pelle«, erwidert Gian, der Fahrer, »ist der Schlimmste von allen.«

»*War* der Schlimmste von allen«, sagt eine Stimme hinter ihnen. Sie drehen sich um: es ist der Rote Wolf, der gerade ankommt, behängt mit Waffen und Maschinengewehr-Ladegurten, die er von den Deutschen erbeutet hat. Sie begrüßen ihn freudig: alle sind froh, den Roten Wolf wiederzusehen.

»Also, was ist mit Pelle? Wie war es?«

Der Rote Wolf erwidert: »Es war eine *Gap*-Aktion« und beginnt zu erzählen.

Pelle ging hin und wieder zum Schlafen nach Hause, nicht in die Kaserne. Er wohnte allein, in einer Mansarde der Sozialbauten, und dort bewahrte er das ganze Arsenal von Waffen auf, die er sich hatte organisieren können, weil er sie in der Kaserne mit den andern hätte teilen müssen. Eines Abends geht Pelle nach Hause, bewaffnet wie immer. Es folgt ihm jemand, in Zivil, mit einem Regenmantel, die Hände tief in den Taschen vergraben. Pelle fühlt sich von einer Schußwaffe bedroht. ›Am besten tue ich so, als wäre nichts‹, denkt er und geht weiter. Auf dem Bürgersteig gegenüber läuft noch ein Unbekannter im Regenmantel, die Hände in den Taschen. Pelle macht kehrt, die beiden andern machen auch kehrt. ›Jetzt heißt es: schnell nach Hause kommen‹, denkt er. ›Und sowie ich an der Haustür bin, springe ich hinein und schieße hinter dem Türpfosten hervor, damit sich keiner in die Nähe wagt.‹ Doch auf dem Bürgersteig, hinter der Haustür, ist noch ein Mann im Regenmantel, der auf ihn zukommt. ›Ich lasse ihn am besten vorbei‹, denkt Pelle. Er bleibt stehen, die Männer im Regenmantel bleiben auch stehen, alle drei. Jetzt so schnell wie möglich zur Tür. Im Hausflur, hinten, auf das Treppengeländer gestützt, stehen noch zwei im Regenmantel, unbeweglich, die Hände in den Taschen, und Pelle ist schon drinnen. ›Jetzt haben sie mich in der Falle‹, denkt er, ›gleich werden sie sagen: Hände hoch!‹ Aber sie scheinen ihn gar nicht anzusehen. Pelle geht an ihnen vorbei und steigt die Treppen hinauf. ›Wenn sie mir nachkommen‹, denkt er, ›beuge ich mich über das Geländer und schieße den Treppenschacht hinunter.‹ Am zweiten Treppenabsatz sieht er nach unten. Sie folgen ihm. Aber Pelle ist noch im Schußfeld ihrer unsichtbaren, in den Taschen der Regenmäntel verborgenen Waffen. Wieder ein Treppenabsatz; Pelle schielt hinunter. Auf jeder Treppe unter ihm kommt ein Mann herauf. Pelle steigt weiter nach oben und hält sich dicht an der Wand, aber an welchem Punkt des Treppenhauses er sich auch befindet, immer bleibt ein *Gap*-Mann eine oder zwei oder drei oder vier Treppen unter ihm, der dicht an der Wand heraufkommt und ihn im Schußfeld behält. Sechs Stockwerke, sieben Stockwerke, der Treppenschacht sieht im unsicheren Licht der Verdunkelung aus wie ein Spiegelkabinett mit diesem Mann im Regenmantel, der auf jeder Treppe wiedererscheint und langsam heraufkommt, in Spiralen. ›Wenn sie mich nicht erschießen, ehe ich die Mansarde erreicht habe‹, denkt Pelle, ›bin ich gerettet: Dann verbarrikadiere ich mich, und drinnen habe ich so viele Waffen und Handgranaten, daß ich mich verteidigen kann, bis die ganze Schwarze Brigade eintrifft.‹ Er ist jetzt im obersten Stockwerk, im Dachgeschoß. Pelle rennt über den letzten Treppenabsatz, reißt die Tür auf, stürmt hinein, wirft die Tür hinter sich zu. ›Ich bin in Sicherheit‹, denkt er. Doch jenseits der Mansardenfenster steht ein Mann im Regenmantel auf den Dächern, der auf ihn zielt. Pelle hebt die Hände, die Tür hinter ihm öffnet sich wieder. Von den Geländern der Treppenabsätze aus zielen all die Männer im Regenmantel auf ihn. Und einer von ihnen, niemand weiß, wer, hat geschossen.

Alle Kameraden am Mezzaluna-Paß stehen um den Roten Wolf herum und haben seinem Bericht atemlos zugehört. Manchmal übertreibt der Rote Wolf die Dinge ein bißchen, die er erzählt, aber er erzählt sehr gut.

Jetzt fragt einer: »Und welcher davon bist du gewesen, Roter Wolf?«

Der Rote Wolf lächelt: er schiebt sich die Schirmmütze auf seinem im Gefängnis glattrasierten Kopf zurück. »Der auf dem Dach«, sagt er.

Dann zählt der Rote Wolf alle Waffen auf, die Pelle dort oben gesammelt hatte: Maschinenpistolen, Stens, Schnellfeuergewehre, Mase, Handgranaten, Pistolen aller Art und aller Kaliber. Der Rote Wolf sagt, da sei sogar ein Granatwerfer gewesen.

»Seht mal«, sagt er und zeigt ihnen eine Pistole und eine besondere Art von Handgranaten. »Ich hab' mir nur das hier mitgenommen. Die *Gaps* sind schlechter bewaffnet als wir und brauchten die Waffen nötiger.«

Plötzlich fällt Pin seine Pistole ein: wenn Pelle den Platz kannte und sie geholt hat, war sie auch dabei; und jetzt steht sie ihm zu, Pin, man kann sie ihm nicht wegnehmen!

»Roter Wolf, hör mal, Roter Wolf«, sagt er und zupft ihn an der Jacke. »Hatte Pelle auch eine P 38 unter seinen Pistolen?«

»P 38?« erwidert der andere. »Nein, eine P 38 war nicht dabei. Er hatte alle möglichen Typen, aber eine P 38 fehlte in der Sammlung.«

Und der Rote Wolf fährt fort, die Vielfalt und Seltenheit der Stücke zu beschreiben, die der besessene Junge gesammelt hatte.

»Bist du ganz sicher, daß keine P 38 dabei war?« fragt Pin. »Vielleicht hat sie sich einer vom *Gap* genommen?«

»Aber nein, glaubst du, ich hätte es nicht gemerkt, wenn eine P 38 dabeigewesen wäre? Wir haben die Verteilung ja gemeinsam gemacht.«

›Dann ist die Pistole noch bei den Höhlen eingegraben‹, denkt Pin, ›sie gehört mir ganz allein, es stimmte gar nicht, daß Pelle den Platz kannte, niemand kennt diesen Platz.‹ Es ist Pins Platz, ein magischer Platz. Das beruhigt ihn sehr. Was auch immer geschehen mag, die Spinnenhöhlen sind da und die vergrabene Pistole.

Der Morgen naht. Die Brigade hat noch einen stundenlangen Marsch vor sich, doch die Kommandanten bedenken, daß nach Sonnenaufgang ein solcher Aufmarsch von Männern über ungedeckte Wege ihre Verlegung gleich verraten würde, und beschließen, die darauffolgende Nacht abzuwarten, um ihren Weg völlig unbemerkt fortzusetzen.

Hier waren einmal Grenzbefestigungen, an denen die Generäle lange Jahre hindurch vorgegeben haben, einen Krieg vorzubereiten, den sie dann doch unvorbereitet begonnen haben; und die Berge sind übersät von den langgestreckten, niedrigen Bauten der Militärunterkünfte. Ferriera gibt den Einheiten Befehl, die Unterkünfte zu beziehen, um sich darin auszuschlafen, und den ganzen folgenden Tag darin versteckt zu bleiben, bis es für den Weitermarsch dunkel und neblig genug sein würde.

Den einzelnen Formationen werden ihre Plätze zugewiesen: die Einheit des Geraden bekommt einen kleinen Bau aus Beton, der ganz für sich allein steht, mit Eisenringen an den Wänden: es muß einmal ein Stall gewesen sein. Die Männer strecken sich auf dem Boden aus, auf dem wenigen verfaulten Stroh, und schließen die müden Augen, die noch voll sind von Bildern des Kampfes.

Am Morgen ist es langweilig, dichtgedrängt dort drinnen hocken zu müssen, während nur jeweils einer hinausgehen darf, um hinter einer Mauer zu pissen; aber wenigstens ruht man sich dabei aus. Es darf jedoch weder gesungen noch Feuer gemacht werden, um zu kochen: unten in den Tälern liegen ganze Dörfer voll Denunzianten mit Ferngläsern vor den Augen und gespitzten Ohren. Das Essen wird der Reihe nach in einer Feldküche mit einem Kamin gemacht, der unter der Erde durchgeht und erst weit entfernt herauskommt.

Pin weiß nichts mit sich anzufangen; er hat sich in die sonnenbeschienene Türöffnung gesetzt und sich die durchgelaufenen Schuhe ausgezogen und die Strümpfe, die keine Fersen mehr haben. Er betrachtet seine Füße in der Sonne, streicht liebevoll über die Wunden, kratzt den Schmutz zwischen den Zehen heraus. Dann sucht er sich nach Läusen ab: man muß tagtäglich eine Säuberungsaktion machen, sonst ergeht es einem wie Giacinto, dem armen Giacinto. Aber wozu sich eigentlich noch entlausen, wenn man dann wie Giacinto eines Tages doch stirbt? Vielleicht hat sich Giacinto nicht mehr entlaust, weil er wußte, daß er sterben würde. Pin ist traurig. Das erste Mal, daß er ein Hemd nach Läusen abgesucht hat, war bei Pietromagro, im Gefängnis. Pin hätte Lust, bei Pietromagro zu sein und die Werkstatt in der Gasse wiederzueröffnen. Doch die Gasse ist jetzt ausgestorben, alle sind geflohen oder gefangen oder tot, und seine Schwester, dieses Scheusal, verkehrt mit den Hauptleuten. Bald wird Pin von allen verlassen sein, in einer unbekannten Welt, und nicht mehr wissen, wohin er gehen soll. Die Kameraden aus der Einheit sind ein widersprüchlicher und ihm fremder Haufen, wie die Freunde aus der Osteria, hundertmal faszinierender und hundertmal unbegreiflicher als die Freunde aus der Osteria, mit ihrer Lust zu töten in den Augen und ihrer tierischen Art, sich mitten zwischen den Rhododendronsträuchern zu paaren. Der einzige, mit dem man sich verstehen könnte, ist Vetter, der große, sanfte und erbarmungslose Vetter, aber der ist jetzt nicht da: als Pin am Morgen aufwachte, hat er ihn nicht mehr gesehen: er verschwindet von Zeit zu Zeit mit seiner Maschinenpistole und dem Wollmützchen, und niemand weiß, wohin er geht. Jetzt wird auch noch die Einheit aufgelöst. Das hat Kim zu Gian, dem Fahrer, gesagt. Die Kameraden wissen es noch nicht. Pin wendet sich zu ihnen, die zusammengedrängt auf dem kümmerlichen Strohbelag des Betonbaus sitzen.

»Gottverdammt, wenn ich euch keine Neuigkeiten brächte, wüßtet ihr nicht mal, daß ihr auf der Welt seid!«

»Was gibt's denn? Spuck schon aus!« erwidern sie.

»Die Einheit wird aufgelöst«, sagt er. »Sobald wir im neuen Quartier sind.«

»Ach komm! Wer hat das behauptet?«

»Kim. Ich schwör's euch.«

Der Gerade gibt durch keinerlei Zeichen zu erkennen, daß er zugehört hat; er weiß, was das bedeutet.

»Erzähl keine Märchen, Pin. Und wo schicken sie uns dann hin?«

Sie beginnen, über die Abteilungen zu sprechen, auf die die einzelnen Männer verteilt werden könnten, und darüber, wohin sie am liebsten möchten.

»Aber wißt ihr denn nicht, daß sie für jeden von uns eine eigene Einheit aufstellen?« ruft Pin dazwischen.

»Sie machen uns alle zu Kommandanten. Holzkappe wird Kommandant der Lehnstuhlpartisanen. Wirklich, eine Abteilung von Partisanen, die ihre Gefechtsaktionen sitzend durchführen. Gibt's nicht auch berittene Soldaten? Und jetzt wird es eben Partisanen auf rollenden Lehnstühlen geben!«

Warte, bis ich fertiggelesen habe«, sagt der lange Zena, genannt Holzkappe, und hält mit dem Finger die Stelle im *Super-Krimi* fest, »dann geb' ich dir die Antwort drauf, jetzt bin ich gerade dabei, herauszufinden, wer der Mörder ist.«

»Der Ochsenmörder?« fragt Pin.

Der lange Zena begreift überhaupt nichts mehr, weder was das Buch noch was die Unterhaltung betrifft: »Was für ein Ochse?«

Pin bricht in sein typisches Lachen voller I-Laute aus, weil der andere darauf hereingefallen ist: »Der Ochse, der dir sein Maul vermacht hat. Ochsenmaul, Ochsenmaul!«

Holzkappe stützt sich auf eine seiner riesigen Hände, um sich aufzurichten, dabei läßt er den Finger im Buch, fuchtelt mit der anderen Hand in der Luft herum, um Pin zu erwischen; dann merkt er, daß es zu anstrengend ist, und fängt wieder an zu lesen.

Alle Männer lachen über Pins Sprüche und genießen das Schauspiel: wenn Pin erst einmal anfängt zu spotten, gibt er keine Ruhe, bis er sich alle vorgenommen hat, einen nach dem anderen.

Pin lacht, daß ihm die Tränen kommen, ausgelassen und erregt. Jetzt ist er in seinem Element, mitten unter den Erwachsenen, Menschen, die ihm feind und freund zugleich sind, Menschen, mit denen er scherzen kann, bis der Haß abreagiert ist, den er gegen sie fühlt. Er weiß, daß er unerbittlich ist: er wird erbarmungslos zuschlagen.

Auch Giglia lacht, aber Pin weiß, daß ihr Lachen falsch ist: sie hat Angst. Pin wirft ihr hin und wieder einen Blick zu: sie senkt die Augen nicht, doch das Lächeln zittert ihr auf den Lippen. ›Warte nur‹, denkt Pin, ›du wirst nicht mehr lange lachen.‹

»Carabiniere!« sagt Pin. Bei jedem neuen Namen, den er ausspricht, haben die Männer ein unterdrücktes Grinsen auf dem Gesicht, freuen sich schon auf das, was Pin wieder von sich geben wird.

»Carabiniere wird eine Spezialeinheit erhalten...« fährt Pin fort.

»Ordnungsdienst«, sagt Carabiniere, um sich im voraus abzusichern.

»Nein, mein Hübscher, eine Einheit zum Verhaften von Eltern!«

Wenn man ihn an die Sache mit den Eltern erinnert, deren Söhne sich dem Wehrdienst entzogen haben und die als Geiseln verhaftet wurden, gerät Carabiniere jedesmal außer Rand und Band.

»Das ist nicht wahr! Ich habe nie Eltern verhaftet!«

Pin spricht mit beherrschter, giftiger Ironie; die andern unterstützen ihn: »Reg dich nicht auf, mein Hübscher, reg dich bloß nicht auf! Eine Einheit zum Verhaften von Eltern. Du bist so gut im Verhaften von Eltern...«

Carabiniere ist völlig außer sich, aber dann besinnt er

sich doch, daß es besser sei, ihn reden zu lassen, bis er genug hat und sich einen andern vorknöpft.

»Jetzt wären wir bei...« Pin sieht in die Runde, dann hält er inne, grinst mit entblößten Zähnen, und die Augen verschwinden in lauter Sommersprossen. Die Männer haben schon begriffen, wer gemeint ist, und halten ihr Lachen zurück. Herzog ist von Pins Grinsen wie hypnotisiert, mit senkrecht stehendem Schnurrbart und angespannter Kinnlade.

»Ich schlagg euch den Schädel ein, ich schpieß euch am Arrrsch auf...« stößt er zwischen den Zähnen hervor.

»... Herzog lassen wir eine Einheit der Kaninchenschlächter aufstellen. Gottverdammt, bei all deinen großen Worten, Herzog, hab' ich dich noch nie was anderes tun sehen als Hühnern den Hals umzudrehen oder Kaninchen das Fell abzuziehen.«

Herzog legt die Hand an seine riesige österreichische Pistole, und es sieht aus, als wolle er jemanden auf die Hörner nehmen mit seiner Pelzmütze: »Ich schlitz dirr den Bauch auf!« brüllt er.

Da macht Linkshand einen Fehler. Er sagt: »Und Pin? Was für ein Kommando geben wir Pin?«

Pin sieht ihn an, als bemerke er seine Anwesenheit erst jetzt: »Ach Linkshand, bist du auch wieder da?... So lange weg von zu Hause... Während du weg warst, ist allerhand passiert...«

Er dreht sich langsam um: der Gerade sitzt in einer Ecke, mit ernstem Gesicht; Giglia neben der Tür, mit ihrem scheinheiligen Lächeln, das ihr auf den Lippen klebt.

»Rate mal, was für eine Einheit du kommandieren wirst, Linkshand...«

Linkshand lacht säuerlich, will ihm zuvorkommen:

»... Eine Einheit von Kochtöpfen...« sagt er und bricht in ein Gelächter aus, als hätte er den besten Witz der Welt erzählt.

Pin schüttelt den Kopf, ernst. Linkshand blinzelt: »... Eine Einheit von Falken...« meint er und versucht, wieder zu lachen, aber aus seiner Kehle dringen nur sonderbare Laute.

Pin bleibt ernst, schüttelt den Kopf.

»... Eine Marine-Einheit...« sagt Linkshand, sein Mund bleibt geschlossen, Tränen stehen ihm in den Augen.

Pin hat seinen komisch-scheinheiligen Gesichtsausdruck aufgesetzt, er spricht langsam und salbungsvoll: »Weißt du, deine Einheit wird fast so sein wie alle anderen. Aber sie wird sich nur auf Wiesen fortbewegen können, auf breiten Straßen, auf dem Flachland, wo niedrige Pflanzen wachsen...«

Linkshand fängt wieder an zu lachen, erst stumm, dann immer lauter: er ahnt noch nicht, worauf der Junge hinauswill, aber er lacht trotzdem. Die Männer hängen an Pins Lippen, ein paar haben bereits verstanden und lachen.

»Überall kann sie hingehen, nur nicht in die Wälder... nur nicht dahin, wo Zweige sind... Zweige...«

»Wälder... Ha, ha, ha... Zweige«, kichert Linkshand. »Und warum...?«

»Sie würde darin hängenbleiben..., deine Einheit... die Einheit der Gehörnten!«

Die andern brechen in Gelächter aus, das wie ein Heulen klingt. Der Koch ist aufgestanden, sauer, mit verkniffenem Mund. Das Gelächter ebbt ein wenig ab. Der Koch sieht sich um, dann fängt er wieder an zu lachen, mit geschwollenen Augen und verzogenem Mund, ein gezwungenes, übertriebenes Lachen, und schlägt sich auf die Knie oder deutet mit dem Finger auf Pin, als wolle er sagen: »Da hat er wieder mal was Schönes von sich gegeben!«

»Pin... seht ihn euch an...« sagt er mit falschem Grinsen, »Pin... ihm geben wir die Einheit der Scheißhäuser, jawohl...«

Auch der Gerade ist aufgestanden.

Er tritt ein paar Schritte vor. »Hört auf mit diesem Blödsinn!« sagt er schroff. »Habt ihr nicht begriffen, daß kein Lärm gemacht werden darf?«

Es ist das erste Mal nach dem Kampf, daß er einen Befehl erteilt. Und er bedient sich dabei des Vorwandes, daß man keinen Lärm machen dürfe, statt zu sagen: »Hört auf, dieses Spiel paßt mir nicht.«

Die Männer sehen ihn mit schiefen Blicken an: er ist nicht mehr ihr Kommandant.

Da läßt Giglia ihre Stimme vernehmen: »Pin, warum singst du uns nicht lieber ein Lied vor. Das eine, sing uns...«

»Die Einheit der Scheißhäuser...« krächzt Linkshand.

»Mit einem Nachttopf auf dem Kopf... Ha, ha, ha... Pin mit einem Nachttopf auf dem Kopf, stellt euch das mal vor...«

»Welches soll ich dir vorsingen, Giglia?« fragt Pin. »Das von neulich?«

»Ruhe!« sagt der Gerade. »Kennt ihr den Befehl nicht? Wißt ihr nicht, daß wir in der Gefahrenzone sind?«

»Sing uns das Lied«, sagt Giglia, »das eine, das du so gut kannst... Wie geht es noch? Tralì, tralà...«

»Mit einem Nachttopf auf dem Kopf«, der Koch schlägt sich immer noch vor lauter Lachen auf die Knie und hat Tränen der Wut am Rand der Lider. »Und Klistierspritzen als automatische Waffen... Eine Klistiersalve gibt er auf euch ab, der Pin...«

»Tralì, tralà, Giglia, bist du auch sicher...« meint Pin. »Hab' nie ein Lied gekannt mit tralì und tralà, so eins gibt es gar nicht...«

»Klistiersalven... seht ihn euch an... den Pin...« krächzt der Koch.

»Tralì tralà«, beginnt Pin zu improvisieren, »der Mann zieht in den Krieg hinaus, tralì tralà, die Frau, die bleibt allein zu Haus!«

»Tralì tralà, der Pin, der ist als Kuppler da!« kreischt Linkshand, bemüht, Pins Stimme zu übertönen.

Der Gerade erfährt zum erstenmal, daß keiner ihm gehorcht. Er packt Pins Arm und verdreht ihn: »Sei still! Sei still, verstanden?«

Pin fühlt den Schmerz, aber er erträgt ihn und singt weiter: »Tralì tralà, die Frau und auch der Kommandant, tralì tralà, was tun sie wohl, ich bin gespannt.«

Der Koch versteift sich darauf, ihn nachzuäffen, er will nichts hören: »Tralì tralà, der Bruder einer Hur' ist da!«

Der Gerade dreht Pin jetzt beide Arme um, spürt die schmächtigen Knochen zwischen seinen Fingern: gleich zerbrechen sie: »Sei still, du Bastard! Still!«

Pins Augen sind voller Tränen, er beißt sich auf die Lippen: »Tralì tralà, sie gehen in die Sträucher, tralì tralà, so wie zwei Hundeviecher!«

Der Gerade läßt den einen Arm los und hält ihm mit der Hand den Mund zu. Unüberlegt ist es und gefährlich, was er tut: Pin gräbt seine Zähne in einen der Finger, beißt mit aller Kraft zu. Der Gerade stößt einen Schrei aus, der die Luft zerreißt. Pin läßt den Finger los und sieht sich um. Alle haben ihre Augen auf ihn gerichtet, die Erwachsenen, diese unbegreifliche, feindliche Welt: der Gerade, der sich den blutenden Finger saugt, Linkshand, der immer noch wie in einem Krampf lacht, die bleiche Giglia und die andern, all die andern, mit glänzenden Augen, die die Szene atemlos verfolgen.

»Ihr Schweine!« ruft Pin und bricht in Tränen aus. »Ihr Hahnreie! Ihr läufigen Hündinnen!«

Jetzt bleibt ihm nichts mehr, als zu gehen. Nur fort von hier. Pin ist davongelaufen. Für ihn gibt es nur noch die Einsamkeit.

Der Gerade schreit ihm hinterher: »Niemand darf die Unterkunft verlassen! Komm zurück! Komm zurück, Pin!«, und er will ihm nachrennen.

Doch in der Tür stößt er mit zwei bewaffneten Männern zusammen.

»Gerader! Wir wollten zu dir!«

Der Gerade erkennt sie wieder. Es sind zwei Melder des Brigadekommandos.

»Ferriera und Kim wollen dich sehen. Zum Rapport. Komm mit!«

Der Gerade hat wieder ein unbewegtes Gesicht. »Gehen wir«, sagt er und greift nach seiner Maschinenpistole.

»Unbewaffnet, haben sie gesagt«, erklären die Männer.

Ohne mit der Wimper zu zucken, streift der Gerade den Riemen von der Schulter.

»Gehen wir«, sagt er.

»Auch die Pistole«, sagen die Männer.

Der Gerade schnallt das Koppel ab, läßt es auf den Boden fallen.

»Gehen wir«, sagt er.

Jetzt steht er zwischen den beiden Männern.

Er dreht sich um: »Um zwei sind wir mit Kochen an der

Reihe: fangt schon mit den Vorbereitungen an. Um halb vier haben zwei von uns Wache, und zwar die, deren Schicht letzte Nacht nicht mehr drankam.«

Er dreht sich wieder um und entfernt sich zwischen den beiden Bewaffneten.

12

Pin sitzt auf dem Grat des Berges, mutterseelenallein. Von Büschen behaarte Felsen fallen senkrecht vor seinen Füßen herab, und Täler öffnen sich bis hinunter auf den Grund, wo schwarze Flüsse sich winden. Langgestreckte Wolken ziehen die Hänge hinauf und löschen die zerstreut liegenden Dörfer und die Bäume aus. Etwas ist geschehen, das nicht wiedergutzumachen ist: wie damals, als er dem Matrosen die Pistole gestohlen hat, oder als er die Männer von der Osteria verlassen hat, oder als er aus dem Gefängnis geflohen ist. Er wird nicht mehr zu den Männern der Einheit zurückkehren können, er wird nie mit ihnen zusammen kämpfen können.

Es ist traurig, so zu sein wie er, ein Kind in der Welt der Erwachsenen, immer nur ein Kind, von den Erwachsenen behandelt wie etwas Amüsantes und zugleich Langweiliges; und ihre geheimnisvollen und aufregenden Sachen nicht benutzen zu können, Waffen und Frauen, sich nie an ihren Spielen beteiligen zu können. Aber eines Tages wird Pin erwachsen sein, und dann wird er zu allen böse sein können, sich an allen rächen, die nicht gut zu ihm gewesen sind: Pin möchte jetzt schon erwachsen sein, oder besser:

nicht erwachsen, sondern bewundert und gefürchtet, und trotzdem bleiben, wie er ist, er möchte Kind sein und zugleich Anführer der Erwachsenen in einem wunderbaren Abenteuer.

Also, Pin wird jetzt fortgehen, fort aus dieser zugigen und unbekannten Gegend, in sein Reich, den Graben, an seinen magischen Platz, wo die Spinnen ihre Nester bauen. Dort ist seine vergrabene Pistole mit dem geheimnisvollen Namen: Pe-achtunddreißig; Pin wird sich auf eigene Faust als Partisan betätigen, mit seiner Pistole, ohne daß ihm jemand die Arme verdreht, bis sie fast zerbrechen, ohne daß ihn jemand ausschickt, Falken zu beerdigen, um sich unterdessen zwischen den Rhododendronsträuchern herumzuwälzen, Mann und Frau. Pin wird wundersame Taten vollbringen, er ganz allein, einen Offizier wird er erschießen, einen Hauptmann: den Hauptmann seiner Schwester, dieser hundsgemeinen Denunziantin und Hure. Dann werden alle Männer Respekt vor ihm haben und ihn mit in den Kampf nehmen wollen: vielleicht werden sie ihm zeigen, wie man ein Maschinengewehr bedient. Und Giglia wird nicht mehr zu ihm sagen: »Sing uns doch was vor, Pin!«, um sich an den Geliebten hängen zu können, sie wird keine Geliebten mehr haben, Giglia, und eines Tages wird sie sich von ihm, Pin, die Brust berühren lassen, die rosige, warme Brust unter dem Männerhemd.

Pin geht mit großen Schritten die Pfade entlang, die vom Mezzaluna-Paß hinunterführen: er hat einen weiten Weg vor sich. Doch beim Gehen wird ihm klar, daß die Begeisterung für seine Vorsätze unecht und erzwungen ist, ihm wird klar, wie sehr er selbst davon überzeugt ist, daß seine Phantastereien sich nie bewahrheiten werden und daß er auch weiterhin als armes, verlassenes Kind umherstreifen wird.

Pin marschiert den ganzen Tag. Er kommt an Stellen vorbei, wo man herrlich spielen könnte: weiße Steine, auf die man hüpfen, und krumme Bäume, auf die man klettern könnte; er sieht Eichhörnchen in den Wipfeln der Pinien, Ringelnattern, die sich in den Brombeersträuchern verbergen, alles gute Zielscheiben für Steinwürfe; aber Pin hat keine Lust zu spielen und geht mit keuchendem Atem weiter, mit einer Traurigkeit, die ihm die Kehle zuschnürt.

Er macht halt, bittet in einem Haus um etwas Essen. Dort wohnen zwei alte Leutchen, Mann und Frau, ganz allein, sie haben ein paar Ziegen. Die beiden Alten nehmen Pin auf, sie geben ihm Kastanien und Milch und erzählen ihm von ihren Söhnen, alles Gefangene in der Ferne, dann setzen sie sich ans Feuer und beten den Rosenkranz und wollen, daß auch Pin mitbetet.

Doch Pin ist es nicht gewohnt, mit guten Leuten zu verkehren, und fühlt sich unbehaglich, er ist es auch nicht gewohnt, den Rosenkranz zu beten; und während die beiden Alten die Gebete murmeln, mit geschlossenen Augen, rutscht er ganz leise von seinem Stuhl und geht.

Nachts schläft er in einem Loch, das er in einen Strohhaufen gegraben hat, und am Morgen setzt er seinen Weg fort, durch gefährlichere, von Deutschen durchsetzte Gegenden. Aber Pin weiß, daß es zuweilen auch seine Vorteile hat, ein Kind zu sein, und daß ihm doch niemand glauben würde, auch wenn er sagte, daß er Partisan sei.

Schließlich hindert ihn ein Sperrposten am Weitergehen. Von weitem schon beobachten ihn die Deutschen unter ihren Stahlhelmen hervor. Pin geht unverfroren auf sie zu.

»Das Schaf«, sagt er, »habt ihr vielleicht mein Schaf gesehen?«

»*Was?*« Die Deutschen verstehen nicht.

»Ein Schaf. Scha-af. Mäh... mäh...«

Die Deutschen lachen: sie haben verstanden. Mit dieser Mähne und eingemummt, wie er ist, könnte Pin genausogut ein Hütejunge sein.

»Ich hab' ein Schaf verloren«, sagt er weinerlich, »es ist ganz bestimmt hier vorbeigekommen. Wo ist es nur hingelaufen?« Und Pin passiert die Sperre und läuft dann weg, dabei ruft er: »Mäh... mäh...« Auch das wäre geschafft.

Das Meer, gestern noch eine trübe, wolkige Fläche am Saum des Himmels, wird zu einem immer kräftigeren Streifen, und nun ist es ein großer blauer Schrei hinter einer Brüstung von Hügeln und Häusern.

Pin ist bei seinem Wildbach. Es ist ein Abend mit nur wenigen Fröschen; schwarze Kaulquappen bringen das Wasser in den Pfützen zum Erzittern. Der Pfad, der zu den Spinnennestern führt, geht von hier ab, bis über das Röhricht hinaus. Ein magischer Ort ist das, der nur ihm, Pin, bekannt ist. Dort hinten kann Pin einen seltsamen Zauber vollbringen, ein König werden, ein Gott. Er steigt den Pfad hinauf, das Herz schlägt ihm bis zum Hals. Da sind die Nester: aber die Erde ist zerwühlt, es sieht überall aus, als sei eine fremde Hand daran gewesen, die das Gras ausgerissen, die Steine verschoben, die Höhlen zerstört, den Putz aus zerkautem Gras abgeschlagen hat: das war Pelle! Pelle kannte den Platz: er ist dagewesen mit seinen ausgedörrten und zornbebenden Lippen, hat mit den Fingernägeln in der lockeren Erde gewühlt, hat Stöcke in die Tunnel gerammt, hat alle Spinnen umgebracht, eine nach der anderen, um die Pe-achtunddreißig-Pistole zu suchen! Aber hat er sie gefunden? Pin kann die Stelle nicht mehr erkennen: die Steine, die er hingelegt hatte, sind nicht mehr da, das Gras ist in ganzen Büscheln herausgerissen. Hier muß es gewesen sein, da ist noch die Vertiefung, die er gegraben hatte, aber sie ist voller Erde und Tuffsteinbrocken.

Pin weint, den Kopf zwischen den Händen. Kein Mensch wird ihm seine Pistole wiedergeben: Pelle ist tot und hatte sie nicht in seinem Arsenal, wer weiß, wo er sie hingetan, wem er sie gegeben hat. Es war das letzte, was ihm, Pin, auf der Welt noch geblieben war. Was soll er jetzt tun? Zurück zu den Partisanen kann er nicht mehr: er hat ihnen allen zu schlimm mitgespielt, Linkshand, Giglia, Herzog, dem langen Zena, genannt Holzkappe. In der Osteria hat man eine Razzia gemacht, und alle sind deportiert oder umgebracht worden. Bleibt nur noch Mischäl, der Franzose, in der Schwarzen Brigade, aber Pin will nicht wie Pelle enden, eine lange Treppe hinaufsteigen und warten, bis auf ihn geschossen wird. Er, Pin, ist allein auf der Welt.

Die Schwarze von der Langen Gasse ist gerade dabei, ein neues, blaues Negligé anzuprobieren, als sie es klopfen hört. Sie horcht: in diesen Zeiten fürchtet sie sich, Unbekannten zu öffnen, wenn sie sich in ihrer alten Wohnung in der Gasse aufhält. Es klopft wieder.

»Wer ist da?«

»Mach auf, Rina, ich bin es, Pin, dein Bruder!«

Die Schwarze macht auf, und ihr Bruder kommt herein, vermummt in seltsame Kleidungsstücke, mit einem Gestrüpp von Haaren, die ihm bis über die Schultern reichen, schmutzig, abgerissen, heruntergekommen, das Gesicht verschmiert von Staub und Tränen.

»Pin! Wo kommst du denn her? Wo bist du die ganze Zeit gewesen?«

Pin tritt vor, fast ohne sie anzusehen, er spricht mit heiserer Stimme: »Reg mich nicht auf. Ich war, wo's mir paßte. Hast du was zu essen gemacht?«

Die Schwarze macht auf mütterlich: »Warte, ich mach' dir was. Setz dich. Mußt du aber müde sein, armer Pin! Du kannst von Glück sagen, daß du mich hier angetroffen hast. Ich bin fast nie mehr hier. Ich wohne jetzt im Hotel.«

Pin kaut unterdessen Brot und deutsche Nußschokolade.

»Dir geht's nicht schlecht, wie ich sehe.«

»Pin, wie hab' ich mich um dich gesorgt! Was hast du die ganze Zeit gemacht? Dich als Landstreicher herumgetrieben, als Rebell?«

»Und du?« fragt Pin.

Die Schwarze bestreicht Brotscheiben mit deutscher Marmelade und reicht sie ihm.

»Und jetzt, Pin, was willst du jetzt machen?«

»Ich weiß nicht. Laß mich erst mal essen.«

»Hör zu, Pin, du mußt Vernunft annehmen. Weißt du, da, wo ich arbeite, braucht man Jungen, die auf Draht sind wie du, und man behandelt sie gut. Man muß nicht arbeiten, nur den ganzen Tag herumgehen und aufpassen, was die Leute machen.«

»Sag mal, Rina: Hast du Waffen?«

»Ich?«

»Ja, du.«

»Na gut, ich hab' eine Pistole. Ich hab' sie, weil man heutzutage nie wissen kann. Einer von der Schwarzen Brigade hat sie mir geschenkt.«

Pin sieht hoch und schluckt den letzten Bissen hinunter: »Zeigst du sie mir, Rina?«

Die Schwarze steht auf: »Was du nur immer mit Pistolen hast? Reicht's dir noch nicht, daß du die von Frick geklaut hast? Die hier sieht genauso aus wie die von Frick. Da ist sie, sieh sie dir an. Armer Frick, man hat ihn auf den Atlantik geschickt.«

Pin betrachtet hingerissen die Pistole: es ist eine P 38, seine P 38!

»Wer hat dir die gegeben?«

»Hab' ich dir doch gesagt: ein Soldat von der Schwarzen Brigade, so ein Blonder. Er war ganz verschnupft. Er hat bestimmt sieben Pistolen mit sich herumgetragen, ungelogen, und alle waren sie verschieden. Was machst du denn mit so vielen Pistolen, hab' ich ihn gefragt. Schenk mir eine. Aber er wollte sich nicht erweichen lassen. Einen richtigen Pistolentick hatte der. Am Ende hat er mir die hier geschenkt, weil sie schon alt und ausgeleiert ist. Aber sie funktioniert trotzdem noch. ›Was gibst du mir denn da?‹ hab' ich gesagt, ›eine Kanone?‹ Er hat gesagt: ›Auf die Weise bleibt sie wenigstens in der Familie.‹ Wer weiß, was er damit sagen wollte.«

Pin hört gar nicht mehr zu: er dreht die Pistole in seinen Händen hin und her. Er sieht zur Schwester auf und drückt die Pistole dabei an seine Brust, als sei sie eine Puppe. »Hör gut zu, Rina«, sagt er heiser, »diese Pistole gehört mir!«

Die Schwarze blickt ihn böse an: »Was fällt dir ein! Bist du etwa zum Rebellen geworden?«

»Du Scheusal!« schreit er, so laut er kann. »Du läufige Hündin! Denunziantin!«

Er steckt die Pistole in die Tasche, geht und schlägt die Tür hinter sich zu.

Draußen ist schon Nacht. Die Gasse ist menschenleer wie vorhin, als er gekommen war. Die Läden der Geschäfte sind verschlossen. An den Hauswänden hat man aus Brettern und Sandsäcken einen Splitterschutz errichtet.

Pin schlägt die Richtung zum Wildbach ein. Er fühlt sich zurückversetzt in die Nacht, als er die Pistole gestohlen hat. Jetzt hat Pin die Pistole, aber nichts hat sich geändert: er ist allein auf der Welt, noch mehr allein. Wie in jener Nacht ist Pin ganz erfüllt von einer einzigen Frage: Was soll ich jetzt tun?

Pin geht weinend die Bewässerungskanäle entlang. Erst weint er still vor sich hin, dann bricht er in Schluchzen aus. Diesmal ist keiner da, der ihm entgegenkommt. Keiner? Ein großer menschlicher Schatten zeichnet sich an einer Biegung des Bewässerungsgrabens ab.

»Vetter!«

»Pin!«

Dies ist eine magische Gegend, in der sich jedesmal ein Zauber erfüllt. Und auch die Pistole ist magisch, sie ist wie ein Zauberstab. Und Vetter ist ein mächtiger Zauberer, mit der Maschinenpistole und dem Wollmützchen, der ihm jetzt seine Hand auf den Kopf legt und fragt: »Was tust du denn hier, Pin?«

»Ich bin gekommen, um meine Pistole zu holen. Da, sieh sie dir an. Eine deutsche Marinepistole.«

Vetter betrachtet sie aus nächster Nähe.

»Schön. Eine P 38. Paß gut auf sie auf.«

»Und was machst du hier, Vetter?«

Vetter seufzt, mit seiner ewig leidenden Miene, als würde er ständig für irgend etwas bestraft.

»Ich mache einen Besuch«, erwidert er.

»Das hier ist mein Gebiet«, sagt Pin. »Ein verzaubertes Gebiet. Hier bauen die Spinnen Nester.«

»Die Spinnen bauen Nester, Pin?« fragt Vetter.

»Auf der ganzen Welt bauen sie nur hier Nester«, erklärt Pin. »Ich bin der einzige, der es weiß. Dann ist Pelle gekommen, dieser Faschist, und hat alles kaputtgemacht. Soll ich sie dir zeigen?«

»Laß sehen, Pin. Spinnennester, soso.«

Pin führt ihn an der Hand, dieser großen, weichen und warmen Hand, wie Brot.

»Hier, siehst du, hier waren die ganzen Türen der Tunnel. Dieser verdammte Faschist hat alles kaputtgemacht. Aber hier ist noch eine ganz, siehst du?«

Vetter hat sich neben ihn gehockt und strengt seine Augen in der Dunkelheit an. »Sieh einer an. Ein Türchen, das auf- und zugeht. Und drinnen der Tunnel. Ist er tief?«

»Sehr tief«, erläutert Pin. »Mit zerkautem Gras ringsherum. Die Spinne sitzt ganz hinten.«

»Zünden wir ein Streichholz an«, schlägt Vetter vor.

Und beide hocken sie nebeneinander und beobachten, wie der Tunneleingang bei Streichholzbeleuchtung aussieht.

»Los, wirf das Streichholz rein«, sagt Pin, »mal sehen, ob die Spinne dann rauskommt.«

»Warum denn? Armes Tier«, erwidert Vetter, »siehst du nicht, wieviel Schaden ihnen schon zugefügt worden ist?«

»Sag mal, Vetter: glaubst du, daß sie die Nester wieder aufbauen?«

»Wenn wir sie in Frieden lassen, glaub' ich schon«, meint Vetter.

»Kommen wir dann ein anderes Mal wieder, um nachzusehen?«

»Ja, Pin, wir werden jeden Monat einmal herkommen und es uns ansehen.«

Es ist herrlich, den Vetter gefunden zu haben, der sich für die Spinnennester interessiert.

»Hör mal, Pin!«

»Was gibt's, Vetter?«

»Weißt du, Pin, ich muß dir was sagen. Ich weiß, daß du diese Dinge verstehst. Siehst du: ich bin jetzt schon monatelang mit keiner Frau mehr zusammengewesen... Du verstehst diese Dinge doch, Pin. Hör mal, man hat mir gesagt, daß deine Schwester...«

Auf Pins Gesicht ist das gewohnte Grinsen wiedergekehrt; er ist der Freund der Erwachsenen, er versteht diese Dinge, er ist stolz, seinen Freunden solche Dienste leisten zu können, wenn er Gelegenheit dazu hat: »Gottverdammt, Vetter, da ist meine Schwester genau die richtige. Ich sag' dir, wie man hinkommt: Kennst du die Lange Gasse? Also, die Tür nach dem Ofensetzer, im Zwischengeschoß. Du kannst beruhigt sein, auf der Straße begegnest du keinem Menschen. Aber bei ihr sei lieber vorsichtig. Sag ihr nicht, wer du bist, und auch nicht, daß ich dich geschickt habe. Sag lieber, daß du bei der ›Todt‹ arbeitest und nur auf Durchreise hier bist. Also wirklich, Vetter, und dabei redest du so schlecht über die Frauen. Geh schon, meine Schwester ist eine Schwarze, die vielen gefällt.«

Vetter deutet ein Lächeln an in seinem großen, traurigen Gesicht.

»Danke, Pin. Du bist wirklich ein Freund. Ich bin bald wieder da.«

»Gottverdammt, Vetter! Gehst du etwa mit der Maschinenpistole?«

Vetter streicht sich mit einem Finger über den Schnurrbart.

»Weißt du, ich laufe nicht gerne unbewaffnet herum.«

Pin muß darüber lachen, wie unbeholfen Vetter in diesen Dingen ist. »Nimm meine Pistole. Da! Und laß mir die Maschinenpistole da, ich pass' auf sie auf.«

Vetter legt die Maschinenpistole ab, steckt die Pistole ein, nimmt das Wollmützchen ab und steckt auch das ein. Nun versucht er, sich die Haare mit seinen Fingern in Ordnung zu bringen, die er mit Spucke angefeuchtet hat.

»Du machst dich schön, Vetter, willst wohl Eindruck schinden. Beeil dich, damit du sie noch zu Hause antriffst.«

»Auf Wiedersehen, Pin«, sagt Vetter und geht.

Pin ist nun allein in der Dunkelheit bei den Spinnenhöhlen, und neben ihm auf der Erde liegt die Maschinenpistole. Aber er ist nicht mehr verzweifelt. Er hat Vetter gefunden, und Vetter ist der so lange ersehnte große Freund, der, der sich für die Spinnennester interessiert. Doch Vetter ist wie alle andern Erwachsenen mit jenem geheimnisvollen Verlangen nach Frauen, und jetzt geht er zu seiner Schwester, der Schwarzen, und umarmt sie auf dem ungemachten Bett. Wenn Pin sich's recht überlegt, wäre es ihm lieber gewesen, Vetter hätte diese Idee nicht gehabt und sie beide hätten noch eine Weile gemeinsam die Nester betrachtet, und dann hätte Vetter eine seiner üblichen Reden gegen die Weiber gehalten, die Pin so gut verstand und denen er nur zustimmen konnte. Statt dessen ist Vetter wie alle andern Erwachsenen, da kann man nichts machen, Pin versteht diese Dinge sehr wohl.

Schüsse, dort unten, in der Altstadt. Wer wird das sein? Vielleicht eine Streife. Wenn man die Schüsse mitten in der

Nacht hört, jagen sie einem immer Angst ein. Es war wirklich leichtsinnig, daß Vetter sich bloß wegen einer Frau in diese Faschistengegend gewagt hat. Pin befürchtet jetzt, daß er einer Patrouille in die Hände fällt, daß er die Wohnung seiner Schwester voll von Deutschen vorfindet und daß er festgenommen wird. Aber eigentlich würde es ihm recht geschehen, und Pin würde sich darüber freuen: was für ein Vergnügen kann man schon daran finden, sich mit seiner Schwester, dieser behaarten Kröte, einzulassen?

Doch wenn Vetter festgenommen würde, wäre Pin wieder allein, mit dieser Maschinenpistole, die einem Angst einflößt und von der man keine Ahnung hat, wie sie gehandhabt wird. Pin hofft, daß Vetter nicht festgenommen wird, er hofft es inständig, aber nicht, weil Vetter der große Freund wäre, das ist er nicht mehr, er ist ein Mann wie alle andern, der Vetter, sondern weil er der einzige Mensch ist, der ihm auf der Welt geblieben ist.

Aber Pin muß noch lange warten, bis er anfangen kann, darüber nachzudenken, ob er sich Sorgen machen muß. Doch da nähert sich ein Schatten, er ist es schon.

»Wieso ging das so schnell, Vetter? Schon alles erledigt?«

Vetter schüttelt den Kopf, mit seinem traurigen Gesicht.

»Weißt du, Pin, es hat mich angeekelt, und da bin ich unverrichteter Dinge gegangen.«

»Gottverdammt, Vetter, geekelt hat es dich!«

Pin ist voller Freude. Er, Vetter, ist wirklich der große Freund.

Vetter hängt sich die Maschinenpistole wieder über die Schulter und gibt Pin seine Pistole zurück. Jetzt gehen sie übers Land, und Pin hat seine Hand in Vetters weicher und ruhiger Hand, in dieser großen Hand aus Brot.

Das Dunkel ist von kleinen Lichtpunkten durchsetzt: ganze Schwärme von Glühwürmchen fliegen um die Büsche.

»Alle sind sie so, die Weiber, Vetter...« sagt Pin.

»Hm...« pflichtet Vetter ihm bei. »Aber das war nicht immer so: meine Mutter...«

»Du erinnerst dich noch an sie, an deine Mutter?« fragt Pin.

»Ja, sie starb, als ich fünfzehn Jahre alt war«, sagt Vetter.

»War sie anständig?«

»Ja«, sagt Vetter, »sie war anständig.«

»Meine war auch anständig«, sagt Pin.

»Alles ist voller Glühwürmchen«, sagt Vetter.

»Wenn man die Glühwürmchen aus der Nähe betrachtet«, sagt Pin, »sind auch sie bloß eklige rötliche Tiere.«

»Ja«, antwortet Vetter, »aber aus der Ferne gesehen sind sie schön.«

Und sie gehen weiter, der große Mann und das Kind, in der Nacht, mitten unter den Glühwürmchen, und halten einander an der Hand.

Primo Levi
im Carl Hanser Verlag

Wann, wenn nicht jetzt?
Roman. Aus dem Italienischen von Barbara Kleiner
1986. 384 Seiten

Das periodische System
Mit einem Nachwort von Natalia Ginzburg. Aus dem Italienischen von Edith Plackmeyer
1987. 272 Seiten

Ist das ein Mensch? Die Atempause
Aus dem Italienischen von Heinz Riedt, Barbara und Robert Picht
1991. 360 Seiten

Der Freund des Menschen
Erzählungen
Aus dem Italienischen von Heinz Riedt und Barbara Kleiner
1989. 240 Seiten

Die Untergegangenen und die Geretteten
Aus dem Italienischen von Moshe Kahn
1990. 212 Seiten

Der Ringschlüssel
Roman. Aus dem Italienischen von Barbara Kleiner
1992. 206 Seiten

Italo Calvino
im Carl Hanser Verlag

Die unsichtbaren Städte
Roman. Aus dem Italienischen von Heinz Riedt
1977. 200 Seiten

Das Schloß, darin sich Schicksale kreuzen
Roman. Aus dem Italienischen von Heinz Riedt
1978. 152 Seiten mit Abbildungen

Wenn ein Reisender in einer Winternacht
Roman. Aus dem Italienischen von Burkhart Kroeber
1983. 320 Seiten

Kybernetik und Gespenster
Überlegungen zu Literatur und Gesellschaft
Aus dem Italienischen von Susanne Schoop
1984. 240 Seiten

Herr Palomar
Aus dem Italienischen von Burkhart Kroeber
1985. 152 Seiten

Abenteuer eines Lesers
Ausgewählte Erzählungen. Zusammengestellt vom Autor und mit einem Nachwort von Hans J. Fröhlich. Aus dem Italienischen von Nino Erné Juliane Kirchner, Helene Moser, Oswalt von Nostitz und Caesar Rymarowicz
1986. 304 Seiten

Italo Calvino
im Carl Hanser Verlag

Unter der Jaguar-Sonne
Drei Erzählungen.
Aus dem Italienischen von Burkhart Kroeber
1987. 101 Seiten

Marcovaldo oder die Jahreszeiten in der Stadt / Der Tag eines Wahlhelfers
Aus dem Italienischen von Heinz Riedt, Nino Erné und Caesar Rymarowicz
1988. 221 Seiten

Cosmicomics
Aus dem Italienischen von Burkhart Kroeber
1989. 424 Seiten

Sechs Vorschläge für das nächste Jahrtausend
Harvard-Vorlesungen.
Aus dem Italienischen von Burkhart Kroeber
1991. 176 Seiten

Unsere Vorfahren
Der geteilte Visconte
Der Baron auf den Bäumen
Der Ritter, den es nicht gab
Drei Romane.
Aus dem Italienischen von Oswalt von Nostitz
1991. 528 Seiten